록
야

제15회
세계문학상
대상

로
야

다 이 앤 리 장편소설

나무옆의자

차례

들어가며

주야

간밤

비 내리던 사문진

금난새가 이끄는

피아노 100대 연주

차이콥스키 1812년 서곡

숙이를 숨 멎게 했어

1
부

1. 발생 incidence

무거운 마음으로 이 소식을 전합니다. 지난주 웨스트 브로드웨이에서 갱단에 의해 발생한 총기 사건 희생자는 불행히도 저희 수영 클럽에 가입된 알프레드 윙 군임을 알려 드립니다. 알프레드는 이 비참한 사건으로 무고히 희생되었습니다. 현재까지 장례식에 관한 자세한 사항은 전해 들은 바 없습니다만 일정이 전해지는 대로 여러분께 공지해 드리겠습니다. 알프레드는 프리치 감독의 지도 아래 코퀴틀람 아쿠아틱 센터에서 훈련받던 고등부 선수였습니다. 저희 스태프들은 물론이거니와 커뮤니티 전체가 받은 충격과 슬픔을 표현할 길이 없습니다. 아이들이 받게 될 슬픔과 충격 또한 의심의 여지가 없습니다. 부모님께선 자녀분과 이 사건에 관해 이야기할 수 있는 시간을 가져 주시길 바랍니다.

알프레드 가족께 깊은 애도를 표합니다.

하약 수영 클럽 이사진 및 코치진 일동

아이가 속해 있는 수영 클럽으로부터 받은 이메일을 읽으려고 마음먹은 것은 빨래 건조기의 문을 막 열던 때였다. 수영 클럽은 변경된 훈련 일정이라든가 자원봉사 여부에 대한 문의라든가 정기적으로 열리는 수영 대회에 관한 세부사항 등을 전하느라 하루에도 두세 번 이메일을 보내오는 부지런하고 수다스러운 발송인이었다. 귀 기울여야 할 것도 있었지만, 대부분은 대충 알아듣고 대충 기억한 다음 막상 닥치면 그때 가서 또 대충 처리하면 그만인 내용이었다.

돌려 놓은 빨래의 건조가 끝났다는 신호음을 들었을 땐 주방으로 거실로 종종대던 걸음을 멈추고 잠시나마 느긋하게 빨래를 갤 수 있겠거니 반가운 마음이 들었다. 손을 집중해서 움직여야 하는 일이 아니라 개거나 접거나 말거나 하면 되는 단순한 일이어서 여력이 있는 머리로 미뤄 뒀던 이메일 확인을 해도 될 것 같았다. 밴쿠버발 리마행 직항 특별가를 선전하는 여행사 이메일이 하나, 육십오 인치 티브이 가격을 할인해 준다는 코스트코 이메일이 하나, 연말연시를 대비해 예약을 서두르라는 스테이크 레스토랑에서 보낸 이메일이 하나, 오는 일요일 음악회를 앞두고 밴쿠버 리

사이틀 소사이어티에서 보내온 리마인더 이메일이 하나, 그 밑으로 남은 이메일 하나가 바로 수영 클럽으로부터 온 것이었다. 이메일 제목에 알프레드 윙이라는 이름이 있어 어느 수영 대회에서 우승한 선수를 자랑하며 클럽을 다시금 은근슬쩍 홍보하려는 목적이겠거니 했다. 경쟁심과 자부심을 부추기는 선전은 관심을 두고 싶지 않지만 외면하기 힘든 속삭임이다.

이메일을 읽고 나서 곧바로 지난주 총기 발사 사건에 관한 기사를 찾아보았다. 기사의 내용은 다음과 같았다. 상상할 수 없는 끔찍한 사건이 일어났다. 잘못된 일이 잘못된 장소와 잘못된 시간에 일어났다고 할 수밖에 없는 사건이다. 지난 금요일 밤 아홉 시경 알프레드 가족이 그들의 장남 윌프레드 윙과 저녁 식사를 마친 뒤 코퀴틀람 집으로 돌아가던 중 웨스트 브로드웨이에서 갱단이 발사한 총에 화를 입었다. 총알이 가족의 차 뒷좌석을 관통했고 그 자리에 타고 있던 알프레드는 심각한 중상을 입어 병원으로 옮겨졌으나 이틀 뒤 숨을 거두고 말았다. 광역 밴쿠버 내에서 갱단 간의 싸움이 노골적으로 가시화된 것은 십 년 전 마약 거래와 관련하여 베이컨 형제 갱단과 빨간 전갈 갱단 사이에서 일어난 물리적 충돌 이후로 처음 있는 일이라 경찰 관계자들이 긴장하고 있으며 사건 해결을 위해 대대적인 수사를 벌이는 중이다. 알프레드는 파인트리 고등학교에 재학 중이던 우등생이자 지역 수영 클럽에서 활발히 활동하며 수상 안전 요원이 되기를 꿈꾸던 장래가 촉망되는 십 대였다. 알프레드 가족이 회원으로 등록된 코퀴틀람 그리스도 중국 교회는 페이스북을 통해 소중한 생명을 잃은 것에 깊은 애도를 표하며 각지에서 보내오는 기도와 헌금에 심심한 감사의 말을 전했다. 경찰에 따르면 갱단이 노린 표적은 마약 소지 및 밀매로 이미 범죄인 리스트에 올라 있던 스물세 살의 케빈 화이트사이드였으며 그는 사건 현장에서 사망한 것으로 알려졌다. 밴쿠버 경찰청장 아담 팔머는 누군가가 거리에서 총을 꺼내 쏠 수 있는 위험은 언제 어디에나 존재하지만 안전하다고 알려진 밴쿠버에서 이런 사건이 일어난 것은 아주 드문 일이라고 덧붙였다.

브로드웨이는 밴쿠버 시내를 동서로 관통하는 왕복 육차선의 간선도로다. 브로드웨이의 서쪽은 브리티시 컬럼비아 대학교와 멀지 않은 포인트 그레이 지역으로 1920년대에 지어진 단독주택들이 일부 자리 잡고 있지만, 브로드웨이 주변 대부분은 상가나 콘도 밀집 지역이다. 사건이 일어난 곳은 웨스트 브로드웨이와 온타리오가가 만나는 지점이었다. 정확하게 말하자면 웨스트 브로드웨이가 이스트 브로드웨이로 바뀌는 곳이었다. 요 몇 년간 낡은 단층 상가 건물 몇 채가 헐리고 그 자리에 수익률 높은 주상 복합 건물들이 들어선 것을 제외하면 두 거리가 만나는 곳은 당연히 있어야 할 은행이 하나 있고, 작은 카페와 작은 네일숍, 작은 쌀국수집, 의료용 대마초를 파는 작은 가게가 있는, 지극히 안전한 도시에서 볼 수 있는 지극히 흔한 상가 지역 중 하나였다. 버스를 타고 가다가 내려야 할 정류장에서 못 내리면 다음 정류장에서 내려 되돌아 걸어가도 적당히 번잡하여 지겹지 않은 볼거리를 제공하는 곳이기도 했다.

　알프레드 가족은 지극히 흔하고 적당히 번잡한 지역에서 저녁을 먹은 뒤 적당히 흔하고 지극히 조용한 주택가가 있는 코퀴틀람으로 돌아오는 중이었다. 번잡한 곳에서 식사하는 경우가 생긴다 해도 잠은 조용한 데서 자고 싶어 하는 게 이곳 보통 사람들의 보통 생각이다. 집으로 돌아오던 알프레드 부모도 그랬을 것이다. 오랜만에 큰아들 얼굴을 본 것만으로도 좋은데 아들이 저녁까지 대접해 준다. 작은아들도 조만간 조용한 주택가를 벗어나 적당히 번잡한 곳으로 독립해 나갈지 모른다. 아들들이 앞으로 어떤 길을 갈지는 그들이 알아서 하겠지만, 그들이 집을 살 때 보증금이라도 보태 줄 수 있다면 부모로서 기쁠 것이다. 내일 새벽 다섯 시에 알프레드의 수영 훈련이 있다. 이제 밤 아홉 시. 서둘러 돌아가 잠자리에 든다면 내일 아침 알프레드는 힘들지 않게 일어날 것이다. 큰아들이 섭섭하게 생각했을지 몰라도 일찌감치 저녁 식사를 마친 것은 잘한 일이다. 이른 기상은 힘들지만, 그렇다고 불가능한 일은 아니다.

　어느새 뜨끈하던 빨래가 다 식어 있었다. 국도 아니고 빨래가 식은 건 대수롭지 않아야 했는데 뒤집힌 아이 양말을 잡고 있던 손이 덜덜 떨렸다. 아이는 양말을 발라당 까뒤집어 세탁망에 넣어 둔다. 양말을 똘똘 뭉쳐 구석구석에 벗어 놓는 것은 남편이 참 잘한다. 물론 공처럼 오므라진 양말은 잘 빨리지도 않고 잘 마르지도 않는다. 양말을 뒤집어 놓거나 뭉쳐 놓는 건 내 속을 뒤집어 놓자거나 뭉쳐 보자고 작정한 행위가 아니기에 나는 태연히 양말을 뒤집어 갠다. 줄곧 이렇게 벗어 놓는 그들의 버릇이 가지는 일관성에 오히려 마음이 놓인다. 그들의 존재는 억지로 바꾸고 싶은 대상이 아니고, 그들에게 있어 나의 존재도 바뀌어야 할 대상이 아님을 알기에 마음이 놓인다. 이 대수롭지 않은 양말을 뒤집을 여력도 빨 마음도 없는 알프레드 가족이 식은 빨래 위에 앉아 있다. 등이 굽을 대로 굽어 있다. 그 등 위에 나뭇잎이라도 떨어진다면 그들은 무게를 견디지 못하고 곧바로 고꾸라질 태세다. 덜덜 떨리는 손이 그들을 건드릴까 봐 겁난다. 조심한다고 했는데 앉아 있던 그들을 그만 나자빠지게 한 것이 있다. 함께 빤 아이의 수영 수건이었다.

냉동실에서 무언가를 말린 것과 얼린 것을 꺼내 육수를 낸 다음 두부와 표고버섯, 청경채를 듬뿍 넣어 뜨끈한 국물을 만들었다. 현미밥은 무쇠솥에 고슬고슬하게 짓고 다진 당근과 쪽파를 넣어 달걀말이도 만들었다. 한국산 구운 김과 얼추 김장김치 맛이 나는 김치를 곁들여 수영에서 돌아온 아이와 남편과 함께 늦은 저녁을 먹었다. 일주일에 네 번 있는 아이의 수영 훈련 때마다 남편도 함께 수영한다. 아이들이 수영하는 한 시간 반 동안 부모 대부분이 휴대전화를 보면서 시간을 보내는 것과 달리 남편은 아이와 함께 수영한다. 두어 줄 떨어진 레인에서 침착하고 일정한 속도로 아이에게 조용한 응원을 보낸다. 자상하면서도 완강한 방식의 훈육이다.

"엄마, 오늘 수영에서 애들 전부가 알프레드 얘기를 했어. 우리

랑은 나이도 다르고 스케줄도 달라서 알프레드를 아는 애는 없는데도 알프레드가 죽었다는 건 다 알고 있었어."

삼백여 명의 선수들이 등록된 아이의 수영 클럽은 하계 올림픽 출전자나 캔앰 장애인 수영 대회(Can Am Para-Swimming: 캐나다와 미국 간 장애인 수영 대회) 우승자도 배출해 냈을 만큼 캐나다 서부에서 명성 높은 클럽이다.

"코치들이 그러는데 우리 클럽도 심리 상담사를 고용할 거라는군. 알프레드 학교에선 아이들을 위해 이미 상담 치료가 진행되고 있나 봐. 가족도 가족이지만, 아이들이 받았을 충격이 상당할 거야."

뜨거운 국물을 마시든 가락이 긴 국수를 먹든 절대 소리를 내지 않는 남편이 충격이라는 단어를 말할 때 후루룩 소리를 내고야 만다. 마음에서 준비되지 않은 소리가 혀에 감기고 만 모양이었다. 나는 그 아이가 살아 있을 때 힘차게 갈랐을 물살이 자꾸만 떠올라 국물도 밥도 넘기지 못하고 있었다.

"오늘 오후에 보니한테서 메시지가 왔었어. 자기 아이에게 사건 소식을 들었다며, 죽은 아이가 우리 수영 클럽 선수였냐면서."

"뭐라고 했어?"

"뭐라고 얘기할 수 있겠어. 같은 클럽 선수였던 게 맞다고, 갱과는 아무 상관 없는 무고한 희생자였다고, 그렇게 얘기했지."

그랬다. 보니에게 사건을 문자 메시지로 설명해 줘야 했을 때 죽은 아이는 마약이나 갱단과는 무관한 무고한 희생자였다고 과거 시제를 사용해 운을 떼는데, 슬픔보다는 분노나 짜증이 울컥 올라왔다. 감히 우리 아이가 속한 클럽을 마약이나 갱단 따위와 연관 지을 생각일랑 하지도 말라는 마음으로 글자들을 꾹꾹 눌러 찍었다. 하지만 세상에, 한 아이가 죽었는데 정작 난 내 아이나 나의 명예를 걱정하고 있다니. 나한테 정나미가 뚝 떨어져 끔찍한 마음이 들었다. 결국, 남편에게 얘기를 꺼내며 아무도 묻지 않은 변명을 하고 만 것이다.

"엄마, 갱이 뭐야?"

'갱이 뭐야? 뭐라고 얘기할 수 있을까? 어떤 사람들인지를 설명해야 할까, 아니면 뭐 하는 사람들인지를 설명해야 할까?'

나는 단어의 적합한 정의를 찾고 있었던 게 아니라 어떻게 말해야 그들을 우리와는 아무 관련 없는 사람들로 멀리멀리 떼어 놓을 수 있을지, 그리하여 우리 가족은 거리에서 발사되는 총알과는 전혀 상관없는 삶을 살고 있다고 안심시킬 수 있을지에 대한 해답을 찾고 있었다. 나도 안심하지 못하는 것을 아이에겐 가능하다고 생각하고 있었다. 그때 남편이 재빠르게 말한다.

"갱은 나쁜 일을 하는 사람들인데, 흔히 총을 가지고 있고 그걸 사용하기도 해."

"그러면 우리한테도 쏠 수 있는 거야?"

아이는 여덟 살이다.

"우리한테는 안 쏘지. 알프레드도 일부러 쏘아서 그렇게 된 게 아니야. 갱들끼리 싸우다가 그렇게 된 거야."

지나친 배려와 지나친 생각이 들어 있지 않은 목소리가 그렇듯 남편의 목소리는 확고하다.

"왜 싸우는 거야?"

"서로 더 많은 구역을 차지하기 위해 싸워. 뭔가를 더 가지기 위해."

남편은 노련한 젓가락질로 잡은 김치 두 조각을 무심하게 입에 넣고 아이는 어설프게 김에 싼 밥을 야무지게 입에 넣는다.

"나눠 가지는 법을 모르는구나. 사람 수가 줄어들면 더 많이 가질 수 있다고 생각하나 봐."

마치 입안에 든 밥알의 수가 몇 개인지 정확히 알고 있기라도 한 것처럼 우물거리는 아이의 말 속에 명쾌한 논리가 들어 있다. 더 많이 소유하기 위해 소유자의 수를 줄인다. 줄이고 없앤 그곳에 남는 건 무엇이란 말인가. 우리가 이야기해야 할 것은 죽음일진대 정작 얘기하고 있는 것은 소유에 관한 것이라니. 남은 이들은 죽음보다는 삶에 더 가까이 있다고 믿는다. 위험이 우리를 향해 총구멍을 겨눌 일은 없고 내일 아침 다섯 시 기상은 힘들긴 하지만 불가능한 일은 아니라고 믿는다.

그 주는 여느 주와 다름없이 지나갔다. 간간이 생기는 짬은 또다시 맞이해야 할 시간과 공간을 거듭 확인시켜 줄 뿐 지나간 것에 대해선 인심을 쓰지 않았다. 금요일 밤엔 일찍 잠자리에 들었다. 다음 날 아이의 새벽 수영 훈련을 준비해 주려면 일찍 일어나야 했다.

다음 날 아침, 나는 여느 때처럼 알람이 울리기도 전에 눈을 번쩍 떠 진한 커피를 내려 보온병에 담고, 반숙으로 부친 달걀 두 개와 바싹하게 구워 낸 베이컨 석 줄을 잉글리시 머핀 두 개에 나눠 넣어 남편과 아이의 아침 식사를 준비했다. 한창 단물이 오른 갈라 사과와 싱싱한 오렌지도 깨끗하게 손질해서 밀폐 용기에 담았다. 수영이 끝나면 갈아입어야 할 옷가지와 신발도 챙겨 파란색 캔버스 가방에 넣고 아이의 오케스트라 악보—아이는 지역 청소년 오케스트라에서 제1 바이올린을 맡고 있다—도 잊지 않고 넣었다. 평범한 주말 흉내를 못 낸 지 벌써 두 해째로 접어들고 있다. 아무리 많은 시간이 흘러도 익숙해지지 않는 밴쿠버의 비처럼 주말의 이른 기상과 연달아 소화해 내야 하는 빡빡한 일정은 두 해 동안 반복해도 익숙해지지 않는다. 인이 박이지 않으니 언젠가는 견뎌내지 못하게 될 거라는 생각도 들지만, 나도 남편도 아이도 지금으로선 모른 척하고 있다. 모른 척해야 일상은 별 탈 없이 돌아간다.

아이와 남편이 수영과 오케스트라 일정을 치르고 있는 동안 나는 집에서 일주일 치 빨래를 하고 그날 저녁 음악회에 가기 전 간단히 먹을 수 있는 식사 준비를 했다. 그리고 일부러 짬을 내 이틀 전 지하 창고에서 꺼내 놓았던 크리스마스 장식물이 담긴 상자들을 하나하나 열어 보았다. 유리로 만든 고드름과 방울 장식물들은 지난 이월 첫째 수요일에 발행된 지역 신문에 꽁꽁 싸여 숨도 못 쉬고 있었다.

'그 덕에 살아남은 줄 알아.'

조심스레 신문을 벗겨 냈다. 아이는 빨간색도 좋아하고 파란색도 좋아하고 보라색도 좋아한다. 그러나 거실에 장식될 크리스마스트리는 색깔을 가지지 못할 것이다. 십일월부터 세워서 내년 이월까지 놓아두기에 알록달록한 색깔은 너무 시끄러울 것이다. 그것들이 내는 소리가 성가셔서 크리스마스 방학이 끝나는 동시에 치워 버릴 가능성도 있다. 있는 듯 없는 듯 크리스마스트리는 그렇게 거실 한 곳에 서 있을 것이다. 작년에는 삼베를 둘러 줬더니 더욱더 소리 없는 트리가 됐었다. 올해도 트리는 삼베를 두를 것이다.

사실 이날은 알프레드의 장례식이 있는 날이었다. 주중에 수영 클럽으로부터 받은 이메일을 통해 장례식이 집에서 멀지 않은 교회에서 열린다는 것을 이미 알고 있었다. 남편과 나는 누구든 여력 있는 사람이 장례식에 참석하는 것으로 합의를 봤었다. 장례식이 열리는 토요일이 되자 남편은 아이와 함께 수영과 오케스트라 일정을 치르느라 일찌감치 집을 나섰고, 집에 남은 내가 여력 있는 사람이 되었다. 장례식 예배는 오전 열 시 반에 시작된다고 했고 나는 이미 다섯 시부터 깨어 있는 중이었다.

알프레드의 장례식이 오는 토요일 코퀴틀람 연합 교회에서 열립니다. 많은 이들의 성원에 힘입어 알프레드 장학금을 제정하게 되었으니 자세한 사항은 아래를 참고하시기 바랍니다. 파인트리 고등학교 십학년에 재학 중이던 알프레드는 수강하는 과목마다 열정적이었으며 성적도 우수하였습니다. 수영, 무술, 농구 등 다방면의 교외 활동에 흥미와 재능이 있었으며 여유 시간엔 컴퓨터 게임을 즐겼습니다. 수상 안전 요원이 되기 위한 전 과정을 수료하였고 장차 전자공학을 전공하기 위해 성실히 준비하고 있었습니다. 그는 부모님과 형에게 많은 사랑을 받았으며 그들과 무척 가까웠습니다. 알프레드가 우리 곁을 떠났을 때 그는 열다섯 살이었습니다. 너무 빨리 생을 마감했지만, 이제는 신과 함께 있기에 더 좋은 곳에 있습니다.

빨래를 한다거나 크리스마스 장식을 한다는 이유로 여력 없는 사람이 되어선 안 됐다. 그래선 안 되는 줄 알면서도 나는 양말을 뒤집고 유리 고드름을 달았다. 장례식을 안내하는 이메일엔 알프레드 웡의 사진 — 양 볼에 붉은 여드름이 가득하고 웃으면 눈이 자연스레 없어지는 소년이었다 — 까지 들어 있어서 순식간에 그를 잘 아는 사람이 된 것 같았다. 더군다나 지척의 교회에서 장례식이 열린다니 참석해야 할 이유는 늘어났다. 그러나 난 가지 않았다. 그곳에 가면 알프레드와 내 아이가 겹쳐 보일 게 분명했다. 오케스트라에서 멀쩡히 헨델을 연주하고 있을 아이를 두고는 알프레드 가족을 볼 용기가 없었다.

나의 비겁함은 상실 가능성에 대한 두려움이었다. 언제 어디서 날아올지 모르는 비극의 화살을 막아 낼 방패가 나에겐 없고, 이제

신과 함께 있으니 아이는 더 좋은 곳에 있다는 관용 또한 나에겐 없다. 슬픔을 가장한 두려움을 덮어쓰고 장례식장에 발을 들여놓았다간 나의 본마음을 꿰뚫어 본 아이가 내 가면을 휙 벗겨 낼 것만 같았다. 적나라하게 벗겨지면 그 자리에서 와르르 무너지거나 바락바락 대들 것만 같았다. 어느 상황에도 처하기 싫었다. 나는 감당할 능력이 없었다. 비극의 참관을 거부하는 게 맞아 보였다.

빨래 건조가 끝났다는 신호음이 울렸다. 바싹하게 말린 침대 시트를 건조기에서 꺼내 침대 정리를 했다. 시트를 팽팽하게 당기는 내 손에 두려움과 미안함이 덕지덕지 붙어 있었다. 그 손으로 크리스마스 장식물 상자를 열었다. 한쪽 날개가 부러진 천사가 있었다. 피한다고 피했는데 결국 마주치고 말았다. 여기서 울었다간 낭패를 볼 것 같았다. 중요한 일을 잊었다가 가까스로 기억해 낸 듯 상자를 밀쳐 놓고 남편과 아이가 오기 전에 서둘러 저녁 준비를 끝냈다.

그날 저녁 음악회는 밴쿠버 심포니 오케스트라와 밴쿠버 청소년 오케스트라의 베를리오즈 환상 교향곡 합연이었다. 오르페움 극장의 무대 위에 백오십 명의 연주자가 빼곡히 올라 있었다. 네 대의 하프, 네 세트의 팀파니, 차고 넘치는 목금관악기, 무대 끝으로 떨어질 것만 같은 현악기 연주자들. 드레스서클에서 내려다본 광경은 그로테스크했다. 아이가 보더니 무섭다고 눈과 귀를 꼭 막는다. 눈과 귀를 꼭 막아도 보이고 들리는 것이 있다면 그건 바로 꿈이다. 그날의 연주가 그러했다.

"대단했어. 어린 애들 기량이 심포니 멤버들과 막상막하더군. 지금껏 들어 온 밴쿠버 심포니 연주 중 최고였어."

미심쩍은 것을 겁내는 남편은 단연히 크고 확실히 분명한 것을 만나면 무척 편해한다. 의심 없는 편함은 의심 없는 기쁨을 주기도 한다.

"그러게. 수석 클라리네티스트, 참 잘하더라. 오보이스트도 흠잡을 데 없고."

그들의 얼굴과 표정을 떠올려 가며 방금 본 연주를 눈앞에 다시 꺼냈다.

"엄마, 나는 팀파니 연주한 언니가 정말 좋았어. 부드럽게 하는데 되게 강하게 들렸어. 그리고 나, 이데픽스(idée fixé) 세어 봤거든. 모두 열여덟 번 나왔어."

음악회가 끝나면 우리 가족은 늘 수다스러워진다. 사용하는 단어는 꿈을 더듬어 찾아낸 것처럼 비현실적이지만, 서로가 무엇을 말하려는지 분명하게 아는 우리끼리는 현실적이고 구체적이고 정직한 단어들의 나열이다.

차는 어느새 고속도로로 접어들었다. 비도 오지 않고 안개도 끼지 않은 청명한 겨울밤이었다. 남편은 시차도 알맞고 집에 도착할 때까지 이십 분은 남았으니 어머니께 전화를 걸어야 한다. 스피커에서 흘러나오는 시어머니의 목소리는 이백 년 만에 큰 눈이 와서 도시 전체가 마비되었다고 전하면서도 시시한 이야기를 하듯 담담했다. 남편의 눈앞엔 이백 년 만에 온 눈에 덮인 그의 도시가 떠오른다. 이백 년 만이라면 그가 경험하지 못한 광경이다. 그가 태어나 자라 온 곳을 먼저 떠올려야 할 것이고 그 위에 눈을 수북이 덮으면 될 것이다. 그러나 눈은 그곳 눈이 아니라 이곳 눈일 확률이 높다. 상상을 구체화하기 위해선 현실적 경험을 더해야 하니까. 덮었다가 치웠다가 그의 눈은 즐겁게 빛난다. 나도 한 번 가 본 적이 있는 도시다. 영하로 떨어지거나 다습한 기후가 나타나는 일은 드문 줄 알았더니 폭설도 가능한 곳인가 보다. 나 또한 시간을 거스르고 앞질러 그 도시를 눈으로 덮었다 치웠다 해 보고 있는데 붉은 색깔의 차 한 대가 내가 앉아 있는 오른편에서 훅 뛰쳐나오더니 바로 눈앞에서 한 바퀴 휙 돈다. 한순간 그 차의 헤드라이트가 우리를 정면으로 비춘다. 고속도로에서 저렇게 돌며 운전해도 됐었나, 엉뚱한 생각이 들 정도로 차는 비현실적으로 돌았고 또 다른 생각이 끼어들 틈도 없이 우리 차는 그 차를 들이받고 말았다. 쿵 소리가 난 동시에 우리 차는 고속도로 한중간에 꼼짝달싹 못 하고 멈춰 버렸다. 정지가 없어야 하는 공간에서 떡하니 정지한 순간을 맞이하자니 공포가 엄습해 왔다.

"괜찮아, 다들?"

핸들을 잡고 있던 남편이 나와 아이를 번갈아 본다. 평온하게 갈리던 시어머니의 목소리는 온데간데없다. 늘 두껍고 늘 확고하던 남편의 목소리가 어느새 가늘게 떨리고 있었다.

"잠깐, 어머니한테 전화해야지. 심장마비 걸리시기 전에."

뒷좌석의 아이가 괜찮은지 제일 먼저 확인한 것 말고는 당장 어떤 일을 해야 할지, 정확히 어떤 상황인지 감을 못 잡고 있는 나와 달리 남편은 재빨리 그의 어머니에게 다시 전화를 걸어 가벼운 사고가 났다고, 걱정하지 말라고, 황급하게 그러나 다정하게 전달하며 상황을 정리한다. 통화가 끝나길 기다렸던 아이가 조심스레 입을 연다.

"엄마, 아빠, 뭐였어?"

처음 경험하는 상황이지만, 이럴 때일수록 역할에 따른 본분을 지켜야 한다는 것 정도는 알고 있다. 대답해야 하는 내 목소리가 최대한 떨리지 않기를 바랐다.

"서로 부딪혔나 봐. 가만히 앉아 있어, 아가야. 안전벨트 풀지 말고."

우리 주위로 차들이 야속할 만큼 빠른 속도로 달려 대고 있었다. 긴급 전화가 필요했다. 현실적인 문제들을 치다꺼리하는 데선 나보다 월등히 탁월한 능력을 갖춘 남편이 이미 911 버튼을 누른 모양이다. 스피커 폰에서 서늘할 만큼 침착한 구급대원의 목소리가 들린다.

"지금 있는 곳이 어딥니까?"

"1번 고속도로 이스트바운드입니다. 제 앞에 가글라디 웨이 다리가 보입니다."

"어떤 차선에 있습니까?"

"진입로에서 봤을 때 세 번째 차선인 듯합니다."

"현재 그곳의 날씨 상황은 어떻습니까?"

"좋습니다. 비도 눈도 오지 않고 안개도 끼지 않았습니다."

"간략하게 사고 경위를 말해 주실 수 있겠습니까?"

씽씽대거나 씩씩대는 차들을 바로 옆에서 지켜보던 나는 조바심이 나 견딜 수가 없었다. 구구절절 사고 경위를 설명하다가 멋모르고 질주해 오는 차에 또다시 들이받힐 것만 같았다. 그러나 아이 앞에선 겁나도 겁낼 수 없다. 그런 게 부모다.

"우리는 다운타운에서 오던 중이었고 가글라디 진입로를 막 지났을 때 어떤 차 하나가 통제력을 잃고 우리 바로 앞에서 빙글빙글 돌았어요. 그러곤 미처 손쓸 틈도 없이 우리가 그 차를 티본으로 받았고, 그 차는 밀려 나가서 다른 차를 받은 듯합니다. 사고를 낸 차는 승합 전용차선, 아니 갓길에 있는 것 같네요. 아마 중앙 분리대를 받고 멈췄나 봅니다."

"본인이 운전자였습니까?"

"네."

"차는 모두 몇 대가 서 있습니까?"

"한 다섯 대 정도 비상등을 켜고 멈춰 있습니다."

"본인 차엔 모두 몇 명이 있습니까?"

"저와 아내, 그리고 뒷좌석에 딸이 있습니다."

"자제분은 어느 쪽 뒷좌석에 있습니까? 모두 안전벨트를 하고 있었습니까?"

"딸은 제 뒤쪽 좌석에 부스터 시트를 이용해 앉아 있습니다. 모두 안전벨트를 착용하고 있었습니다."

"에어백은 터졌습니까?"

"아뇨. 다행인지 불행인지 에어백은 터지지 않았습니다."

"출혈이 있거나 움직일 수 없는 상황입니까?"

"현재 상황으로 봐선 우리 가족은 찰과상이나 골절상은 없는 것 같습니다."

"다른 차량의 상황을 알려 주시겠습니까?"

"우리 바로 앞에 차 한 대가 비상등을 켜 놓고 있습니다. 승합 전용차선에 세 대 정도 더 있는 듯하고요. 도로에 온갖 차량 파편들이 보입니다."

"다른 차량의 운전자와 탑승자 상황을 알려 주시겠습니까?"

"지금 저보고 바깥으로 나가 보라는 말씀입니까?"

"네, 타 차량의 상황을 알아야 합니다."

이쯤에서 더는 침착한 척 연기할 수 없었다. 나가선 안 된다고 떨리는 눈으로 남편을 제지했다.

"잠깐만요."

어떨 때 남편은 미련할 정도로 순박하다. 지나치게 순종적이다. 이런 그의 행동은 날 절망케도 하고 화나게도 하지만 순종보다는 순박에 더 큰 의미를 두며 그를 감싸 왔었다. 그러나 이번엔 아니었다. 따르면 안 될 지시였다.

"안 돼. 나가지 마. 나가선 안 돼."

"잠깐만. 천천히 나가면 될 거야."

남편은 정말로 천천히 문을 열더니 정지해 있던 앞차로 뛰어갔다. 사고가 난 후부터 우리 앞쪽에 서 있던 차는 미동도 없었다.

'저 차엔 누가 탔을까? 아이가 있을까?'

운전석 쪽 창문에 붙어 몇 마디 나눈 남편이 우리 차로 돌아왔다. 영원의 시간을 보내고 온 듯한 그가 달고 온 바깥 공기가 딴 세상 공기 같았다. 차 안이라고 절대적 안전과 절대적 평화가 보장된다는 법은 없지만, 의지해야 하는 것을 무조건 믿고 싶을 때가 있다. 다른 선택의 여지가 없기 때문이다.

"앞차엔 운전자를 포함해서 두 명의 여성 탑승자가 있습니다. 그들도 응급처치가 필요한 상황은 아닌 것 같습니다."

"본인 차량 모델과 앞차, 그리고 사고 차량 모델을 알려 주시겠습니까?"

아무래도 오늘 먹은 세끼 메뉴를 알려 주고 아침에 어떤 변을 봤는지까지 낱낱이 실토해야 도움의 손길을 보내 줄 것 같다. 조급한 마음에 도리질이 잦아졌다. 벌써 고개가 뻑뻑하게 돌아가는 것 같다. 일부러 고개를 더 돌려 아이를 봤다.

"괜찮아? 곧 있으면 우릴 도와줄 사람들이 올 거야. 조금만 기다려."

나에게 하는 소린지 아이에게 하는 소린지 해 놓고도 막막했다.

"난 괜찮아, 엄마. 엄만 괜찮아? 차는 괜찮아?"

"엄만 괜찮아. 차는 몰라. 지금 밖에 못 나가거든. 안에서 기다려 보자."

목소리가 보인다면 나와 아이의 목소리는 살금살금 기어 다니는 꼴이었을 것이다. 살살거리는 목소리는 껑충거리는 목소리에 걸리적거릴까 봐 납작 엎드려 있어야 했다.

"우리 차는 메르세데스 벤츠 C클래스고요, 앞에 서 있는 차는 도요타 하이랜더, 사고를 낸 차량은 혼다 어코드인 것 같습니다. 갓길에 포드 이스케이프도 한 대 보이네요."

남편이 긴급 전화를 건 것은 잘한 일이었다. 내가 대답을 했다면 앞에 있는 차는 하얀색 SUV고요, 사고를 낸 차는 빨간색 세단이고요, 저 멀리 은색 SUV가 서 있어요, 했을 것이다. 그것도 아주 의기양양하게.

"본인 차량은 본인이 주인 맞습니까?"

"네, 맞습니다."

"설명해 주신 상황으로 봤을 땐 구급차가 필요하지 않은 것 같습니다만, 만일을 대비해서 구급차를 보내겠습니다. 곧 소방차와 경찰차가 도착할 겁니다. 차 안에서 안전벨트를 하고 기다려 주시기 바랍니다."

전화가 끊어졌다. 남편이 끊었는지 구급대원이 끊었는지 알 도리가 없었다. 조바심을 내긴 했지만 구급대원과 연결된 통화가 우리를 구해 줄 수 있는 밧줄과 같다고 생각한 모양이었다. 그와의 통화가 끝나자 연결되었던 밧줄도 툭 끊어진 기분이었다. 어쩔 수 없이 우리는 기다려야 했다. 구급대원의 지시도 있었고 기다리는 것 외에는 별달리 할 일이 없었기 때문이었다. 우리가 있는 곳 왼쪽으로는 비상등을 켜고 멈춘 차들로 인해 차량 통행이 줄어들었지만, 뒤쪽과 오른쪽에선 여전히 보통 때와 다름없어 보이는 고속 도로 통행이 계속되고 있었다. 도로 위에 멈춘 몇몇 이들을 제외하고 세상 전부가 아무 일 없는 듯 굴었다. 초조함이 입안을 말리고 손바닥을 적셨다. 무슨 말이라도 하는 게 좋을지 아무 말도 안 하는 게 좋을지 몰라 결국엔 바깥에서 달리는 차들의 소리에만 집중했다.

그때 한 사내가 우리 앞을 불쑥 지나가더니 내 쪽 창문을 두드린다. 체격이 둔중하고 머리숱은 적고 왼쪽 눈에 애꾸눈 안대를 한 사내였다. 창문을 내릴까 말까 고민하던 짧은 순간에도 그의 안대는 내 시선을 끌었다. 정교하게 만든 가죽 재질의 검은색 안대였다. 시간을 들여 제작한 수제품이라면, 그는 언제부터 이 안대를 끼고 있었던 걸까. 창문을 내렸다. 더 자세히 보고 싶어 그런 건 아니었다.

"다들 괜찮으십니까?"

보이는 그의 한쪽 눈이 이리저리 움직였다. 사고 차량의 탑승자라는 짐작이 들었다. 우리 차 안을 훑는 그의 눈은 분명 하나인데 나는 그의 시선을 따라가지 못했다. 한 개의 눈은 두 개의 몫을 하느라 너무 빨리 움직였다.

"네, 네, 괜찮습니다."

남편의 목소리가 서먹하게 내 이마를 지나간다. 사내의 눈은 여전히 바쁘다.

"뒤에 아이, 아, 따님이겠지요. 괜찮습니까?"

그의 질문에 나도 다시금 뒤를 돌아봤다. 고개가 더욱 삐거덕거린다.

"전 괜찮아요."

아이는 태어날 때부터 그랬다. 항상 높은 곳에 자신의 영혼을 두었다. 어지간한 상황에서도 아이의 기운은 저조한 법이 없었다. 아이가 있는 곳은 높고 맑아서 암울한 것은 아이의 발끝에도 닿지 못했다. 고속도로 교통사고 후 난데없이 나타난 애꾸눈 사내의 괜찮으냐는 질문에도 마치 음악회에서 옆자리에 앉은 단정한 모자를 쓴 할머니에게 나이가 몇 살이냐는 질문을 받았을 때처럼 상쾌하게 대답한다.

우리 가족 모두의 상태를 확인한 사내는 느리게라도 분명히 달리고 있는 차들을 태연하게 뚫고 다시 제자리로 돌아갔다. 거기엔 사고 차량 운전자로 보이는 왜소한 체구의 남자가 휴대전화로 연신 전화해 대며 하늘을 향해 열심히 이야기하고 있었다. 머리에 쓴 검은색 야구 모자를 툭툭 치기도 하고 양옆으로 머쓱하게 솟은 콧수염을 쓰다듬기도 하면서 무언가를 열정적으로 설명하고 있었다. 고속도로에서, 그렇게 빠른 속도로, 그렇게 빙글빙글 돌아서, 몇 대의 차를 연이어 받고도, 멀쩡히 걸어 나와, 담배 피울 여유가 생겼으니, 그는 할 말이 많았다. 몇 미터 떨어져 있는 남자의 이야기를 입 모양으로라도 알아들을까 싶어 몸을 기울이는데 멀리서 불안한 불빛을 번쩍거리며 이쪽을 향해 달려오는 구급차가 보였다. 어느새 소방차 두 대가 사고 지점을 앞뒤로 막아섰고 경찰차 한 대가 우리 차 바로 뒤에 바짝 붙어 섰다. 벽이 세워지고 사방이 막히자 마침내 안심이 되었다.

여러 명의 소방대원이 사고 현장을 저벅거리며 걸어 다닌다. 재킷 앞섶을 열어 둔 대원 하나가 우리 차의 사진을 찍는다. 우리에겐 들리지 않는 대화를 자기들끼리 나눈다. 그들의 표정은 이 모든 상황이 대수롭지 않은 동시에 심각한 것임을 말해 준다. 들리지 않는 이야기가 해석을 방임케 한다.

"소방차가 막아 주니 한결 낫네."

남편은 차 안을 주섬주섬 치우기 시작했다. 차가 견인될 게 분명하니 소지품을 정리하는 편이 좋겠다고 한다. 늘 생각하는데 나는 남편이 없었으면 현실 적응이 무척 어려웠을 사람이다. 내가 소소하다고 생각하는 것들은 알고 보면 소소하지 않은 것들의 덩어리임을 이럴 때 깨닫는다. 알지 못한다고 해서 불편한 적 없었고, 안다고 해서 더 편할 거라는 생각도 해 본 적 없었다. 몰라도 그만 알아도 그만인 영역이라면 나는 모르는 편을 택했다. 결혼 생활을 하다 보면 부부 사이라도 혹은 부부 사이니까 체면치레를 해야 할 때가 있다. 언젠가 그런 상황이 생겨 내가 한번 해 보겠다고 자진한 적이 있는데 일 처리도 영 신통치 않았고 — 체면치레였으니 무슨 마음이 있었겠는가 — 무엇보다 이런 영역의 일이란 나에게 어울리지 않는다고 남편이 친절한 눈과 단호한 입으로 말해 주길래 나는 계속해서 무지하기로 했다. 어떤 면에선 무지해도 되는 권리가 자랑스러워서 이런 영역을 잘 알고 잘 다루는 사람들에게 연민을 느끼기도 했다. 이런 영역이 하찮거나 시시한 것은 아니지만, 깊은 통찰력을 필요로 하는 것도 아니라는 생각에 나의 무심을 변호해 왔다. 변호는 적어도 남편에겐 통했고, 남편은 이를 뿌듯하게 여겼다. 현실은 남편이 맡고, 나는 비현실을 맡으면 되는 거였다. 그게 서로에게 쉬웠다.

"물병이 여기까지 날아왔군."

정말이었다. 아이 자리에 꽂혀 있던 물병이 가속 페달 옆에 떨어져 있었다. 물병을 솟아오르게 한 힘을 우리 몸도 고스란히 받았을 것이다. 보지 못했지만 물병이 날아올라 앞 유리창에 쿵 부딪힌 후 툭 떨어졌을지도 모를 일이었다. 떨어진 물병을 주울 때 남편이 끙 소리를 낸다. 나 또한 뒷좌석 밑에서 우산을 주울 때 안간힘을 써야 했다. 짧은 순간에 이미 많은 것이 변했음을 쉽게 알아차릴 수 있었다.

"차 등록증을 보여 주시겠습니까?"

어딘가에서 찾아낸 비닐봉지를 소지품으로 가득 채우고 있는데 경찰관이 남편 쪽의 창문을 두드린다. 남의 과수원에서 떨어진 사과를 줍다가 들킨 것처럼 괜히 움츠러들었다. 형광 조끼 위에 입은 묵직한 방탄복이 먼저 보였다. 어깨 길이의 곱슬머리는 부드러워 보였지만, 짙은 갈색이 지쳐 보였다. 여성 경찰관이었다. 얼핏 시계를 보니 자정에 가까운 시각이었다. 이 시간에도 일해야 하는 사람 중 하나가 경찰이라는 것을 잊고 있었고, 경찰 중엔 누군가의 딸이나 아내나 엄마가 있다는 사실도 잊고 있었다. 나는 곤히 자고 있을 것만 같은 그녀의 아기가 퍼뜩 떠올라 안쓰러운 마음이 일었다. 이 순간의 나는 자정에 가까운 시간에 아이를 포함한 내 가족 모두가 있는 곳이 반파된 차 안이라는 걸 잊고 있었다.

"여기 있습니다."

"고맙습니다. 차량 등록 조회를 해야 하니 잠깐만 기다려 주시기 바랍니다. 곧 제 동료가 올 겁니다. 사고 경위서는 그가 쓸 겁니다."

차량 조회를 끝낸 그녀는 우리 차 사진을 찍으려고 차 앞에 섰다. 카메라를 보자 아이가 뒤에서 스마일 해야지 하더니 미소 짓는다.

"스마일은 안 해도 돼."

"왜 안 해?"

대꾸할 말이 바로 떠오르지 않아 어색한 스마일로 답을 대신했다. 그러나 곧 다시 생각해 보니 사고가 어떠했든 관련자 모두 사지가 붙어 있었고, 주위에는 도움의 손길이 명백히 있었다. 이건 틀림없는 다행이었다. 우리 차가 충돌 후 반동으로 하늘로 붕 떴다가 뒤집혔더라면, 뒤차가 차선을 바꾸지 않고 우리 차로 그대로 직진했더라면, 어떤 차라도 사고 차량의 운전자나 동승자 쪽을 정확하게 받았더라면, 스마일 하고 싶어도 영영 할 수 없는 경우에 처했을 상황이었다. 그러니 일부러 슬픈 표정을 지어 암울한 기운을 자아낼 필요가 없었다. 실로 높고 맑은 곳에 있는 아이의 스마일은 그야말로 적합했다.

"안녕하십니까? 브래드 로히드 경장입니다. 지금부터 사고 녹취를 시작하겠으니 협조해 주시기 바랍니다."

앞서 봤던 경찰의 동료 경찰이 작은 녹음기를 들고 나타났다. 금발의 짧은 머리카락이 일제히 위로 솟아 있다. 차 안으로 기울인 상체가 크고 두꺼워 바깥의 정황을 모두 막아 준다. 그는 뒷좌석의 아이를 보자 누구라도 알아볼 수 있는 미소를 지었다. 남편과 경찰은 십여 분 전의 일을 차근차근 되짚어 갔다. 녹음되고 있는 대화의 억양이 차분하고 정갈해서 내용의 심각성을 해소하고 있었다. 옆에서 듣는 나는 사고 피해자가 아니라 사고 목격자 혹은 사고 장면을 뒤늦게 구술로 듣게 된 청취자가 된 기분이었다.

"견인차가 견인 준비를 할 겁니다. 차를 갓길로 옮겨 주시겠습니까?"

사고 녹취를 끝낸 로히드 경장이 창문 안으로 숙였던 상체를 일으키며 차량 이동을 요구했다. 순식간에 멈췄던 차였다. 고속도로 위 다른 차들이 신나게 달릴 때도 움직임이란 자신과는 별개의 일인 것처럼 꼼짝하지 않던 차였다. 남편이 시동 버튼을 누르자 차는 그르릉 소리를 냈다. 주행 기어로 바꾼 후 가속 페달을 밟았다. 천천히 움직인다 싶더니 차의 밑부분이 아스팔트 면을 끄그극 긁는 소리를 내다가 더는 힘들겠다는 듯 멈췄다. 움직인 거리는 일 미터도 채 못 되었다. 당연해야 할 것들이 당연한 이치를 따라 주지 않을 때 그에 대응할 방법이 신속하게 떠오르지 않는 것은 너무나 당연하다. 속절없이 멈춰 버린 차를 보고는 견인차가 우리 앞으로 온다. 무심한 얼굴의 남자가 견인차에서 철근 두 개를 내려 우리 차 밑에 텅텅 놓는다. 이제 바깥으로 나가야 할 차례였다.

사고 이후 우리는 내내 차 안에 있었다. 사고 이전에도 우리는 차 안에 있었다. 차 문을 열고 바깥으로 내딛는 첫걸음이 어색했다. 있어선 안 되는 시공간에 발을 내딛는 기분이었다. 오르페움 극장에서 나와 차에 탈 때만 해도 십일월 마지막 날이 끝나기 전에 집으로 돌아가는 것은 당연한 일이었다. 차에서 내린 지금, 십일월도 아니고 집도 아니다.

"이곳에서 택시를 부른다 해도 탑승은 위험할 겁니다. 일단 경찰서로 모실 테니 거기서 택시를 부르십시오."

로히드 경장 뒤를 따르는 우리 가족의 손과 품엔 뭔가가 한가득이었다. 자동차 파편이 무수히 떨어진 고속도로에서의 탈출이라기보다는 이고 지고 길을 나선 피난민의 모습이었다. 음악회를 위해 부드러운 양가죽 하이힐을 신었다. 이곳 날씨에는 전혀 실용성 없는 구두지만, 그러한 이유로 신을 수 있는 때가 생기면 그날은 무척 운이 좋은 날이었다. 양가죽 하이힐을 고른 후 그에 맞는 가방을 찾느라 한참 걸렸었다. 잡다한 것들로 가득 찬 비닐봉지를 들게 될지는 전혀 몰랐다.

경찰차의 뒷좌석은 놀라울 만큼 좁았다. 체격이 크지 않은 남편과 여덟 살 여자아이와 마른 편에 속하는 내가 앉으니 비닐봉지는 더더욱 천덕꾸러기가 되었다. 남편 말을 듣고 봉지 안에 무언가를 꾸역꾸역 넣어 들고 오긴 했는데 비좁은 경찰차 뒷좌석에 앉자 과연 그 행동이 그 상황에서 꼭 필요한 것이었는가 의심이 들었다. 하긴 경찰차 뒷좌석에 태워야 할 사람 중에 가득 찬 비닐봉지를 들고 타는 사람이 몇이나 있겠는가.

"카리부가에 있는 경찰서로 갈 겁니다. 금방이에요. 안전벨트는 안 해도 됩니다."

우리 가족은 이미 안전벨트를 매고 있었다. 그는 우리가 교통사고 현장에서 걸어 나왔다는 사실을 잊은 모양이었다.

"그나저나 사고를 낸 차 안에 자동차용 카메라가 있었어요. 한 번 볼래요? 꼭 봐야 할 겁니다."

그는 어투에서 흥분을 숨기지 못했다. 좋은 구경거리엔 손바닥을 비비고 콧구멍도 벌렁거리면서 같이 흥분해 줘야 판을 깐 보람이 있을 텐데, 하필 우리는 구경꾼이 아니라 구경거리였다.

"오, 그래요. 봅시다."

남편은 운전석과 뒷좌석 사이의 방탄 가림막에 코를 바짝 댔다. 그러자 로히드 경장이 가림막에 있는 작은 창문을 밀어 열어 더 가까이 볼 수 있게 해 주었다.

영상은 가글라디 진입로부터 시작됐다. 가글라디 진입로는 완만하게 굽은 내리막길이다. 빠른 속도로 달리던 차는 내리막에서 이미 통제력을 잃어 도로 양옆을 받기 시작했고, 고속도로로 진입하자 급속도로 회전했다. 진입로와 만나는 제일 바깥 차선엔 진행 차량이 없었지만, 바로 그다음 차선에서 직진하던 차가 있었으니 그 차가 바로 우리 차였다. 사고 차량이 승합 전용차선 쪽을 향하고 있었는지 진입로 쪽을 향하고 있었는지 확실하지 않지만, 순식간에 우리 차와 일 차 충돌, 밀려 나가 옆 차선에서 오던 차와 이차 충돌, 곧바로 어느 차와 삼 차 충돌, 마지막으로 중앙 분리대와 사 차 충돌 하는 것까지 보여주는 영상이었다. 이 모든 과정은 오초도 걸리지 않았다.

"대단하지 않아요?"

"놀랍네요."

"자동차용 카메라는 정말 기특한 물건이에요. 저도 제 차 전후방에 다 달았어요. 제 건 속도 측정 기능까지 있어요. 아무리 안전 운전을 해도 타인의 과실로 인한 사고는 언제나 일어날 수 있으니까요. 요즘엔 어디서나 다 팔아요. 꼭 추천해 드립니다."

로히드 경장은 다시 한 번 재생 버튼을 눌러 우리에게 영상을 확인시켜 주었다. 분홍빛 얼굴에 몇 해 전부터 회색빛이 감돌기 시작했을 푸른 눈을 가진 그는 뭔가가 너무 재미나고 좋아서 환희에 가득 찬 목소리로 '한 번 더!'를 외치는 아이처럼 신나 있었다. 눈매는 티브이에 나오는 광고를 보다가도 눈물을 흘릴 것처럼 대체로 선했지만, 때에 따라 눈꼬리가 사납게 올라가기도 할 것 같았다. 눈 밑에 짓궂음이 와글와글했다. 자신의 직업을 천직으로 여길 인상이었다.

"우리 두 눈으로 차가 급회전하면서 오는 걸 보긴 했어도 이렇게 영상으로 보니……, 끔찍하네요."

"저도 영상을 보고 나서 당신들이 얼마나 운이 좋았는지 알았다니까요. 심각하게 나쁠 수 있는 상황이었어요."

"과속 때문이었나요? 사고 원인이?"

"진입로에 블랙 아이스가 있었어요. 우리가 직접 확인했습니다."

그날 날씨는 드물게 화창했고 심지어 포근하기까지 했다. 밤이 되자 기온이 뚝 떨어졌다면, 그래서 도로에 보이지 않는 빙판을 만들었다면, 이 또한 이곳의 전형적인 날씨 현상이었다. 그래도, 블랙 아이스 때문이라니. 차라리 그들이 술을 진탕 마셨다거나 약에 취했다거나 휴대전화로 메시지를 주고받느라 사고를 냈다면, 우리에겐 그들을 비난할 권리가 있었다. 그들을 용서하거나 말거나 선택할 수도 있었다. 특별할 것도 없는 날씨 때문에 무고한 가해자가 된 그들 앞에서 우리에게 주어진 것은 닥친 현실을 수용해야만 하는 의무뿐이었다.

"몇 살이니?"

영상을 끈 후, 로히드 경장이 아이에게 묻는다.

"여덟 살이에요."

"삼학년?"

"네."

"어느 학교 다니니?"

"에버그린 엘리멘터리 스쿨에 다녀요."

"어디에 있는 학교야?"

"코퀴틀람에 있어요."

"우리 딸도 삼학년이야. 랭리에 있는 학교에 다니지."

로히드 경장은 아이를 보는 척하며 차를 후진했고, 곧 주행으로 기어를 바꿨다. 본격적으로 달릴 준비를 마치자 사이렌을 켰다. 어지러운 불빛이 흘러나왔다. 십여 미터 정도 직진하다가 갑자기 유턴한다. 갈 수 없는 곳으로 간다. 중앙 분리대다. 갈 수 없다고 생각한 그곳에, 틈새가 있었다. 틈새를 빠져나가는 그의 솜씨는 익숙했다.

사고 현장이 고속도로 어디쯤일 거라고 대충 짐작하고 있던 나는 유턴으로 인해 방향 감각을 완전히 잃었다. 어딘지 모를 어두컴컴한 길을 따라가다 보니 외딴곳에 경찰서가 있었다. 경찰서 뒷문으로 들어갔다. 몇 개의 벽과 몇 개의 책상을 지나자 입구가 나왔다. 거기서 택시를 불렀다. 터번을 쓴 운전사에게 집 주소를 말하고 나서 무심코 뒤를 돌아봤다. 철저하게 내려앉은 어둠 속에서 뒷문과 꼭 닮은 정문이 우리를 유심히 쳐다보고 있었다. 비닐봉지는 이미 우리 곁을 떠난 뒤였다.

2. 후퇴 retreat

아침에 일어나니 조용했다. 차 바퀴가 도로를 처참하게 긁는 소리가 귓속에서 멈추지 않아 수면제 반 알을 먹고 잠이 들었었다. 내 귀가 너무 밝다며 혀를 차던 엄마는 나의 얕은 잠이 바로 밝은 귀 때문이라는 사실까진 몰랐다. 쟈는 맨날 토끼잠이데이, 남한테 남 얘기하듯 딸의 잠버릇을 밝히던 엄마였다. 일부러 귀를 밝게 하는 사람은 없다. 단지 귀가 잠들지 못할 뿐이다. 밤낮 천장에서 다다닥대던 쥐들의 황급한 걸음, 엄마를 후려갈기고 엄마 등을 질근질근 밟은 뒤 잠이 든 아빠의 어두운 적막을 방해하던 코골이, 밤새도록 일정한 간격으로 쉼 없이 돌아가던 방직 기계, 구들장 밑으로 수천 개의 알을 까고 집요하게 구석을 찾던 수백 마리의 바퀴벌레. 눈을 꼭 감으면 희한하게도 귀는 열렸다. 안 보고 못

보는 것을, 귀는 들었다.

한때 우리 가족의 가정의였던 닥터 윤은 항상 잠정적인 것을 최종적인 것으로 서두르거나 분명한 것을 애매한 것으로 분류하거나 게으르고 뻔한 조언을 절대적이고 전문적인 것으로 둔갑시켜서 좀처럼 믿음직한 느낌을 주지 못했는데, 그녀가 잘한 일이 하나 있다면 나에게 수면제를 처방해 준 것이었다. 수유도 끝났고 아이의 밤잠도 규칙적으로 안정되어서 나 또한 규칙적인 잠을 자면 되는 때였다. 그러나 눈을 꼭 감고 잠을 청하면 귀는 아이의 칭얼거림을 찾았다. 울지도 않는데 꼭 울음소리를 들은 것처럼 자는 척하다가도 벌떡벌떡 일어났다. 남편은 이런 나를 이해하지 못했다. 눈을 감으면 자면 되는 거였고, 눈을 감은 이상 어떤 소리가 나도 그건 수면과는 아무런 상관이 없어야 했다. 남편에겐 제일 쉬운 것이 나에겐 제일 어려운 과제였다. 배꼽을 통한 호흡을 해 보기도 하고, 특정한 요가 자세를 취해 보기도 하고, 취침 전 국화차나 육두구를 넣은 따뜻한 우유를 마시거나 햇살을 가장한 멜라토닌을 먹어도 봤지만, 모두 허사였다. 오히려 그런 노력은 어떻게든 잠을 자야만 한다는 강박으로 다가와 창문 밖이 부옇게 될 때까지 꼼짝없이 잠자리를 지키게 했다. 이불을 툭 털고 일어나 진한 커피를 내리고 책을 읽는 용기는 나에게 없었다. 간혹 생기는 불면이라면 미련 없이 수면을 포기할 수도 있었을 것이다. 하지만 나에겐 매일매일이었다. 매일매일의 수면을 포기해도 될 만큼 나의 일상은 호락호락하지 않았다. 아이는 여전히 어렸고, 내가 도와주던 남편 일도 상승세를 타는 중이었다. 귀가 자지 않더라도 눈이나 등이나 허리나 손발을 재워야 했다. 결국엔 만성피로와 어깨결림과 허리통증을 호소하며 닥터 윤을 찾았다.

"운동하셔야죠. 운동해야 이런 증상들이 없어집니다."

"그래야 한다는 걸 알지만 도저히 짬이 나지 않아요."

"일부러 짬을 만들어야죠. 잠깐이라도 아이를 봐 줄 사람이 없나요?"

"그럴 형편이 못 됩니다."

그럴 형편도 못 됐고, 그럴 마음도 없었다.

"운동하셔야 합니다."

"짬이 난다 해도 운동할 힘이 없어요. 운동 대신 휴식을 택할 수밖에 없어요."

닥터 윤은 아주 한심하다는 듯이 나를 봤다. 나는 어느새 한심한 아기 엄마가 되어 있었다. 이런 한심한 아기 엄마에겐 어떤 제안을 해 봤자 먹혀들지 않으리라 생각한 모양이었다. 닥터 윤은 나에게 처방전 하나를 내밀었다. 물론 채찍이 아니라 당근이었다.

"꼭 필요하면 먹어요. 인위적인 수면이지만, 잠을 잘 수 있을 거예요."

타원형의 파란색 알약을 스물다섯 개 받아 왔다. 파란색 알약은 어른이 열어도 열기 힘든 플라스틱 통에 들어 있었다. 열기가 너무 힘들어 웬만하면 먹지 말라는 뜻으로 알아듣고 꾸역꾸역 불면의 밤을 보냈다.

그러던 어느 날이었다. 여느 때처럼 자는 척을 해 보려던 참이었다. 모두가 잠든 시간, 깨어 있는 것은 부지런히 흐르는 강과 귀뿐이었다. 깨어 있는 귀는 깨어 있는 강의 소리를 줄기차게 끌어왔다. 아이가 더 어렸을 때 백색 소음을 만들어 내는 기계를 크립(crib: 사면이 막혀 있는 아기 침대) 옆에 놔뒀었다. 그 소음 중 하나가 집 주위로 흐르는 강물 소리를 닮았었다. 숙면에 도움을 주는 소리가 바로 내 귓가에 있다. 자는 건 어렵지 않아야 했다.

"니는 오늘이 대체 무슨 날인지 아나!!"

엄마는 왜 항상 인사를 생략하고, 이차 저차 서론을 제거하고, 미주알고주알 전개도 없이, 다짜고짜 클라이맥스에서 시작하는 걸까. 그날은 엄마의 음력 생일이었다. 시차를 계산하고 엄마의 하루 일정을 생각해서 가장 적절한 때에 전화했는데, 엄마는 전화를 받자마자 대뜸 오늘이 무슨 날인 줄 아느냐고 한다. 형태는 질문이었지만 내용은 호통이었다. 엄마의 한 해 한 해는 남편도 없이 가까이 자식도 없이 살아가는 기특한 시간이기에 으름장을 놓아서라도 찬양돼야 했다. 찬양은 어렵지 않았지만, 해마다 바뀌는 음력 날짜 계산은 쉽지 않았다. 그러나 엄마는 내가 사는 환경과는 상관없이 손 없는 날, 장 담그는 날, 달이 차고 이지러지는 날, 해가 짧아지고 길어지는 그 모든 날을 주관하는 달력을 마땅히 가지고 있는 줄 안다. 그 당연한 달력을 당연하게 따르고, 다른 어떤 날보다 서너 배쯤 더 큼지막하게 쓰인 엄마의 음력 생일을 꼬박꼬박 챙겨야 하는 줄 안다. 아니면 일부러 헷갈리게 날짜를 정해서 당신에 대한 나의 관심을 시험하는 것일 수도 있었다. 혹은 내심 내가 잊어버리기를 바라는지도 몰랐다. 아예 잊어버려서 세상에서 가장 가엾은 엄마가 되고 싶은지도 몰랐다. 그럼에도 불구하고 딸이 기어이 생일을 기억해 전화하다니, 역정 낼 만도 했다. 이 모든 걸 추측하느라 질문의 형태를 띤 호통에 아무런 대답을 못 하고 있었더니,

"아이고 참 내……."

혀를 차며 전화를 끊어 버린 엄마였다. 그 후 내 귓속에 머물러 버린 아이고 참 내였다. 아이고 참 내는 힘찬 강물 소리를 힘차게 뚫고 와 소용돌이를 만든다. 부글부글 거품을 일으키고 빙글빙글 맴돌게 한다. 빠졌다간 헤어 나오지 못할 것 같다. 용기를 내야 했다. 이불을 털고 일어나 묵직한 서랍을 열고, 안간힘을 써서 뚜껑을 연 다음, 파란 알약 하나를 삼켰다. 소용돌이를 피했는지 아니면 그 속으로 들어갔는지 알 수 없는 잠에 빠졌다. 쑥 빠졌는데, 결국 구해졌다. 내가 처음으로 수면제에 손댄 날이었다.

수면제를 먹고 잔 날엔 꿈을 꾸지 않는다. 꿈을 꾼다 해도 가짜 잠에서 비롯된 가짜 꿈이다. 눈을 뜨고 나면 가짜 꿈은 빛과 함께 사라진다. 피질에 남은 꿈이 없으니 마음에 담길 것도 없다. 나의 뇌는 가짜 잠을 유발하는 파란 약의 정체를 업신여기고 있다. 잠은 속임수고 꿈은 헛것이라고 생각하고 있다. 뇌가 그리 여길지라도 나는 속임수에 의존해야만 한다. 정직한 잠은 좀처럼 생겨나지 않고 무엇보다 어떻게 해야 정직한 잠을 잘 수 있는지 모른다. 그

운동이라는 것을 하면 정직한 잠을 잘 수 있을까 싶어 한동안 동네 몇 바퀴를, 강을 따라, 철길을 따라, 해안을 따라, 달려 보기도 했었다. 달리기는 온몸에 피곤을 둘러 주긴 했지만 의식엔 도리어 활력을 채워 넣었다. 눈을 감고 누우면 뒷골에서 두둥두둥 피가 뿜어 올려지는 소리가 들렸다. 자는 척하는 연극을 사흘쯤 하고 나면 나흘째엔 틀림없이 속임수를 써야 했다. 그나마 다행인건 먹는 양을 한 알에서 반 알, 그러다 사 분의 일로 줄인 것이었다. 여전히 속임수는 속임수였지만, 강도를 약하게 하는 수법이었다. 그러나 교통사고가 난 날처럼 심장 뿌리까지 쿵쿵대는 일을 겪은 날이면 어김없이 강도는 세져야 했다. 귀는 원래부터 그랬듯 잘 생각을 안 하고, 뇌는 귀가 새롭게 끌어모은 소리를 다지고 섞고 끓이며 파티 준비를 하느라 바빴다. 이럴 땐 시간이 걸리는 속임수가 아니라 흥분된 귀와 머리를 단숨에 기절시킬 수 있는 몽둥이가 필요했다. 반 알의 파란색 알약은 효과적인 몽둥이 역할을 했고, 몽둥이가 휘둘러진 밤이면 가짜 잠에서 가짜 꿈들이 활개를 쳤다. 얻어맞아 기절한 귀라도 듣는 기능은 포기하지 않는다. 시끌벅적한 꿈들이었다.

  타이머의 작동이 끝난 것처럼 번쩍 눈이 떠진다. 꿈들의 시끄러운 소리가 고여 있는 귀로 현실의 고요를 듣는다. 집요하던 강물 소리는 어느새 잦아들고, 숲에선 새들이 이미 그들의 정오를 시작한다. 여전히 새벽이다. 남편과 아이를 깨우지 않으려고 조심히 계단을 내려오는데 누군가 엉덩이 밑에서 등 중간까지 굵은 바늘을 쑤욱 꽂아 넣는 것 같은 느낌이 전해져 왔다. 선명하고 날카로운 고통은 비명까지 집어삼켰다. 계단 난간을 잡았다. 피할 데나 숨을 데 없이 정면으로 고통과 마주했다. 여태 만나 보지 못한 통증이었다. 사고의 여파가 몸속에서 똬리를 튼 모양이었다.

처음 만나는 통증은 불안감을 달고 왔다. 기다렸다는 듯 불안이 내 어깨와 머리에 철퍼덕 올라탔다. 그것의 무게가 무거워서 나도 모르게 몸을 앞으로 숙였고, 그러자 몸 안에 꽂힌 바늘이 그 굵기와 길이를 가차 없이 보여 준다. 굴복해야 했다. 싹싹 빌고 질질 끌며 겨우겨우 아래로 내려갔다. 커피를 내리기 전에 비상약 캐비닛부터 열었다. 가장 강력한 진통제를 찾았다. 수면제를 복용해도 진통제에 이르면 나는 무척 인색해진다. 고통은 자각의 척도라 여기며 되도록 마비시키지 않고 그대로 살려 둔다. 그중엔 반복해서 느끼기에 내 몸의 일부가 된 것도 있고, 방금 계단을 내려올 때 느낀 것처럼 난생처음인 것도 있다. 처음 겪은 출산의 진통도 낯선 것은 아니었다. 어떤 것에도 비교할 수 없는 고통이었지만, 그건 당연히 감당해야만 하는 고통이었고, 그러기에 참을 수 있는 익숙한 것으로 취급했다. 이틀에 걸친 진통에도 무통 주사 생각을 한순간도 하지 않았다. 참을 수 없었지만 참아야 했고, 아이를 위해선 무엇이라도 참을 수 있었다. 그러나 계단을 내려올 때 느낀 고통엔 당위성이 없었다. 강력한 진통제를 먹는다고 해도 쉽사리 없어지는 종류가 아님을 첫 경험이라도 알 수 있었다. 누군가 쑥 꽂아 넣은 굵은 바늘은 내 몸 안에서 시퍼렇게 살아 지루할 틈 없이 정신이 아득해지는 고통을 줄 것을 알았다. 바늘이란 게 그렇다. 한번 몸 안에 꽂히면 더욱 깊숙이 들어갈 뿐이다. 일단 커피와 함께 굵은 알약 하나를 삼켰다.

통증은 빠른 시간에 끔찍한 강도로 나를 덮쳐 왔다. 모든 움직임에 제약이 가해졌다. 불안감으로 눌렸던 목과 어깨는 단숨에 뻣뻣해지더니 어느새 돌덩이처럼 딱딱해졌다. 굳어진 어깨와 연결된 팔은 팔꿈치에 고통을 저장하고 손목에 이르자 순환을 포기했다. 덩그러니 남은 손은 전해지지 않는 감각과 혈류로 인해 심한 무력감을 느꼈다. 펴지지 않는 손가락에 무거운 추가 달렸다. 허리 아래 모든 신체 부분이 고통의 소리를 질렀다. 남편은 나의 고통에 동참하지 못했다. 그는 등과 팔의 통증을 언급했지만 고통의 정도나 출처에 관해선 자신 없어 했다. 아이 또한 팔과 어깨가 아프다고 하다가 난 괜찮아, 맑고 밝은 그곳, 높은 곳의 영혼으로 원상 복귀했다. 스무 해 전 교통사고로 세상을 떠난 이종사촌 언니 생각이 났다. 왕래가 잦지 않아 명색만 사촌이었던 그녀는 고속버스 추돌사고로 목숨을 잃었다. 부상자 0명, 사망자 1명이 발생한 사고였다. 생사엔 정해진 법칙이 없다. 법칙이 있다고 믿는다면 오만한 발상이다.

당위성 없는 고통을 참아 내기란 생각보다 어려웠다. 사고 장면이 시도 때도 없이 머릿속에 자동 재생되며 나를 내동댕이쳤다. 내 몸은 상상으로 수백 번 수천 번 아스팔트 위에 내던져졌고, 그때마다 생생한 고통을 느꼈다. 어떠한 진통제라도 소용없었다. 습

관처럼 이를 악물면 어금니 뿌리가 바늘 끝과 닿아 숨이 턱 멎었다. 병원을 찾아야 했다. 아무것도 해 주지 않으리라는 것을 알았지만, 적어도 어떤 치료부터 시작해야 할는지 눈치챌 수 있지 않을까 싶어 굽신거리는 마음으로 응급실을 찾았다.

언제나 그렇듯 응급실은 만원이었다. 온갖 종류의 아픈 사람들로 가득했다. 응급실에 온 이유는 각자 다르겠지만, 다들 고통과 기다림을 참아야 한다는 점에선 동일했다. 공평한 상황은 암묵적인 동의를 이뤄 내고, 그것은 침묵으로 나타났다. 복잡한 응급실 로비는 조용했다. 차라리 서 있는 게 고통이 덜해서 귀하게 찾아낸 기둥 옆에서 다섯 시간을 기다렸다. 화장실에 다녀오자 귀한 기둥은 나보다 더 초췌한 몰골을 한 사내의 것이 되어 할 수 없이 기둥 옆에 있는 의자에 앉았다. 꼬리뼈에서 시작된 날카로운 통증은 엉덩이 전체를 관통하고, 아래로 스르르 내려와서는 뒤꿈치를 찔러 댔다. 이젠 바늘이 아니라 칼이었다. 저절로 눈이 감겼고, 의식은 고통의 장소를 더듬었다.

"아니, 오 달러가 뭐야? 이거 하나에?"

"그러니까 전부 다 바깥에서 사 왔어야 했다니까."

"얼른 마셔, 식기 전에. 자자, 이리 가까이 와 봐."

귀가 잡아낸 것은 다리어였다. 나는 다리어를 알아들을 수 있다. 단순히 알아들었다고 해서 감았던 눈을 뜰 만큼 나는 한가하지 않았다. 고통이 호기심을 누른 지 오래였다. 내가 앉은 의자를 누가 억센 힘으로 당기는 바람에 저절로 눈이 떠졌다. 응급실 로

비의 의자들은 보기엔 각각 독립된 의자지만 한 줄씩 단단히 연결
돼 있어서 누군가가 발로 툭툭 차거나 밀거나 당기면 그 줄에 앉
은 모든 이가 알아차리게 되는 식이었다. 그러니까 그런 행동을
하지 말라는 무언의 명령이었다. 이 명령을 어긴 이가 바로 내 앞
에 있었다. 갈색 계열의 히잡을 쓰고 히잡 색깔과 비슷한 색의 코
트를 입은 여인이었다. 이 여인 옆에 생김새가 비슷한 여성이 주
스 박스를 빨고 있는 어린 여자아이와 나란히 앉아 있었고, 의자
가 끝나는 옆쪽엔 청년 하나가 다리를 올린 채 작은 휠체어에 비
스듬히 앉아 있었다. 고통과 기다림을 인내하느라 소리를 잃은 응
급실 로비의 사람 대부분과 달리 이들은 활기에 차 있었다. 의자
를 당겼던 여인이 큼지막한 가방 안에서 주섬주섬 뭔가를 꺼낸다.
기다란 서브 샌드위치 세 개가 나왔다. 하나씩 나눠 먹는 모습이
마치 소풍을 나온 듯하다. 그들은 샌드위치를 한입 가득 베어 물
며 이렇게 기다릴 줄 알았다면 차라리 구급차를 부르는 편이 좋았
을 거라고 이곳 병원 시스템에 관해 한마디씩 한다. 원래 목소리
가 큰지 아니면 아무리 큰 소리로 얘기해도 알아들을 사람이 없을
거라 생각해서인지 그들의 대화엔 거리낌이 없었다. 그 모습을 보
자 아침부터 아무것도 먹지 않은 내 위가 그들을 부러워했다. 응
급실에 오면 몇 시간씩 기다리는 일이 다반사였다. 아침에 도착하
면 점심시간을 훨씬 지나서 의사를 볼 수 있고, 점심때 도착하면
저녁 시간을 훌쩍 넘겨서야 의사를 만날 수 있는 게 정상이었다.
고통이 아무리 심해도 생사를 넘나드는 상황이 아니라면 기다릴

수밖에 없는 노릇이었다. 나에겐 출혈도 없고 골절도 없어서 순간 억울해졌다.

"안녕."

불쑥 받은 인사였다. 주스 박스를 빨던 아이였다. 탐스러운 곱슬머리가 귀밑에서 끝나고, 얼굴의 반을 차지하는 눈이 나를 향해 고정되어 있었다. 엄마와 이모와 외삼촌은 샌드위치를 먹으며 수다를 떠느라 자신을 거들떠보지도 않는데 마침 딴생각을 하던 내가 그 아이를 골똘히 쳐다보는 바람에 아이는 기회를 잡은 셈이었다. 평소 같았으면 나도 인사를 했을 것이다. 아이가 인사하기 전에 먼저 말을 걸었을지도 모른다. 부모가 되면 세상의 모든 아이가 자기 아이처럼 보인다. 동시에 세상의 모든 아이를 자기 아이 기준에 맞춘다. 그러다 보면 뻔뻔한 판단을 하게 되는 실수를 저지르기도 하지만, 대부분은 그들에게 친절한 어른으로 남고 싶어 한다. 일시적일수록 친절은 쉬운 법이다. 그러나 고통은 친절을 사치로 여기고 있었다. 왜 하필 나한테 관심을 받고 싶어 하나 순간 짜증이 났다. 아이를 대하는 모든 어른이 애정을 보여 줘야 하는 법이 어디 있나. 이런 귀찮은 일이 내 코앞에서 일어나고 있다는 사실이 참을 수 없었다. 시선을 돌렸다.

"으아아아아앙!"

아이가 자지러지게 운다. 빨던 주스 박스를 내던지며 운다.

"이렇게 울면 의사가 와서 주사를 빵 놓을 거야. 얼른 뚝 그쳐."

샌드위치를 우물거리며 아이의 엄마가 윽박지르자 아이는 이제 바닥에 구른다. 상투적인 드라마에서 내가 극적으로 구해진 건 응급실에 도착한 지 여섯 시간 만이었다.

"무엇 때문에 왔지요?"

얼굴이 하도 말개서 언제부터 당직을 섰는지 추측이 안 되는 의사였다. 이름을 기억해 두면 좋겠다는 생각이 들었다. 하얀 가운에 짙은 남색으로 닥터 리우, 깨끗하게 수놓여 있다.

"며칠 전 고속도로에서 교통사고를 당했어요."

아무리 응급 상황이 아니더라도 독감 정도로 응급실을 찾는 사람이 아님을 선언하고 싶었다. 흔한 접촉 사고 때문에 온 것도 아님을 알리고 싶었다. 지루하지 않게 그러나 중요한 점을 놓치지 않고 사고 경위를 말한 뒤 겪고 있는 증세에 관해 최대한 객관적으로 간략히 설명했다. 칼이나 바늘이 찔러 대는 날카로운 통증에 대해선 특히 더 신경을 썼다.

"사고 이후 어떤 약을 먹거나 치료를 했나요?"

"취침 전에 소염 효과가 있는 진통제 하나와 수면제 반 알을 복용하고 있고, 치료는 제가 아직 가정의를 만나지 못해서 아무것도 안 하고 있습니다. 다음 주 금요일에 가정의와 약속이 잡혔지만, 통증이 너무 심해서 여기 오게 됐어요."

"진통제 양을 늘려야 합니다. 소염제 두 알과 진통제 두 알을 하루에 세 번 드세요. 마사지나 물리치료를 시작하셔도 되고요. 충분히 휴식을 취하세요. 곧 나을 겁니다."

"사실 다음 주에 휴가가 잡혀 있는데 지금 상황으로는 도저히 갈 수 없을 것 같거든요. 오 분도 앉아 있을 수 없는 상태로 여섯 시간 비행은 무리일 것 같아서요. 더구나 수많은 야외활동이 포함된 휴가라……."

"갈 수 있다고 생각되면 가는 거고, 못 간다고 생각되면 못 가는 거죠. 원하는 대로 하세요."

앞서 설명할 때 중요한 뭔가를 놓친 것 같았다. 그렇지 않고선 엑스레이는커녕 기본적인 감각 검사도 하지 않은 채 저렇게 눈으로만 태연히 진단할 수 있을까 싶었다. 그는 마치 나를 아이가 감기에 걸렸다고, 길 가다 넘어졌다고, 자다가 코피가 났다고 수시로 전화해 대는 성가신 누나로 대하는 것 같았다. 그것도 아니라면 도로주행 규칙을 깡그리 무시하며 운전해 대서 예사로 접촉 사고를 내는 엄마로 대하는 것 같았다. 혹은 서른여섯 시간 동안 수술한 환자의 죽음을 목격한 후 재빨리 샤워하고 나서 응급 환자를 받았는데 상처 하나 없는 교통사고 생존 환자라니, 말도 안 되는 하찮음에 기막혀 하는 것 같았다. 수직으로 내리꽂히는 고통을 견디며 여섯 시간을 기다린 끝에 내려진 무언의 진단은 신경과민증이었다.

응급실에서 돌아온 후 여러 형태의 조치를 서둘러 취했다. 지금껏 지인으로 지냈던 이를 우리 가족의 변호사로 고용하고, 설레며 기다렸던 칸쿤으로의 이 주간 휴가를 위약금을 물고 취소하고, 각종 치료사와의 약속도 서둘러 잡았다. 아이 학교와 과외 활동 선생님들께도 사고 경위를 알리고 추후 발생 가능한 여러 상황에 대해 예의 주시해 주십사 요청했다. 모든 것은 기록되어야 했고 일부러라도 기록으로 남겨야 했다.

가정의 닥터 로스는 내 골반과 천장관절에서 심각한 부상을 확인하고는 오래전부터 잡혀 있던 페루행에 대해 미안함을 감추지 못했다. 단순한 관광 여행이 아니라 오지로 의료봉사를 떠나는 여행임에도 그녀는 거듭 미안해하며 나에게 최대한 시간을 할애해 주었고, 자신이 없는 동안에도 회복에 소홀치 말라고 신신당부했다. 오랜 시간 겪어 본바 닥터 로스는 단순한 가정의가 아니라 궁극의 전문의와 같은 존재다. 그녀가 떠나는 날 꿈을 꿨다. 나는 누워 있는 상태고 얼굴을 알 수 없는 여러 사람이 나를 도와주려고 주위에서 웅성대고 있었다. 어떤 힘으로 내 몸은 아주 미미하게 들어 올려졌는데 내가 느끼는 내 몸의 무게가 너무나 무거워 나를 들어 올리려 하는 힘에 무척 미안한 마음이 들었다. 그들을 위해서라도 몸을 가볍게 하고 싶은데 마음대로 안 돼 꿈틀대다가 잠에서 깼다. 그 꿈을 꾼 후 닥터 로스에 대한 신임은 절대적인 가치를 가지게 되었다.

다행히 우리는 훌륭한 마사지 치료사와 물리치료사와 카이로프랙터(chiropractor: 척추 지압사)를 알고 있었지만, 불행히도 나는 그 누구와도 당장 만날 수 없었다. 누구의 손이라도 몸에 닿으면 나는 사시나무처럼 떨었다. 어떤 종류라도 외부의 힘을 위협으로 느끼고 있었다. 내 몸은 사고 후 삼 주가 지났는데도 여전히 충격 상태에 머물러 있었다. 아무리 용을 써도 진전이 없었다. 오히려 무언가를 하려 할수록 무기력함을 여실히 드러냈다. 몸의 구조상 중심부에 탈이 나자 나머지 부분은 자진해서 제 기능을 하려 들지 않았다. 나 혼자 사고를 당한 듯한 상황에 우리 가족 모두는 익숙해져야 했고, 각자가 맡은 역할과 분량을 어떻게든 이행해야 했다. 남편과 아이의 분량은 내 것을 위임받음으로써 더욱 늘어났지만 그들은 매 순간 최선을 다해 엉성한 곳이 보이지 않게 했다. 내 분량은 그들에게 일부 위임했어도 잔여분이 있었다. 그것은 신음을 구호 삼아 조심스럽게 해 나갔다. 내게 최대 분량으로 주어진 것은 회복이었지만, 충격 상태의 몸을 다룰 수 있는 건 시간밖에 없어서 회복은 더디기만 했다.

남편은 사고 후 위로와 응원의 메시지를 보내 준 사람과 그렇지 않은 사람을 분류하며 자신과 지인들 간의 친분을 재정리했다. 그럴 필요까지 있겠느냐고 그의 날 선 마음을 누그려 볼까 하다 남편의 얼굴이 심각하고 진지해서 입을 다물었다.

"이 정도로 다친 게 천만다행이지만, 누구라도 죽을 수 있었던 사고였어. 대형사고였다는 걸 알면서도 안부 인사를 안 하는 걸 보면 거기까지가 한계인 거지. 이건 가족을 포함해서야."

남편은 가족에 강한 강세를 두었다. 남편과 나는 각자의 고국에 직계 가족을 두고 있기에 우리가 사는 이곳엔 가족으로 부를 만한 이들이 별로 없다. 끌어모아 봐야 그의 여동생이나 촌수가 먼 친척이나 건너 건너 사돈 정도가 전부다. 그들은 모두 남편과 연관된 이들이고 나와 관련된 가족은 단 한 명도 없다. 남편이 가족으로 부를 만한 이가 있다면 얼마 전 결혼해서 이곳에 정착한 그의 여동생뿐이다. 나의 짐작이 맞는다면 끝에 가서는 씁쓸함에 다다를 것이다. 깊게 관여하지 않아야 길게 가는 관계가 있다.

"엄마한텐 아직 사고 얘기 안 했어."

그의 발상과 나의 짐작을 우회시키려고 한 말이었지만, 사실은 내 안에 오랫동안 아주 무겁게 고여 있던 말이었다. 사고가 난 지 삼 주째였다. 사고 당시 남편과 통화 중이던 시어머니는 그동안의 경과에 관해 세세히 알고 있는 반면 엄마는 사고에 대해 여전히 모르고 있었다.

"솔직히 말해서, 엄마한테 얘기했다가 내가 듣고 싶은 말을 못 들을까 봐, 그게 두려워서 못 하겠어. 이미 너무 아픈데 엄마가 나를 더 아프게 할까 봐, 겁나."

끔찍한 고통으로 인해 정신력의 밑바닥에 가라앉았던 날, 나에게 상상할 수 없을 만큼 무거운 추를 달아 더욱더 깊은 나락으로 떨어지게 한 이가 있었으니, 바로 엄마였다. 엄마는 저 깊은 바닥에 가라앉은 나를 보고도 자신의 약한 손목을 걱정하며 아예 손 내밀 생각을 안 하든가, 언제나처럼 내가 알아서 기어 올라올 거라 생각하든가, 아니면 저렇게 바닥에 가라앉아 있어도 괜찮은가 보다 여기며 자기 갈 길을 가든가, 혹은 하필이면 떨어져서 당신을 안 돌본다고 날 비난하든가, 이 중 하나에 속하기도 하고 모두에 속하기도 하는 이였다. 남편도 이런 엄마를 알고 있었다.

"무슨 말인지 알겠는데, 미리 판단하는 걸 거야. 뭐라도 먹어야지? 치킨 수프 좀 만들까?"

내 입을 통해 어떠한 말이 나온다면, 특히 그 말이 무게를 가진다면, 그것은 대개 철저한 여과 장치를 거친 후 나온 것임을 누구보다 잘 아는 남편이다. 한 발짝이라도 더 나가면 눈에 뻔히 보이는 해저 절벽 아래로 떨어질 것을 아는 남편은 아예 항로를 바꿔 준다. 머뭇거리는 내 손을 단단히 잡고 부드럽게 키를 돌려 준다.

남편은 처음 만났을 때부터 내가 가져 보지 못한 아빠요 엄마이자 오빠요 동생이었다. 그러니 가족이 돼야 할 인연이었다. 기꺼이 한 배를 탔다. 그는 정처 없이 떠다니던 나에게로 와서 돛과 닻이 되어 주었고, 나는 그게 고마워서 어설프게나마 물길을 읽고 뱃머리에 붙어 정령 흉내를 냈다. 한 번씩 미풍을 폭풍으로 착각하여 허둥대며 키를 돌리면 그는 적절하게 돛의 각도를 조정하여 요동치는 나를 진정시켰다. 돛과 닻이 든든해서 물길을 찾는 내 눈도 어느새 여유로워졌다. 함께하는 항해는 순조로웠다. 큰 파도가 와도 수월히 넘을 수 있었고, 투실투실한 물고기를 건져 올릴 수 있는 길목을 알아내기도 했다. 나는 이 모든 것이 남편 덕분이라고 여겼고, 남편은 물길을 찾고 배의 정령 노릇을 하는 내 덕분이라고 생각했다. 서로를 향한 감사는 갑판에 앉아 뜨고 지는 해를 바라봐야 할 때를 놓치지 않게 했다.

전사가 되기 싫어 뭍을 떠났던 나는 남편을 만나 항해사가 되었다. 나를 전사로 만들었던 아빠와 엄마는 땅 밑과 땅 위에 있다. 그들이 있는 뭍에서 바람이 불면 나는 아직도 놀란다. 평화로웠던 숨이 돌연 가쁘게 변한다. 나의 가쁜 숨과 뭍에서 부는 바람이 합쳐지면 영락없이 돌풍이 되고, 돌풍을 피하고자 키를 돌리면 어김없이 폭풍이 된다. 폭풍에 휩싸인 나는 발밑에서 미역처럼 헤엄치는 길고 긴 검은 머리카락을 본다. 뭍에 있던 그것이다. 어느새 물에 들어와 세이렌이 된 그것이다. 그것과 눈을 마주치면, 그것은 틀림없이 나를 심연으로 빠뜨린다.

산후조리를 하고 있을 때였다. 산후조리라고 할 수도 없는 것이 내가 밥을 해 먹이며 챙겨야 할 식구가 여섯이었다. 돌아서면 끼니때가 찾아왔고, 여섯 명의 식구는 늘 입을 벌리고 있었다. 눕는 건 고사하고 앉을 틈도 없이 동동거리고 나면 나에게 돌아오는 끼니가 모자라 시리얼로 때우기 일쑤였다. 허기진 배로 아이에게 젖을 먹이노라면 영혼에서 텅텅 소리가 났다. 그 기간, 허기나 피로는 참을 수 있었지만 엄마를 향한 그리움은 참을 수 없었다. 엄마가 너무 보고 싶었다. 엄마가 된 나에게 절실히 필요한 건 엄마였다. 그러나 엄마는 당신의 딸이 딸을 낳고 혼자서 여러 식구 뒤치다꺼리하며 산후조리까지 해야 하는 상황을 뻔히 알면서도 전화한 통 하지 않았다. 아이를 출산해야 하는 그 급박하고 힘든 시간엔 성별을 알고자 무수한 전화로 틈을 주지 않더니, 출산 후엔 감감무소식으로 당신의 존재를 숨기면서 알렸다. 출산 후 한 달째, 부족한 잠과 부족한 영양과 과중한 일과 불균형한 호르몬으로 내 심신은 피폐해질 대로 피폐해졌고, 아이를 낳은 기쁨이란 어디 고전에나 나오는 머나먼 딴 세상 얘기 같아서 누가 조금만 건드려도

푹 고꾸라질 것만 같은 날이었다. 참고 참았다가 도저히 안 되겠다, 힘들게 힘들게 아이를 재워 놓은 후 엄마에게 전화를 걸었다.

"엄마는 딸이 아기를 낳았는데 궁금하지도 않아? 어떻게 전화 한 통 안 할 수가 있어?"

엄마에게 객관적인 의견을 피력할 때도 있었다. 그러나 엄마를 비난해 본 적은 없다. 하지만 그땐 달랐다. 모든 게 엄마 때문인 양 울분이 차올랐다.

"나는 니 낳고 아빠 공장 식구들 밥 다 해 먹이느라 조리도 못 했다. 아니, 니야말로 엄마 걱정이 안 되더냐? 전화하는 게 뭐가 어렵다고, 혼자 있는 엄마 궁금하지도 않더냐? 혼자 있는 엄마 불쌍하지도 않나! 맏이는 하늘이 준 자린데 넌 도대체 뭐꼬!!"

그 순간 깨달았다. 부모가 되는 순간은 나의 부모가 어떠한 사람인지 명확히 알게 되는 순간임을. 부모 됨은 냉혹한 판결의 자리임을. 넘쳐나는 보상을 받게 될지 철저한 배상을 해 줘야 할지 판가름 나는. 나에게 내려진 판결문은 잔혹했다.

입 밖으로 나온 말은 안에 있을 때와 달리 감당해야만 하는 실재를 가진다. 더딘 회복의 원인 중 하나가 내 안에 무겁게 고여 있던 엄마라는 존재임을 내뱉자, 눈앞에 큰 덩어리의 실체가 나타났다. 이젠 내 손으로 직접 다룰 수밖에 없게 됐다. 크기도 너무 크고 무게도 너무 무거워 다루기가 쉽지 않을 것 같다. 감당하지 못할 거라면 아예 내보내지 말았어야 했는데, 이미 늦고 말았다. 하루 더 미룬다고 해서 덩어리가 더 커지진 않겠지, 하루만 더 기다려 보기로 했다.

커피 테이블 위에 수북이 쌓여 있는 단감을 보다가 결국 엄마에게 전화를 걸고야 말았다. 엄마는 겨울 초입이면 땡감을 사 와 감말랭이를 만든다. 돌침대만 뜨끈하게 해 놓고 겨우내 난방 스위치를 안 켜고 사는 엄마는 감말랭이를 구실로 베란다 문을 있는 대로 열어 놓았을 테고, 그 때문에 감기에 걸렸을 게 뻔하니 나는 전화를 걸어야 했다. 통화를 짧게 하려는 소갈머리로 일부러 내가 바쁜 저녁 시간에 전화를 걸었다. 통화하다가 수가 틀리면 어 엄마, 지금 뭐 올려놓은 게 끓어 넘치고 난리가 났네, 할 참이었다.

"여보세요."

동유럽으로 여행 가기 전만 해도 딸이 보내 주는 여행을 한다고 평소보다 두 옥타브쯤 들떴던 목소리가 다시 평상심을 찾았다. 뭘 끓이고 있던 나는 불 세기를 높였다.

"보내 준 약 받았다. 같이 보낸 건 뭐고? 수영복이가? 요가복이라고? 난 또 수영복이라고. 뭐 이래 생겼노. 참, 막내 이모야가 말이제, 내하고 북유럽 간 게 언제고, 그자? 근데 다음 주에 스위스 여행 간다고 카네. 그카면서 내가 여행 가 있을 때 옷 쇼핑을 칠백팔십만 원어치 했다 카는 거라. 아니 그 돈 있으면 촌에 큰이모한테 한번 가서 따신 밥이라도 같이 먹자 카면 얼마나 좋겠노. 돈 많은 동생 있으면 뭐 하노. 쓸 데 쓸 줄을 모르는데."

엄마는 정말 단순하게 정말 아무 생각 없이 말했을 수도 있었다. 센 불에서 뭘 끓이고 있던 내가 괜히 센 불에 열 받았을 수도 있었다. 그래도 이건 아니었다. 비록 내가 말을 안 했다고 해도 당신 꿈자리에서라도 뒤숭숭한 모습을 볼 순 없었단 말인가. 나와 내 가족이 명을 달리할 수도 있었던 일이다. 인륜이 아니라면 천륜으로라도 나와 연결된 그 무엇이 없단 말인가. 무거운 추인 줄로 알았던 내 안의 것이 이젠 날카로운 칼이 되었다. 그렇지 않아도 이미 아픈 나를 사정없이 찔러 댄다. 나만 이토록 아픈 게 억울하다. 내 안의 것을 꺼내야 했다. 그것이 칼이라도 알 바 아니었다.

"엄마, 엄마는 내가 어떻게 사는지 관심이라도 있는 거야? 왜 매번 다른 사람 얘기만 하는데? 가족 모두 교통사고를 당했어. 그것도 고속도로에서."

"누구 잘못이고?"

"세상에, 그게 중요해? 우리가 다 죽을 수도 있었어! 벌써 삼 주 전이야. 삼 주 동안 엄마한테 얘기 못 한 내 심정을 알아?"

"말하면 되지! 왜 말을 못 하노!"

"이렇게 될까 봐! 말을 해도 엄마가 몰라줄까 봐! 아파서 손가락 하나 움직일 수 없는 내가 엄마 때문에 더 아프게 될까 봐! 그럴까 봐!"

말을 할 때 숨이 턱턱 막혔다. 말이 아니라 외침이었고 외침이 아니라 눈물이었다. 소리를 지른 것 같은데 메아리가 맴맴 내 안에 갇혔다. 결과적으로 내뱉은 것은 무참했고, 그것에 엄마는 착 가라앉았다.

"엄마 수영 가야 된다."

여느 때처럼 내가 미처 인사할 틈도 주지 않고 전화를 탁 끊는다. 부글부글 끓고 있는 무언가를 멍하니 보고 있다가 나도 불을 탁 꺼 버렸다.

밖으로 나갔다. 사람들로 붐볐다. 계절에 맞지 않게 나는 얇은 꽃무늬 원피스를 입고 있었다. 사람들이 향하는 방향과 반대 방향으로 거리를 걸었다. 내가 왜 얇은 원피스를 입고 있는지, 왜 당신들과 반대 방향으로 걷고 있는지, 나는 알고 있는데, 그걸 알려 주고 싶은데, 알려 줄 수가 없어서, 슬프고 외로웠다. 얼마를 걸었을까. 갑자기 빗방울이 떨어진다. 반대 방향으로 걷던 사람들이 일제히 우산을 펼쳐 든다. 내가 입고 있는 얇은 원피스는 금방 젖었지만, 이 정도의 비는 밴쿠버에선 흔하기에 아랑곳하지 않고 계속 걷는다. 우산을 챙긴 이들은 이곳 사람이 아니라고 생각한다. 아니면 내가 있는 곳이 이곳이 아니든가. 이제 비는 줄기가 굵어져 장대비가 되었다. 온몸에 한기가 든다 싶더니 긴 패딩 재킷이 내 몸에 걸쳐졌다. 방수 되지 않는 패딩 재킷은 굵은 빗줄기 아래서 한없이 처지고 무거워져 갔다. 나는 집으로 돌아가는 길이었다. 한 번도 걸어 본 적이 없는 길이지만, 매일 걸어 다니는 길로 알고 있다. 큰길에서 벗어나 왼쪽으로 샌 오르막길을 오르기 시작했다. 무거운 패딩 재킷 아래로 검정 부츠를 신고 있었다. 부츠는 무릎 위까지 오는 길이였고 굽이 높고 무거웠다. 힘겨운 걸음을 내디딜 때마다 내 몸에서 무언가가 빠져나가는 느낌이었다. 거리는 어두웠고 인적은 드물었다. 그때 내 앞쪽에서 두어 걸음 떨어져 걸어가고 있는 여자를 발견했다. 그녀도 우산이 없었지만, 힘든 나와는 달리 밝은 표정이었다. 내가 좀 더 빨리 걸으면 그녀와 같은 표정을 지을 수 있는 기분이 될까 싶어서 걷는 속도를 높이려는데 무거운 부츠 때문에 마음대로 되지 않는다. 그때 힐끗 보이는 게 있다. 초록색 바탕에 검은색의 가는 체크무늬가 들어간 접이식 우산이었다. 누군가가 이 초록 우산을 옆구리에 끼고 내 왼쪽 앞에서 걸어간다. 비가 와서 어떤 이를 마중하러 가는 길이거나 마중하러 나왔는데 그 어떤 이와 길이 엇갈린 것 같다. 우산을 옆구리에 낀 누군가의 머리 위엔 이미 우산이 있다. 검정 바탕에 빨강 테두리가 둘린 우산이다. 앞서 걷던 여자가 그 우산으로 스스럼없이 들어간다. 우산 주인과 몇 마디 나누더니, 웃는다. 여자가 들어간 우산은 다섯 사람이 들어가 비를 피할 수 있을 정도로 컸다. 저런 우산을 가진 사람은 누구일까? 나도 엉거주춤 우산 밑으로 들어갔다. 고개를 돌려 우산 주인을 봤다. 엄마였다.

하루 유예 시간을 둔 건 잘한 일이었다. 자고 일어나니 그렇게 크고 무거워 보이던 덩어리가 다룰 만해졌다. 가짜 잠이 만들어 낸 가짜 꿈이라고 믿고 싶지 않았다. 꿈에서 입고 있던 패딩 재킷은 언젠가 남편이 사 준 것이다. 추위를 잘 타는 나를 위해 길이가 길고 깃털이 가득 들어 있는 재킷을 어느 해 크리스마스 선물로 사 주었다. 신고 있던 부츠는 내가 스무 살 때 엄마가 사 준 것이다. 통굽이 높고 무거워 어기적거리며 걸어야 했지만, 그러한 위험이나 불안이 오히려 나를 편하게 했다. 비에 흠뻑 젖어 무겁게 걷고 있던 나는 스무 살이었고, 우산 아래로 들어갔을 땐 열 살이었다. 분명히 나였고 틀림없이 엄마였다. 소리소리 지른 건 가짜였지만, 초록 우산은 진짜였다. 우산 밑으로 먼저 들어간 이는 그저 배경이었을 것이다. 그것은 가짜였을 것이다.

큰 아치형 창문이 있는 덴으로 골랐다. 집 안의 다른 장소들로부터 외떨어져 있고, 앞뜰로 나 있는 창으로 정원수 너머 이웃들의 동정을 살필 수 있는 곳이다. 큰 창문을 통해 우리는 그들을 볼 수 있지만, 그들은 집 가까이 오지 않는 이상 우리를 보지 못한다. 안이지만 안과 동색이 아니고 그렇다고 바깥과 가깝지도 않다. 천장이 높아 햇살이 넉넉하게 머물다 가는 곳이다. 백 년의 나이를 고스란히 보여 주는 아름다운 책상에 앉았다. 이웃 오벨릭스가 자신의 개와 산책하는 모습이 보인다. 그들 위로 석양이 지기 시작했다. 알맞은 시각이었다. 엄마에게 전화를 걸었다. 집 번호를 눌렀다. 받지 않는다. 이때 나의 아이가 엄마 여기 좀 와 봐, 목청껏 날 불렀다면 수직으로 꽂혀 있는 고통 따윈 말끔하게 잊고 발딱 일어나 아이에게 달려갔을 것이다. 통화는 기쁘게 다음 날로 미뤘을 것이다. 그런데 모든 것이 내 눈치를 살피며 고요를 지켜 내고 있었다. 벽이 그중에서도 제일 모른 척하며 집중하고 있다. 아이는 위층 자신의 방에서 인형들과 만찬 중이었다. 할 수 없이 휴대전화로 전화를 걸었다. 신호음이 길었다. 적절한 타이밍에 끊을 수도 있다.

"여보세요."

만만하게 봤던 덩어리는 그저 잠시 몸을 웅크리고 있었을 뿐이다. 엄마의 목소리가 그것을 꿈적거리게 한다. 미동만 있었을 뿐인데 그것의 덩치는 어마어마했다. 그것이 완전히 일어나 나를 덮치기 전에 얼른 일을 마쳐야 했다. 속사포로 사고 경위를 설명하고, 바로 연락을 못 한 건 걱정시키지 않기 위함이었다고, 몸 상태는 회복 중이라고, 거짓말까지 무사히 마치는 동안 그것은 나의 동작과 억양과 표정을 놓치지 않으려 매섭게 쏘아보고 있었다. 어떻게든 할 일은 끝냈다. 어떤 기분인지 몰랐다. 그것의 반응을 기다렸다.

"아빠가 하늘에서 도왔네."

"아빠……가?"

"몸조리 잘 해라. 후유증이 안 있겠나. 안 그래도 전화할라 캤다. 미스 송이 터키 여행 상품 하나를 보내 줬는데, 연말 임직원 특가로 나왔다고. 뭐고 그, 아랍에미리트 있제? 그 나라 비행기로 간다 카네. 오성급 호텔서 자고."

아빠라니, 아빠라니, 아빠라니? 죽은 아빠를 끌어 온다고, 망령 뒤에 숨는다고, 엄마 자리가 없어질까 봐? 망령 뒤가 아니라면 머리 꼭대기에 있겠다고? 유럽 동서남북을 시기별로 갔다 오고 아시아 동남쪽을 다 헤집고 온 지가 얼마나 됐다고 이젠 터키를 가겠다고? 연말연시 함께할 가족이 한국에 없어 가겠다고? 터키를 가면 가족이 있나? 아니, 도대체, 말이 되는 소리를 해야지! 나는 왜 말이 안 되는 말을 하는 엄마를 말도 안 되게 어마어마한 덩어리로 생각해서 말도 안 되게 깊은 구덩이 안에 처박혀 있는 건데! 왜!

"일정 잡히면 알려 줘."

"그래, 계좌는 똑같데이. 엄마 요가 간다."

나는 정말이지 전사가 되고 싶지 않다. 칼을 가지고 싶지 않을 뿐더러 설령 있다 해도 쓰는 방법을 모른다. 설사 쓴다 해도 제대로 자르거나 가르거나 찌르지 못한다. 저 덩어리를 베는 방법을 모르고, 베야 할 필요성을 나에게 설득하지 못한다. 덩어리는 내가 사육하고 있고, 비대한 먹성으로 인해 내가 잡아먹힌다 해도, 난 할 말이 없다. 그것이 날 사육하고 있는지도 모른다. 덩어리의 실재가 없어진다 해도 망령은 없어지지 않을 것이다. 한번 생겨난 에너지는 소멸하지 않는다. 종신형이다. 이것이 내가 받은 판결문이다. 앞으로 폭 고꾸라졌다. 내 안에 꽂힌 바늘이나 칼은 이제 목덜미까지 깊숙이 찌른다. 숙일 수도 없는 목을 책상 위로 떨어뜨린다. 백 년의 냄새가 난다. 고통은 고문이 된다. 그렇게 한참을 앉아 있었다.

전화가 와서 고개를 들어야 했다. 곧 도착하니 손가락 하나 까딱하지 말고 기다리고 있으라고, 집에 오자마자 뭐라도 먹고 가면 수영 시간에 늦지 않을 거라고, 아무것도 하지 말고 가만히 있으라고, 호되게 달래는 남편이었다. 아이의 수영 훈련 시간이 성큼

다가와 있었다. 남편이 도착한 후 뭘 만들어 먹고 간다면 남편도
아이도 수영할 때 무척 부대낄 것이다. 그의 말을 듣지 않아야 했
다. 힘겹게 냉장고 문을 열었다. 터키 햄이 보인다. 오이와 함께 호
밀빵에 넣어 주면 그럭저럭 샌드위치를 만들 수 있을 것 같다. 겨
우겨우 도마까지 꺼냈는데 칼질 앞에서 자신이 없어진다. 굵직굵
직하게 썰어도 무관할 오이가 뭐가 대수라고 칼을 잡은 손이 덜덜
떨린다. 포기하는 게 좋겠다고 단념하는 게 좋겠다고 내 마음이
부탁한다. 칼을 내려놓을까 어쩔까 고민하는데 카운터 탑 위에 있
던 휴대전화가 반짝거린다. 메시지가 들어왔다는 뜻이다. 남편의
잔소리가 들어 있겠지, 확인을 미루려다 칼을 내려놓을 겸 휴대전
화를 열었다.

안녕. 저녁 시간 전에 수프를 주려고 네 집에 들렀었어. 쉬고 있
을 널 방해하지 않으려고 일부러 연락 안 했어. 수프만 전해 주
고 바로 가려고 했지. 네 집 입구에 도착해서 초인종을 누르려
는데 덴에 앉아 있는 널 봤어. 아, 고개 숙이고 있는 넌 너무 힘
들어 보였어. 내가 너의 고통을 조금이라도 덜어 줄 수 있다면.
결국, 초인종은 안 눌렀어. 널 일어서게 하고 싶지 않았어. 대문
앞에 수프가 있을 거야. 타이 코코넛 새우 수프야. 너희 식구는
땅콩 알레르기가 없는 걸 알지만, 혹시 몰라서 땅콩이 들어 있
다는 걸 알려 주고 싶어. 새우는 넣지 않았어. 냄비째로 놔뒀으
니까 먹기 전에 살짝 데우고 그때 새우를 넣어. 그래야 더 맛있

을 거야. 우리 모두 널 걱정하고 그리워하고 있어. 긍정적인 생각과 함께하길 바라. 너는 늘 우리 마음속에 있어. 빠른 회복을 기원하며, 캐리.

대문을 열었다. 주황색 무쇠솥이 환하게 웃고 있었다. 커다란 갈색 종이봉투 안엔 손질한 새우와 깨끗하게 씻은 고수, 얌전한 손글씨로 쓴 수프 레시피, 장난감이 숨어 있는 달걀 모양의 초콜릿 네 개와 하와이안 마카다미아 초콜릿 한 상자가 사이좋게 들어 있었다. 약한 내 손목은 환하게 웃고 있는 무쇠솥을 들 수 없었다. 너구리가 와서 먹어 치울까 봐 솥 옆에서 남편이 올 때까지 기다리기로 했다. 차가운 공기가 내 몸을 쑤시고 들어와 뼈를 시리게 했다. 몸을 웅크리자 앞집이 환해졌다. 옆집도 환해졌다. 건너편 집도 환해지고 몇 걸음 떨어진 컬드삭 안의 집들도 죄다 알록달록 환해졌다. 열어 둔 대문 안에서 아이의 리코더 소리가 들린다. 고요한 밤 거룩한 밤이다. 때마침 남편 차의 헤드라이트가 우리 집 드라이브웨이에 가득히 들어온다. 헤드라이트가 날 정면으로 비춘다. 천상의 평화 속에서 잠들지어다. 환한 빛 속에서 그를 맞았다.

3. 정전 blackout

침대로 들어가려는데 창밖에 무언가 희멀겋고 큰 덩어리가 어른어른하고 있었다. 침대는 늘 있는 곳에 있기에 불을 켜지 않아도 내가 누워야 할 곳이 어딘지 안다. 대개는 그렇다. 그러나 이때처럼 창밖에 예상치 못한 것이 출현하면 알던 것이 갑자기 모르는 것으로 둔갑하여 현실 감각을 잃게 된다. 그러면 예외 없이 내 안에 숨어 있던 어린아이가 불쑥 튀어나와 뒷골을 잡아당긴다. 아이를 머리 위에 태우고 조심스레 창가로 다가갔다. 눈이 내리고 있었다. 송이가 아주 큰 눈이었다. 정체를 알고 나자 머리끝에서 쭈뼛대던 아이가 손뼉을 치며 좋아하다가 홀연히 사라진다.

남편과 내가 사용하는 침실은 집 정면에서 본다면 제일 안쪽에 있다. 집 뒤쪽엔 그린벨트로 보호하는 숲과 강이 있다. 그린벨트에 면해 있는 집이 모두 열다섯 채고 그중에서 강으로 접근할 수 있는 집은 우리 집과 우리 집의 오른쪽 옆집 두 집이며 강을 바라볼 수 있는 위치에 있는 집은 우리 집이 유일하다. 그러니 우리 침실과 욕실을 볼 수 있는 것은 숲과 강뿐이다. 나와 남편은 숲과 강을 구경꾼으로 두며 사랑을 나누고 몸을 씻는다. 그것들이 보고 싶어 하든지 말든지 우리는 아랑곳하지 않는다. 우리가 잊지 말아야 할 것이 있다면 방문을 잠그는 것뿐이다.

침실 맞은편에 아이 방이 있다. 교통사고 후 아이는 한밤중에 깨서 무서운 꿈을 꿨다며 우리 방을 찾았다. 세 번쯤 그랬고, 네 번째는 아래층 계단으로 막 내려가는 것을 깨어 있던 내 귀가 발견해 얼른 데리고 올라왔다. 그렇게 깨어나 돌아다니던 밤이 지나 아침이 되면 아이는 아무것도 기억하지 못했다. 남편과 내가 간밤의 이야기를 들려주면 아이는 우스운 얘기를 들은 듯 깔깔대며 웃었다. 아이가 웃으니 남편과 나도 따라 웃었다. 내가 서지도 못하고 앉지도 못하는 고통으로 교통사고 후유증을 앓는 동안 아이는 무서운 꿈으로 후유증을 앓았다. 악랄한 고통도 없고 악랄한 꿈도 안 꾸는 남편이 아이와 나를 돌봤다. 남편은 어쩌면 고통도 느끼고 꿈도 꿨겠지만 내색하지 않았고, 나와 아이는 그런 그를 지붕처럼 여겼다.

방금 침실로 들어온 남편이 방문을 잠근다. 남편은 주방을 유리알처럼 치워 놓고 내일 아침 마실 커피도 준비해 놓고 올라온 터였다. 침대에 나란히 누워 펑펑 내리는 눈을 구경했다. 집 앞쪽에 있는 가로등 불빛이 숲의 수면을 방해하고 있었지만, 덕분에 눈 구경이 쉬웠다.

"어제 이야기를 이어 나갈까?"

"그러지."

"당신과 내가 그 섬에 있어. 무인도이길 바랐다면 미안해."

"누가 살고 있어?"

"당연히 여자들이 살지."

"많아?"

"여자들만 사는 곳이야."

"거기선 나만 남자야?"

"지금으로선 그래."

"잘됐네."

"그런데 내가 어딘가에 숨어 있어."

"왜?"

"몰라."

"나는 어디 있는데?"

"몰라. 숨은 날 찾을 수 있겠어?"

"아니. 그냥 계속 숨어 있어. 난 좀 바쁠 것 같거든."

풍성하게 내리는 눈이 그날 밤의 구경꾼이었다. 하늘에서 내려오면서 이런 구경거리를 볼 수 있을 거라곤 생각도 못 했을 테니 나와 남편은 더욱 열을 올렸다. 등에서 시작해서 허리를 거쳐 엉덩이에 이르는 날카로운 통증은 여전했지만, 술래잡기하는 덴 별

어려움이 없었다. 술래잡기를 위해 특별히 정해진 자세는 없기 때문이다. 숨는다고 숨어도 나는 곧 발견되었고, 그 뻔한 놀이는 지겹지 않았다. 그러다 그만 잠이 드는 바람에 방문은 밤새 잠겼고, 방금 떨어져 내린 눈으로부터 소식을 들은 하늘 위 눈은 행여나 우리가 깨서 숨바꼭질이라도 할까 봐 밤새도록 창문 밖을 서성댔다. 그러느라 숲과 강은 눈 천지가 되었다. 대책 없이 호기심 많은 눈으로 인해 눈을 이고 지게 된 병약하고 무고한 나무들은 끙끙 몸살을 앓다가 결국 아침 여덟 시경 두 손 두 발을 들고 말았다. 관절염을 오래 앓던 나무 하나가 눈의 무게를 줄여 보려 자신의 가지를 부러뜨리려다가 그만 전깃줄 위로 쓰러져 버린 것이다. 나무는 전깃줄이 생기기 전부터 거기 있었던지라 전깃줄을 못 봤다고 변명할 처지가 못 됐다. 나무가 눈을 탓하자 눈은 힐끔힐끔 창문을 쳐다봤다. 우리는 시침을 떼고 태연히 초와 손전등을 찾으러 갔다.

그날부터 삼 일간 정전이었다. 이 동네가 동네 형태를 띠게 된 것은 겨우 삼십여 년 전의 일이다. 물론 그전에도 사람들은 살고 있었다. 숲과 강이 있어 사람이 살지 못할 이유가 없는 곳이기 때문이다. 전기가 공급된 것은 두어 세대 전이지만, 상수도와 도시가스가 연결된 것은 바로 전 세대에 이루어진 일이다. 사십여 년 전, 이곳의 가치를 일찌감치 알아본 이는 헐값으로 사들인 땅이 인구가 늘어나며 말도 안 되게 오르자 이를 주택 용지로 조각내 팔았고, 그러고도 남은 땅뙈기는 아들딸 손주들한테 나눠 준 뒤이 골목길 저 골목길에 자신의 이름을 남기며 어엿한 동네를 탄생시켰다. 이건 동네 이웃인 셜리한테 들은 이야기고, 셜리는 그 손주들 중 한 명이었다.

당시만 해도 코퀴틀람은 외곽 주택지였다. 외곽이라고 해도 밴쿠버 중심부에서 십여 킬로미터 떨어져 있고 사회 인프라 설계도 잘 되어 있어 해마다 유입 인구가 증가하리라 예견됐던 도시였다. 세월이 흐르며 도시 규모도 커지고 모양새도 변화해져서 더는 외곽으로 불리길 꺼리는 도시가 되었는데, 사람들이 꺼린다기보다는 집값이 외곽으로 분류되길 원하지 않았다. 십여 년 전만 해도 이리저리 융통하면 사회 초년생이나 신혼부부도 자그마한 아파트 정도는 정부의 도움을 받아 어렵지 않게 살 수 있었지만, 이제는 십 년 전의 예산을 가지고 집을 알아본다면 동쪽으로 백 킬로미터를 더 가도 힘든 실정이 되었다. 첫 주택 구매자일수록 교통이 편리한 곳에 집을 알아보기 마련이다. 이 연령대는 통근해야 하는 경우가 많고 시간당 혹은 주당 급여로 계산되는 직업군에 종사하는 비율도 높다. 따라서 생활권은 자연스럽게 몇몇 지역으로 제한되지만, 최근 몇 년간 부동산 시장이 급격하게 요동치면서 집값이 천정부지로 솟는 바람에 수요를 충족시킬 수 있는 공급이 턱없이 부족한 상황에 이르렀다. 좀 더 솔직하게 말하자면, 부족한 게 아니라 존재하지 않는다고 하는 것이 맞다. 세상 어디나 그렇듯 집값과 임금은 서로 전혀 상관없는 상승 및 하강 곡선을 그리고 있어 이곳 광역 밴쿠버에서 사회 초년생들이 공중에라도 자기 집을 가지기 위해선 동쪽으로 동쪽으로 이동해야 한다. 바다와 멀어져야 하고 산과 멀어져야 한다. 멀어지는 도중에 호수나 강이라도 끼고 살 수 있다면 운이 좋은 경우다. 남편과 나는 바다가 보이는 잉글리시 베이(English Bay: 밴쿠버 시내에 있는 만)에서 월세로 시작해서, 산을 등지고 바다를 품은 노스 밴쿠버의 첫 아파트로 발판을 마련한 뒤, 전 지역에 비해선 동쪽에 속하는 포트 코퀴틀람의 타운 하우스를 거쳐, 마침내 코퀴틀람의 단독주택에 정착하게 되었다. 돈이나 시간을 허투루 쓰지 않은 십 년이란 세월이 걸렸고, 이른바 주택 사다리를 타서 이곳에 올 수 있었다. 바다와는 멀어졌지만 강이 흐르는 뒤뜰을 가진 집에 사니 우리는 운이 좋았다. 매일매일 봐도 매일매일 새로움을 주는 숲과 강이 좋아서 우리의 운은 여기서 다했을지 모르고, 어쩌면 이미 사다리의 끝에 있는지 모른다는 생각이 들기도 했다.

정전 첫날은 아이의 겨울 방학이 시작된 날이었다. 남편 또한 느슨한 연말연시 일정에 접어들어 정기적인 핫텁(hot tub: 온수 욕조를 말한다. 대부분 야외에 설치하며 수온과 제트를 이용하여 안락감과 치료 효과를 증진한다.) 이용을 계획하며 느긋하게 시간을 보내려던 차, 별안간 정전 사태에 직면한 것이었다. 사실 별안간은 아니었다. 걸핏하면 정전이었다. 우리 동네는 개발될 때부터 온갖 전선을 땅 밑에 묻어 외관상 말쑥하게 건설되었는데 조금만 센 바람이 불어도, 조금만 많은 눈이 내려도, 정전이 됐다. 전기가 나갔다가 들어오기를 하루에도 수십 번 반복해서 가전제품들이 정신을 못 차릴 때도 많았다. 자꾸자꾸 맞춰 놔도 깜빡깜빡 제멋대로 구는 시계를 이틀 동안 그냥 놔뒀더니 저절로 제시간에 맞춰진 적도 있었다. 정지된 것이 신나게 돌아가는 세상에 어쩌다 맞춰진 것일 수도 있었고, 신나게 돌아가던 세상이 정지된 것에 슬그머니 맞춰 준 것일 수도 있었다. 그러나 이런 신기한 장면을 보자고 무턱대고 정전을 반길 순 없었다.

정전 삼 일째가 되자 더는 숲이야 강이야 노래를 부를 수 없게 되었다. 슬슬 불평이 나오기 시작했다. 큰길 건너 동네는 집 안팎으로 크리스마스 조명을 마음껏 켜 놓고 따뜻한 저녁 시간을 보내고 있는데 우리 동네는 여전히 시꺼먼 어둠 속에 파묻혀 있었다.

"안녕! 마시멜로!"

숲이 눈으로 덮여 있을 때 우리 가족은 파티오에 나가 파이어핏(fire pit: 가스나 나무를 연료로 불을 땔 수 있는 화로) 주위에 옹기종기 둘러앉아 눈 구경하는 것을 무척 좋아한다. 평상시 같으면 따뜻한 집 안에 있는 것이 싫증 나서 괜히 파티오에 나가 불을 피우고선 하얀 눈으로 덮인 숲을 경이로운 눈으로 바라보며, 근면하게 흐르는 강을 황홀한 귀로 들으며, 우리가 얼마나 운이 좋은가에 대해 한바탕 감동했겠지만 이날은 달랐다. 사흘 동안 전기가 끊기면서 집이 냉동고가 됐다. 안이 추워 바깥에 나가 불을 쬐는 중이었다. 나는 뼈마디가 시리고 온몸이 욱신욱신 아파서 아이와 남편이 정원에 내려가 눈싸움을 하고 강 따라 트레킹을 할 때도 함께하지 못하고 파이어핏 옆만 지켜야 했다. 아닌 게 아니라 둘둘 두른 목도리, 모자, 스웨터 모두가 흰색이라 나는 마시멜로처럼 보였다.

"엄마! 내가 사진 찍어 왔어. 한번 봐. 너무 예뻐. 있잖아, 블랙베리 많이 열리는 데. 거기를 지나는데 아빠가 내 머리 위에 있던 가지를 팡 쳐서 눈 폭탄을 맞았어! 진짜 재밌었어! 엄마 빨리 나아서 같이 가 보자."

저렇게 건강한 볼이 세상에 또 있을까. 추위와 어둠 속에 갇혀 있는 아이라곤 상상할 수 없다. 아이는 가쁜 숨을 내쉬며 자기가 느낀 기쁨을 고스란히 나에게 전해 준다. 보여 준 사진 속의 강은 한 폭의 수묵화였다.

"안 추웠어? 불 세기를 더 올려. 배고프지 않아? 일단 마시멜로부터 굽자고."

남편의 마음은 달콤하고 부드러운 배 같다. 그의 부지런함은 꿀벌이나 개미를 아주 우습게 만들어 버린다. 나와는 정반대의 체질이지만, 함께해 온 시간 속에서 우리는 비슷한 성향으로 비슷한 곳을 바라보게 되었다. 부부가 비슷한 곳을 바라볼 수 있다는 것은 적어도 외롭지 않을 수 있음을 뜻한다. 마주 보는 시선엔 욕심이 없다. 그래서 외롭지 않은 동시에 충분히 고독할 수 있는 여유를 준다. 이탈할 생각이 들지 않는 결혼 생활은 운이 좋은 경우다. 서로에게 내준 자리는 그저 생긴 자리가 아님을 알지만, 그렇다고 마냥 흠잡을 데 없이 촘촘하진 않기에, 듬성듬성 메꿔진 곳은 운인 줄 안다. 모든 것을 자력으로 돌릴 만큼 나는 뻔뻔하지 못하다.

"핫초콜릿 마실래? 우린 와인으로 할까?"

엉거주춤 일어나 마실 것을 챙기려는데 하늘에서 사뿐사뿐 눈이 내리기 시작했다. 눈이 얼마나 차분하게 내리는지 꼬깃꼬깃해져 있던 마음이 정갈하게 다림질된다. 크게 숨을 들이마시며 바깥에 있는 것들을 바르게 펴진 마음 안으로 끌어들였다. 그러곤 천천히, 조심스럽게, 숨을 내쉬었다. 촘촘한 숨이 눈송이 사이로 하얗게 퍼져 나갔다. 그때였다. 갑자기 파티오의 크리스마스 조명이 반짝 켜졌다. 집 안이 환해졌다. 우리 집만 그런 게 아니었다. 왼쪽 오른쪽 집들도 모두 환해졌다. 아이가 환호성을 지른다. 아이가 담아 두었던 삼 일간의 걱정이 공중으로 흩어진다. 아이와 나는 부둥켜안았다. 남편은 핫텁 온도를 높이려고 이미 아래로 뛰어내려간 뒤였다.

내가 정지해 있어도 세상은 돌아가고, 언젠가는 그 세상에 내가 어설프게나마 맞춰지거나 그 세상이 나를 위해 슬그머니 맞춰 줄 것을 안다. 동네 어귀 신호등의 빨간불도 더는 깜빡깜빡하지 않는 것처럼, 깜빡깜빡은 영원한 정지가 아니라 잠정적 보류다. 모든 것이 닮아서 이 세상은 지루한 동시에 재미있다. 그날, 밤새도록 눈이 내렸고 우리는 훈훈한 침실에서 고요한 잠을 잤다.

전기는 다시 들어왔지만, 내 몸 상태는 더욱더 나빠져 있었다. 며칠간 추위에 떨었더니 어깨와 등과 허리가 펴지질 않았다. 몸 구석구석에 여전히 염증이 있는 듯 고통은 산재했고, 내 몸은 온 힘을 다해 그 고통에 맞서느라 쉽게 피곤해졌다. 닥터 로스가 페루로 떠나기 전에 모르핀 스무 알을 처방해 줬었다. 처방전을 주며 이 약은 거리에서 유통될 수 있는 가치를 지니기에 반드시 본인인 내가 약을 타 가야 한다고 강조했었다. 난 정직한 편은 아니지만, 쉽게 무언가를 어기는 사람이 아니라서 닥터 로스의 조언대로 꼭 필요한 경우에만 먹을 거라고, 가능하다면 꼭 필요한 경우를 생기게 하지 않을 거라고, 다짐하고 있었다. 통증이 심해도 그 약은 건드리지 않는 게 맞아 보였다.

회복은 느린데 시간은 빨리 갔다. 어느새 한 해의 마지막 날이었다. 늘 적시 적소에 우리 가족을 챙겨 주는 캐리가 새해 파티에 초대해 줬지만, 내 몸 상태는 파티에 갈 형편이 아니었다. 나는 괜찮으니 파티에 다녀오라고, 가는 김에 일전에 타이 코코넛 새우 수프를 담아 줬던 무쇠솥도 돌려주라고 남편과 아이의 등을 떠밀어도 그들은 기어이 집에 남았다. 난 그들이 파티에 가 있는 동안 몰래 빨래를 할 작정이었다. 묵은해를 묵은 빨래와 함께 보낼 순 없다는 창대한 계획을 세워 놓고 있었다. 지극히 단순하고 자명하며 협소한, 그래서 완벽하고 완전한 나의 영역을 확인해 놓고 싶었다. 아무것도 못 해도 이것만은 하고 싶었다. 그러나 나의 비밀스러운 계획은 남편에게 곧 들키고 말았고, 남편은 정말 어쩔 수 없다는 표정을 지으며 세제를 찾았다.

"제발 말 좀 들어. 이건 날 도와주는 게 아니야. 괜히 움직여서 더 나빠진다면 여태 나아지려고 보내 왔던 시간을 다시 되돌리는 거야."

다시 시간을 되돌린다는 말에 움찔했다. 빨래하다가 손가락이 부서져도 괜찮지만, 견뎌 낸 시간을 다시 반복하거나 불편해진 거동으로 남편의 행동반경을 더 오래 묶어 두는 건 아무래도 어리석은 일이었다. 핫팩을 등에 대고 소파에 누웠다. 한 해의 마지막 날치고는 너무 평범해서 오히려 비범해 보였다.

"종이접기와 같은 거야. 모든 건 정확한 선이 있어야 해. 나라면 다시 갤 거야."

남편과 아이가 세탁실에서 빨래를 개고 있다. 난 이미 거의 모든 집안일에서 제외된 상태다.

"내 눈엔 괜찮은데?"

"잘 봐. 먼저 다림질한 것처럼 평평하고 반듯하게 펴. 그런 다음 모서리를 맞춰서 한 번 접고 다시 선을 맞춰서 접어. 어때? 대칭이 됐지?"

"아빠, 난 대칭을 잘 못 해. 마는 걸 할게. 양말을 말 거야."

"미리 포기하지 말고 잘 봐. 이렇게 접고 또 이렇게 접고."

"어떻게 하는지 아는데 잘하지 못한다고. 잠깐만, 엄마 어떤지 좀 보고 올게."

아이가 신발을 끌며 누워 있는 나에게 온다. 몸을 숙여 작은 소리로 말한다.

"빨래 개는 거 안 좋아해."

'나도 안 좋아해.'

괜히 빨래한다고 해서 남편과 아이의 인내심을 시험대에 올리고 말았다. 손발이 제대로 움직이지 않으니 머리도 신통찮게 돌아가는 모양이다. 이런 상태라면 크리스마스트리를 치우는 건 봄 방학 때까지 미뤄야 할지도 모르겠다. 남편은 여전히 줄과 각을 맞춰 빨래를 개고 있을 것이다. 아이를 안으며 남편도 감싸야 했다.

"누구든 좋아하지 않는 일일 수 있어. 하지만 누구든 해야 하는 일이야. 그런 일은 빨래뿐만이 아니잖아?"

올려다본 아이의 콧구멍이 하트 모양을 닮았다. 사람이 어떻게 태어나면 콧구멍까지 예쁠 수 있을까, 아이의 콧구멍을 넋을 잃고 쳐다봤다.

"엄마랑 같이 누울래."

달콤하면서도 짭조름한 향내를 풍기며 아이가 내 품을 파고든다. 빨래뿐만이 아닌 일들은 또 뭐가 있을까. 좋아하지 않는데 해야 하는 일들을 생각해 내려고 하니 잘 떠오르지 않는다. 엄마에게 전화하는 것도 내가 영 내키지 않으면 안 하면 되는 일이기에 굳이 이 목록에 넣지 않아도 될 성싶은데 도무지 엄마 말고는 떠오르는 게 없다. 엄마는 지금 파묵칼레에 있다. 난 거기가 어딘지 모른다. 엄마 또한 모르면서 갔을 거다. 엄마가 어디든 갈 거라고는 알고 있었지만, 터키는 예상 밖이었다.

올 한 해 엄마는 계절마다 유럽에 있었다. 도착하면 사진들을 보내왔다. 프라하 카를교 위의 엄마는 한창 연애 중이거나 생애에 남을 시집 한 권을 탈고한 상태거나 연주 투어 중인 피아니스트 남편의 아내로서 남편이 리허설하는 동안 짬을 내 도시 명소를 탐방 중인 듯한 모습이었다. 어떤 상황이건 현실과는 동떨어져 있었는데, 기이하게도 그 비현실적인 상황이 엄마에게 어울렸다. 엄마의 근원지는 유럽 어딘가가 아닐까, 그들의 딸로 그의 아내로 나의 엄마로 자리가 정해진 건 실수가 아니었을까 하는 생각이 들정도로 엄마는 그곳이 어울렸다. 봄에는 남부 유럽의 유명 휴양지를 찾아가더니 여름에는 북유럽의 피오르를 찾았고 가을에는 동유럽의 고성을 찾은 엄마였다. 곳곳에서 보내지는 사진 속의 엄마는 유럽에서 살아야 마땅할 모습이었다.

적은 액수의 연금 외에는 별다른 수입이 없는 엄마가 철마다 여행을 다닐 수 있는 건 사는 집을 담보로 다달이 연금을 타서 쓰기 때문이라고 알고 있다. 아빠 생전에 병원비나 생활비 조로 목돈을 정기적으로 송금했었다. 아빠가 죽은 후에도 송금은 멈추지 않았다. 부모에서 부가 없어졌다 해서 모가 부모가 아니게 되진 않기 때문이다. 내가 할 수 있는 선에서 조금 더 마음을 쓰는 쪽으로 송금액을 정했다. 얼마나 보냈는지 얼마나 더 보내야 하는지 염두에 두지 않았는데 엄마가 날 공부시키느라 많은 돈을 썼다고 자꾸만 얘기하길래 날 잡고 마음잡아 지금까지의 송금액을 계산해 본 적이 있었다. 그 금액은 내가 태어나서 사용한 기저귓값부터 시작한다 해도 충분히 갚고도 남는 액수였다. 돈 얘기를 한다는 건 계산을 하고 있다는 뜻이다. 부모라도, 부모니까, 갚을 건 갚아야 한다. 그러나 엄마의 수법과 나의 수법은 애초부터 달라서인지 엄마는 나에게 끊임없는 채무 정산을 요구한다. 정산에 단지 금전만 포함됐다면 차라리 좋으련만, 대부분은 한도 끝도 없는 정신적 보상이다. 엄마는 빚을 받기 위해 이 세상에 태어난 사람 같고 난 빚을 갚기 위해 이 세상에 태어난 사람 같다. 한도 끝도 없는, 정산이 불가능한, 내 생명 값이다.

터키에서 보낸 사진들은 맑고 건조했다. 엄마는 방문한 곳에 관한 이야기는 일절 하지 않고 함께한 일행에 관한 이야기를 장문의 문장으로 보내왔다. 그들 사진을 보내 주기도 했는데 나에겐 감흥을 주지 못했다. 내가 왜 비슷한 얼굴에 비슷한 삶을 사는 생면부지의 사람들에 대해 시시콜콜 알아야 하는지 공감하지 못했다. 멀리 있는 엄마에게 시큰둥한 반응을 보내면 지금보다 더 멀어질까 봐 적당한 미사여구로 엄마의 여행을 응원해 줬다. 그러면 엄마는 숙이가 일행 사이에서 얼마나 인기가 많으며 얼마나 멋지게 분위기를 띄우고 있는지에 대해 스스로 감동해 가며 열심히 설명해 줬다. 엄마는 자신의 감정을 강조하고 싶을 땐 꼭 당신 이름 끝글자에 '이'를 붙여 삼인칭으로 부르는 습관이 있다. 이런 습관은 자의식 과잉이나 어린아이 같은 미성숙한 행동으로도 볼 수 있지만, 한편으론 엄마라는 역할과 상관없는 존재로 엄마를 볼 수 있게도 해서 나는 이 호칭을 긍정적으로 생각했다. 이스탄불에서도 카파도키아에서도 안탈리아에서도 '숙이'는 배경만 다르지 똑같은 사진들을 보내왔다. 아무래도 이 사람 저 사람한테 보내다 보니 나도 덩달아 낀 느낌이었다. 사진마다 엄마의 의도나 입장이 들어 있었다: 자신은 누구보다도 사랑스럽기에 마땅히 사랑받아야 한다. 엄마의 사진들을 받아 보는 나는 마치 타인의 아기 성장

앨범을 억지로 보고 있는 기분이었다. 사진마다 순간마다 감탄하기를 강요받고 있는데 죽어도 솔직할 수 없는 느낌.

엄마에게 얼마의 돈을 송금했었다. 전화할 때마다 감기에 걸렸다고, 보일러를 안 틀어서 그런 것 같다고 앓는 소리를 해 대서 그러지 말라고 돈을 부쳤다. 그 돈이 엄마를 터키로 보낼진 몰랐다. 엄마는 파묵칼레의 온천에서도 끝내 내 안부와 내 가족의 안부를 묻지 않았다. 엄마는 가족 없는 쓸쓸한 연말이라고 제목을 단 사진을 보내는 것으로 우리에게 새해 인사를 대신했다. 사진엔 노란색 케이프 코트에 보라색 어그 부츠를 신고 짙은 회색 페도라와 짙은 갈색 선글라스를 쓴 엄마가 주황색 열기구 앞에서 멜랑콜리한 모습으로 서 있고, 그 뒤로는 황량한 초원이 펼쳐져 있었다.

'빨래뿐만이 아닌 일. 하고 싶지 않아도 해야 하는 일. 마음은 싫다고 하는데 머리는 해야 한다고 하는 일. 힘들게 해 놓고도 안 하느니만 못하다는 생각이 들게 하는 일. 나를 한없이 없애야 하는 일. 반복해도 익숙해질 수 없는 일. 아파도 내색할 수 없는 일. 내가 느끼는 아픔에 당위성이 있는지 의심하게 되는 일.'

앞가슴뼈가 아파져 왔다. 아래를 봤더니 아이의 이마가 날 꼭 누르고 있다. 예쁜 복숭아 같은 이마다. 아이가 한껏 코를 들이댄다.

"아, 엄마 냄새 좋다."

아이는 무척 만족스러운 얼굴을 하더니 세탁실로 가서 빨래를 마저 갠다. 그날 우리 가족은 깨끗한 시트를 깐 침대에서 한 해의 마지막 밤을 보내고 새해 아침을 맞이할 수 있었다. 시간은 마지막인지 시작인지 관심이 없다. 우리도 시간 흉내를 냈다. 아무렇지도 않게 한 해는 가고 또 다른 한 해가 왔다.

4. 방해 obstacle

눈은 소리 없이 강하게 왔다. 처음 올 때 반갑던 마음은 떠날 때가 됐는데도 염치없이 머무르는 객을 대하는 마음으로 변했다. 거동이 어려워 어차피 돌아다닐 일 없는 나는 이 객의 체류를 데면데면하게 대했지만, 이리저리 운전해야 하고 드라이브 웨이와 보도를 치워야 하는 남편에겐 달갑지 않은 손님이었다. 밀어내고 걸어 내도 인상 하나 변하지 않고 다시 그곳을 차지하는 객이었다. 남편은 이 객이 영영 눌러살지도 모른다고 생각하는 모양인지 제설기를 사려고 벼르는 중이었다. 정전을 대비해서 이미 발전기도 사 놓은 남편이었다.

보금자리를 위협에서 지켜 내려는 그의 마음은 언제나 철저하고 강인하다. 눈이 내리다가 지칠 때도 있어서 그때를 이용하면 눈 치우는 횟수도 줄일 수 있을 것 같은데, 남편은 드라이브 웨이나 보도에 눈 쌓일 틈을 안 줬다. 어느 해 겨울, 칸쿤으로 휴가를 가 있는 동안 밴쿠버에 많은 눈이 내렸는데 돌아와 보니 옆집과의 경계로 심은 스무 살 된 둥근 향나무들이 눈 무게를 이기지 못하고 반으로 쩍쩍 갈라져 있었다. 겉으로는 표 내지 않았지만, 속으로는 눈에 파묻혔다가 목이 부러지고 배가 갈라진 향나무들을 무심히 넘긴 옆집 이웃에게 저주를 퍼부었을 것이다. 그 이후로는 눈만 왔다 하면 향나무를 수시로 툭툭 쳐서 눈 모자를 아예 쓰지 않게 했다. 남편은 이미 이곳저곳을 돌아다니며 일주일 치 식량과 한 달 치 생활용품을 사 와서 냉장고와 식품 창고를 채워 놓았다. 이젠 집에 갇히고 전기가 나가는 일만 일어나면 되는 거였다.

밴쿠버는 눈이 흔치 않은 도시다. 밴쿠버 내 스키장들은 매년 겨울 날씨를 걱정해야 할 정도로 해마다 강설량이 줄어드는 추세인데 이번 겨울은 모처럼 눈 폭풍을 맞아 지역 스키장들과 그곳을 찾는 이들이 즐거운 탄성을 지르고 있다. 평소 같았으면 우리도 그들과 함께 산꼭대기로 오르는 리프트에서 눈으로 푹신하게 쌓인 슬로프와 전나무를 바라보며 이 얼마나 멋진 겨울인가 뻔한 찬사를 보내며 선택받은 자들만이 누릴 법한 이기적인 느긋함을 즐겼을 것이다. 만약에 정전이라도 된다면 기다렸다는 듯이 아이를 결석시키고 주저 없이 스키장으로 향했을 것이다. 누구에게 얽매이지 않아도 되는 직업 덕에 시간을 임의로 쓸 수 있다는 것을 탁월한 능력처럼 여기며 눈 위에서 한껏 쾌재를 불렀을 것이다.

그러나 몸이 산에 오를 상태가 아니었다. 사고 후유증으로 물리 치료와 마사지 치료를 시작한 지 두 달째 접어들었지만, 내 몸은 여전히 긴장을 풀지 못하고 있었다. 누가 만지기라도 할라치면 어깨와 등과 다리가 급속도로 굳어졌다. 몸은 종류나 강도와는 상관 없이 어떠한 자극이라도 위협으로 간주해 모든 신체 부분을 과잉 보호했다. 긴장을 풀 여유를 주지 않았다. 그나마 핫텁 안에서는 사지를 움직일 기회를 만나곤 했는데, 조금이라도 재활 스트레칭 흉내를 내면 어느새 어깨는 딱딱한 돌처럼 굳어 버렸다. 충격에서 벗어나지 못하는 몸을 닦달하면 몸은 더욱 웅크렸다. 차라리 문어 였다면 얼마나 좋았을까 생각한 적이 한두 번이 아니었다. 물 밖에서 중력을 이겨 내며 사는 게 더 좋을지 물속에서 중력을 이겨 내며 사는 게 더 좋을지 알 수 없지만, 유연해질 수 없는 심신은 분명히 일상을 뻑뻑하게 만들고 있었다.

대설 경보로 인해 휴교 중인 아이와 이동이 제한된 남편과 함께 하루에 두 번씩 핫텁에 들어갔다. 명색은 하이드로테라피였지만, 실은 핫텁에서 바라보는 숲의 정경 때문이었다. 눈 덮인 숲은 우리 가족에게 단단한 마법을 걸었고, 우리는 그 마법에 취해 깨어날 생각을 안 했다. 집에 갇힐 수 있다는 사실이 황홀했다. 수북하게 쌓인 눈은 불필요한 소음을 흡수하고 들어야 하는 소리만 대기에 명료하게 남겨 놓았다. 참새와 지빠귀의 지저귐을 남겨 놓고, 무겁게 쌓였던 눈이 어딘가에서 후두두 떨어지는 소리와 깊지 않은 숲속에서 나뭇가지 부러지는 소리, 신중하게 흐르는 강물 소리를 남겨 놓았다. 우리는 목소리를 줄이고 그것들의 소리를 들었다. 시도 때도 없이 짖어 대던 옆집 개마저도 조용했다. 영원히 깨어나지 못한다 해도 상관없을 마법이었다.

'이게 뭐지?'

새하얀 빛에 익숙해져 있던 눈이 샤워 후 머리카락을 말릴 때 또다시 은빛을 봤다. 바깥이 아니라 욕실 거울에서 본 은빛은 현실적이지 못했다. 얼핏 본 빛이 금세 사라져 헛것을 본 것 같았다. 머리카락을 이 잡듯이 뒤졌고, 결국 그 빛을 찾아냈다. 흰 머리카락이었다. 왼쪽 가르마 중간에, 그것도 꽤 긴 길이로 흰 머리카락이 나 있었다. 처음 봤는데 이미 새하얗게, 길어질 대로 길어진 채로, 잘못 본 게 아니라고, 믿는 게 좋을 거라고, 당당하고 떳떳하게 빛나고 있었다.

'너도 용을 썼구나.'

네 할 일은 다 했노라고, 없어져야 할 빛이라고, 매정하게 뽑아냈다. 뽑은 그 자리에 또다시 같은 빛이 생길 줄은 모르고 있었다.

고등학생인 막내 외삼촌이 거울 앞에서 볼펜 꼭뒤로 똑딱똑딱 새치를 뽑고 있다. 공책 두 권을 세로로 붙여 놓은 크기의 거울은 외삼촌 눈높이에 걸려 있다. 학교에서 돌아오면 외삼촌은 교복 모자를 벗어 놓고 거울 앞에서 새치부터 뽑았다. 매일 그렇게 뽑아도 새치는 매일 솟아났다. 쪽마루에 앉아서 외삼촌이 새치 뽑는 모습을 구경하고 있으면 지루한 줄 몰랐다. 그해 사월경부터 난 외할머니 집에서 지내고 있었다. 세 살에서 넉 달이 모자란 때였다. 엄마가 장티푸스를 앓았다. 나보다 두 살 어린 남동생은 엄마가 옆에 끼고 있었고 나는 외할머니 집으로 보내졌다. 당장에 엄마가 없어도 서글프지 않았고, 밥상을 내동댕이치는 아빠가 없어 평화로웠다.

외할머니 집은 마당이 반듯하고 대청마루가 시원하고 뒤편 우물이 맑고 깊었다. 돌담은 낮지 않았지만 높지도 않아서 정다웠고, 반질반질 잘 손질된 대문은 늘 열려 있어 이웃의 왕래가 자유로웠다. 뒷문 곁엔 실한 감나무가 있었고, 뒷문을 열고 나가면 자그마한 오솔길, 그 오솔길을 따라 아카시아가 군락을 이루고 있었다. 아찔한 향기의 아카시아 꽃이 진다 싶으면 작은 항아리 모양의 감꽃이 뒷문 곁에 소복이 떨어졌다.

태생이 까무잡잡한 나는 시골에선 제일 하얀 축에 속했다. 엄마가 안 입는 한복들로 재단한 색색의 멜빵 치마를 날마다 갈아입으며 도시에서 온 티를 내고 다녔다. 날씨는 금세 더워졌고 엄마의 공단 한복 천은 땀을 흡수하기에 영 마땅치 않았다. 난 어느새 시골 아이들 사이에서도 그리 눈에 띄지 않는 옷차림과 피부 빛을 지니게 되었다. 장난감은 없었고 우리는 심심했으니 놀 터전과 상대는 자연이었다.

얕지 않은 개울에서 멱을 감는 아이들은 물의 깊이나 세기를 감당할 줄 아는 또래들이었고, 나 같은 조무래기들은 논에 물을 대는 수로에서 놀았다. 가재도 많았고 거머리도 많았다. 아무리 시골 아이들 틈에 섞여 있어도 난 꿈틀거리는 그것들이 무서워서 발가락을 있는 대로 오므렸다. 가재나 거머리는 나에게만 무서운 대상이지 다른 아이들은 눈도 끔쩍 안 했는데, 이런 아이들이 한결같이 무서워하는 존재가 있었으니 마을에 사는 상이군인이었다. 그의 오른손엔 갈고리가 달려 있었고, 짧은 왼쪽 다리 옆엔 목발이 있었다. 씨족 마을이라 다들 가족 형태로 살고 있었지만, 그만은 딸린 가족이 없었다. 억양도 타지의 것이었다. 의문문을 사용할 때 살며시 끝을 올리는 말투가 야릇하게 들렸다. 다른 아이들이 그를 무서워할 때 나는 그를 겉으로만 무서워하는 척했다. 결국엔 그도 나도 타지에서 온 사람이었다. 무서워할 이유가 없었다. 아이들은 그를 보기만 하면 무언가를 던지며 병신이라고 놀려댔다. 겁쟁이 자리에서 벗어나는 방법이었다. 아이들이 놀려 대면 그는 바보처럼 웃으며 일부러 더 절뚝댔다. 어느 잔치에서 한잔 걸치기라도 하는 날에는 벌게진 얼굴로 갈고리와 목발을 흔들어 댔다. 아이들은 그런 그의 모습에 기겁했고, 나는 장독대에 올라가 돌담 너머로 그 장면을 지켜봤다. 더운 날에도 그는 늘 남루하고 두꺼운 군복을 입고 있었다. 1977년, 휴전이라는 상황에 휴지보다 전쟁의 의미가 더 크게 남아 있던 시기였다.

그는 밥을 동냥하지 않았지만, 외할머니는 그를 극진히 챙겼다. 된장에 고봉밥을 먹는 그의 갈고리질은 능란했고, 입가와 눈가엔 누구라도 알아볼 수 있는 고마움이 가득했다. 그가 밥을 먹는 동안 외할머니는 당신의 마른 손으로 호박씨를 까서 나에게 먹였다.

그가 밥 먹은 그릇에 우물물을 부어 입을 헹굴 때쯤이면 곁에 있던 나도 포만감이 느껴져 괜히 졸음이 왔다. 그러면 외할머니는 나를 업었고, 마당 가에 정갈히 가꾸어 놓은 꽃밭을 따라 걸으며 당신의 마른 등에서 나를 잠들게 했다.

나를 업었던 외할머니의 등과 엉덩이가 썩어 버렸다. 욕창이라고 했다. 막내 외삼촌과 막내 이모가 번갈아 외할머니를 들었다 놨다 하며 이리저리 돌려 눕혔다. 여름의 기운이 성하기 시작할 때였다. 방문 한지가 이내 눅눅해졌다. 외삼촌과 이모가 외할머니를 들썩들썩 옮기면 외할머니는 가는 신음을 냈다. 한낮의 열기가 가라앉고 이름 모를 벌레 소리가 요란해지기 시작하면 어디선가 시원한 바람이 불어와 외할머니를 곤하게 재웠다. 그제야 한숨돌릴 기회가 생긴 외삼촌은 잠 못 드는 나를 마당으로 데리고 내려와 내 이름 석 자를 크게 써 놓고는 나의 말 더듬는 버릇을 잡아주곤 했다. 그해 여름, 나는 말을 더듬었다. 내 안에서 생겨나는 생각들을 따라올 단어 수가 모자라는 동시에 폭발적으로 늘어나는 바람에 난 생각과 표현 사이에서 허우적거리고 있었다. 하늘의 별들이 너무 많아 모조리 쏟아져 내릴 것만 같은 밤이었다. 꽤 늦은 시간이었지만 난 잠들 수 없었고, 내 이름을 쓴 작은 꼬챙이를 잡고 서 있던 외삼촌도 잠잘 생각을 안 했다.

외할머니가 돌아가셨다. 자고 일어났는데, 돌아가셨다. 사람들이 외할머니 염을 했다. 있는 구멍을 죄다 막고 천으로 꽁꽁 묶었다. 가지런히 쪽을 찐 외할머니는 생전 모습 그대로인데 사람들은 외할머니의 콧구멍과 귓구멍을 꽁꽁 막았다. 나는 방 한구석에서 이 장면을 가만히 지켜보았다. 저것이 죽음이란 말인가. 나에겐 어떤 명확한 개념이 찾아오지 않았고 개념이 없으니 현실이 아니었다.

꽃상여의 뒤를 따랐다. 구슬픈 상여가가 고개고개로 이어졌다. 저렇게 곱고 예쁜 상여에 누울 수 있다니 외할머니는 참 좋겠다고 생각했다. 땅에 큰 구덩이가 파였고, 외할머니의 관이 서서히 내려갔다. 흙이 관 위로 떨어졌다. 그리고 어느새 봉긋한 무덤이 생겼다.

외할머니의 장례를 치른 한참 후에도 집엔 손님이 끊이질 않았다. 전 부치는 냄새와 수육 삶는 냄새와 시큼한 탁주 냄새가 외할머니 없는 외할머니 집을 가득 채웠다. 손님이 어느 정도 잦아졌을 무렵, 엄마가 온다는 소식을 듣게 되었다. 둘째 외숙모가 너무 기쁜 목소리로 알려 줘서 나도 덩달아 기뻤다. 나는 아침부터 동구 밖에 나가 기다렸다. 버스 여러 대를 떠나보내고 나서야 엄마를 실은 버스가 도착했다. 흙먼지 속에서 양손에 선물 꾸러미를 든 엄마가 보였다. 헬쑥해 보이는 엄마 뒤로 동생을 안은 아빠가 보였다. 엄마를 보자마자 한달음에 뛰어가 엄마를 안았다. 숨이 막 차올랐다. 오랜만에 본 엄마에게 뭔가 대단한 소식을 전하고 싶었다. 엄마 없이도 몇 달을 잘 지낸 딸, 뭔가 큰 변화로 엄마를 깜짝 놀라게 해 주고 싶었다.

"엄마! 할머니 죽었데이! 죽어서 땅에 묻었데이!"

그길로 엄마는 외할머니의 내복이 들어 있던 선물 꾸러미를 내 팽개치고 휘청휘청 당신의 친정 마당에 쓰러지듯 달려와 끄윽끄윽 울었다. 나는 저런 울음을 본 적이 없어서 겁을 먹었다. 원치 않게 먹었더니, 먹은 것을 토해 내고 싶어졌다. 큰 울음이 쏟아져 나왔다. 염을 할 때도, 상여 뒤를 따를 때도, 관이 땅 밑 구덩이로 내려갈 때도, 관 위로 흙이 떨어질 때도, 봉긋한 무덤이 생길 때도, 삼우제를 지낼 때도 안 울었던 나는 엄마를 울리고 나서야 울음보를 터뜨렸다. 엄마를 울린 나는 엄마에게 미안해서 울고 또 울었다. 엄마가 우는 만큼 나도 울었지만, 엄마는 나의 울음을 보지 못하고 듣지 못했다. 엄마는 나에게 눈길 한번 안 주고 포옹 한번 안 했다. 내가 엉엉 울며 손을 내밀어도 그 손을 잡아 주지 않았다. 미안함을 표하고 사과를 구하는 내 마음은 엄마에게 전해지지 않았다. 엄마는 굳게 닫혀 있었다.

아빠가 엄마에게 알리기를 미뤄 뒀던 외할머니 부고를 내가 가로챈 것은 잘못한 일이었다 해도 외할머니 죽음은 내 잘못이 아니었다. 나는 썩고 있는 외할머니 옆에서 노래도 불러 드리고 춤도 췄다. 외할머니가 죽으리라는 생각을 못 했다. 자고 일어나니 외할머니는 돌아가셨고, 나는 그게 슬픈 일이어야 한다는 것을 알지 못했다. 죽은 외할머니는 단정했고 외할머니가 타고 간 상여는 예뻤다. 그게 왜 슬픈 일인가. 엄마는 외할머니가 죽는 것을 보지 못해서 죽고 난 후의 일들을 보지 못해서 저렇게 울고 있는 모양이었다. 엄마가 직접 봤다면 죽음은 슬픈 일이 아니라는 걸 알았을 텐데, 나는 엄마에게 외할머니의 죽음을 조금 더 자세하게 설명해 주고 싶었지만 엄마는 나에게 그럴 기회를 주지 않았다. 내 안에 담긴 말이 많았지만, 할 수가 없어서, 말은 눈물로 흘러나왔다. 자신의 엄마가 땅에 묻히는 것을 보지 못한 엄마는 가슴 한 부분을 툭 찢어 내 어딘가에 묻었다. 그 안에 나도 함께 묻었을 거라고 흙먼지가 날리는 마당에서 엉엉 울며 생각했다.

끝날 줄 모르던 것이 끝나고 집으로 돌아온 지 얼마 지나지 않아 난 엄마를 잃어버리고 만다. 시장 안이었다. 엄마는 부엌용품들을 보고 있었고 동생은 유모차 안에서 곤히 잠들어 있었다. 가게 앞쪽엔 희번덕거리는 양은 냄비들이 가지런히 쌓여 있었고, 뒤쪽으로는 석유풍로들이 귀한 몸으로 전시되어 있었다. 바로 옆 가게에서 꼬치 어묵을 팔고 있었다. 연탄 화로에서 어묵 국물이 은근히 끓고 있었다. 머리 위론 얼기설기 쳐 놓은 파란 차양이 한여름의 태양을 가리고 있었는데 그 바람에 어묵 국물에서 나는 김이 푸르스름해 보였다. 모락모락 나는 김을 한참 들여다보다가 옆을 돌아보니 있어야 할 것이 없었다. 동생의 유모차가 없었다. 당연히 엄마도 없었다. 졸지에 시장통에서 엄마를 잃어버리게 되었다. 엄마를 찾으러 갈까 아니면 엄마가 다시 이곳에 올 때까지 기다릴까, 골똘히 고민했다. 가슴이 쿵쾅쿵쾅 뛰었지만, 침착해야 한다고 머리가 계속 알려 주었다. 가게 앞에서 한동안 꼼짝 않고 있으니 석유풍로 뒤쪽에 높직이 앉아 있던 주인아주머니가 뭐라고 한다. 그때 생각을 확 바꾸어 집을 찾아가기로 한다. 이 시장은 엄마와 몇 번 와본 적이 있다.

'닭 잡는 곳은 출구와 반대쪽이니까 그쪽으로는 가면 안 되고, 그래, 신발 가게를 지나서 쭉 가면 자물쇠 파는 곳이 나와. 거기만 벗어나면 큰 도로를 만날 수 있어.'

내 기억은 정확했다. 큰 도로에 이르러 횡단보도 신호를 기다리는데 일행으로 보이는 아저씨 두 명이 대화를 하다 말고 고개를 돌려 날 힐끔 쳐다본다.

'엄마 잃은 티를 내면 안 돼.'

애써 태연한 척 길을 건너니 복잡한 골목길이 나왔다. 정수리 위로 내리쬐는 햇살은 강했고 내 그림자는 짧았지만, 한 걸음씩 내디딜 때마다 한 뼘씩 자라고 있는 것 같았다. 몇 개의 골목을 지나자 드디어 낯익은 시멘트 담장이 보였다. 능소화가 빼꼼히 담장 밖을 기웃거리고 마당 안쪽에 나이 지긋한 석류나무가 있는 집이다. 그 집을 지나서 오른쪽으로 꺾으면 전봇대, 거기서 곧장 가면 바로 우리 집. 나지막한 하늘색 대문을 열고 신발을 벗고 마루로 올라가 방문을 밀어 열었다. 집에 오니 긴장이 풀려 졸음이 몰려왔다. 수돗가로 내려가 세수를 하고 손발을 씻고 방으로 들어가 입은 옷을 벗어 개어 놓고 이불을 깔고 누웠다. 곧장 잠이 들었고, 오랫동안 잤다. 그러다가 누가 나를 흔들어 깨워 일어났다. 엄마였다.

"아이고 참 내, 이래 집에 떡하이 있었나. 우예 집을 찾아왔노. 아이고 참 내."

엄마는 실종신고를 하려고 파출소로 가는 길에 동생을 옆집에 맡기려고 집에 들렀다고 했다. 날 보는 엄마 얼굴은 웃는 것 같기도 하고 우는 것 같기도 했다. 기쁜지 화가 나는지 헷갈리는 얼굴로 내 등을 툭툭 아프게 쓰다듬었다. 내 등은 엄마 손 아래서 조그맣게 웅크리고 있었다.

엄마를 잃어버렸다가 혼자서 집을 찾아온 후 한동안 나는 머리에 수건을 질끈 동여매고 아이고 아이고 곡을 하며 놀았다. 이것밖에 할 게 없다는 듯, 매일매일 곡을 하며 놀았다. 홀로 하기 심심하면 애먼 동네 친구들을 불러 놓고 곡하는 것을 가르쳐 주며 놀았다. 파묻힌 외할머니를 다시 꺼내 놀았다. 내게 없는 것을 그리워하며 놀았다. 그렇게 곡을 하다가 나는 세 살이 되었다.

앞뜰엔 드라이브 웨이를 치우며 쌓아 놓은 눈이 산더미였다. 수시로 눈을 치우는 남편에게 미안한 마음이 들어 그가 없을 때 살그머니 눈을 치워 봤다. 펑펑 내린 눈은 치밀하게 쌓이지 못했다. 눈삽으로 한번 쓱 밀어 주면 고집도 안 부리고 수월하게 치워졌다. 생각보다 힘들지 않아서 드라이브 웨이와 보도를 딱 필요한 부분만 치워야지 마음먹고 어설프게 삽질을 시작하는데, 아이가 완강하게 나를 말렸다. 엄만 괜찮아, 아무리 말해도 아이 눈엔 내가 영 시원찮게 보였는지 자기도 작은 삽을 들고 와 내 옆에서 눈을 치웠다. 그러나 손목과 팔꿈치와 무릎이 금세 시큰거려서 이러다 큰일 나겠다 싶어 서둘러 안으로 들어왔는데 들어오자마자 눈이 또다시 한바탕 내려 아이와 내가 그나마 쏟아부은 시간을 깡그리 없앴다. 괜한 짓을 했다고 관절들이 욱신대며 불평을 해 댔다. 핫팩을 어깨에 올려 그것들의 불평을 무마시키려 했지만, 별 소용이 없었다. 진통제 한 알을 삼키고 아이에게 호박씨가 들어 있는 바를 하나 꺼내 준 뒤 앞뜰과 드라이브 웨이가 보이는 덴으로 가서 말끔하게 지워진 시간의 흔적을 구경했다. 자세히 보니 눈이 쌓이긴 하는데 매가리가 없었다. 앞뜰에 심어진 단풍나무에서 올라오는 빨간 싹이 눈 밑으로 드러나 보였다. 펑펑 퍼부어도 허풍임을 알았다. 아무리 그래 봤자 이미 그라운드호그 데이(Groundhog Day: 매년 2월 2일, 다람쥣과에 속하는 그라운드호그가 굴에서 나왔을 때 자기 그림자를 보지 못해 굴을 떠나면 겨울이 끝나지만, 반대로 그라운드호그가 자기 그림자를 보고 다시 굴로 들어가면 겨울이 육 주 동안 더 지속될 것이라고 점치는 날이다.)를 보낸 후였다.

아니나 다를까 다음 날 눈이 그쳤다. 하늘이 말개진다 싶더니 어느새 햇살이 나왔고 덩치만 컸지 실하지 못한 눈 두둑 밑으로 물이 줄줄 새어 나왔다. 불쑥 나온 햇살은 작정한 듯 눈 두둑의 정수리와 등을 사정없이 녹여 없앴다. 몸통이 없어지는 건 시간문제였다. 성급하게 녹는 눈을 눈치챈 아이는 삽을 들고 앞뜰로 향했다. 아이는 눈을 공중에 흩뿌리고 웃음을 잘게 부숴 그 사이에 채워 넣었다. 그러다 몸을 수그려 구덩이를 파기 시작했다. 덴에선 아이가 든 까만 플라스틱 삽만 간혹 오르락내리락 보일 뿐 아이의 모습은 눈 두둑에 가려 보이지 않았다. 아이가 보이지 않더라도 아이 옆엔 정원수에 덮인 눈을 치우는 남편이 있었고, 우리 집 앞을 지나던 이웃집 개가 아이를 본 듯 눈 두둑 근처에서 떠나지 않는 모습도 보여 염려하지 않아도 됐다. 개는 자기가 하고 싶은 일을 아이가 하고 있어서 무척 부러운 모양이었다. 오벨릭스가 줄을 조금이라도 느슨하게 풀어 주면 개는 팔짝팔짝 뛰며 아이의 정수리를 신나게 핥았다. 모든 것이 햇살 아래서 빛나고 있었다. 눈이 아려 와 눈을 감았더니 빛은 눈꺼풀을 뚫고 들어왔다.

"엄마, 나와 봐. 내가 이글루 만들었어!"

아이가 덴의 창문을 콩콩 두드린다. 아이의 발간 볼은 파란 하늘 아래서 독보적이다. 재킷을 걸치고 부츠를 신고 아이를 따라 바깥으로 나갔다. 코로 들어오는 대기가 훈훈해서 깜짝 놀랐다.

"이것 봐, 엄마. 이렇게 쏙 들어갈 수 있어."

작은 강아지가 파헤쳐 놓은 것처럼 작은 구덩이를 만든 줄 알았더니 아이가 만든 구덩이는 제법 컸다.

"이젠 엄마 차례야. 들어가 봐."

"당신 추운 데 있으면 안 좋아. 얼른 들어가."

정원수 손질이 끝났는지 이젠 진공 청소기를 꺼내 와 차 안을 청소하던 남편이 청소기 소리를 이겨 내느라 큰 소리로 말한다.

"알았어."

내 대답이 청소기를 돌리고 있는 남편에게 닿을 리 없었다. 몸을 숙였다. 등과 엉덩이 쪽에서 날카로운 바늘이 쑤욱 올라왔다. 시간이 흘러도 무감각해질 줄 모르는 통증이 경이로웠다. 아이가 만든 구덩이는 내 몸에 딱 맞았다. 안쪽이 이렇게 매끈하고 아늑한 줄 몰랐다.

"어때, 엄마?"

"정말 훌륭한데!"

"원한다면 하늘을 볼 수 있게 작은 창문을 만들어 줄 수 있어."

"지금도 햇살은 보여."

"아니. 밤에 별을 볼 수 있게."

"엄마, 여기서 살게?"

"하하, 아니. 그냥 갑자기 생각난 거야."

구덩이 안에서 보는 아이의 미소가 비현실적으로 찬란하다. 내가 감히 이 아이의 엄마라는 것이 믿기지 않는다. 다시 되돌릴 수 있는 일은 없다. 되돌릴 수 없기에 지나간 시간 속에서 남겨진 무언가를 주섬주섬 줍는다. 주운 것들은 교훈이라 불리고, 나도 모르게 주머니에 들어온 것들은 추억이라 불린다. 주머니에 들어오지도 않고 줍지도 못한 것들은 후회라고 불린다.

"엄마, 참, 내가 어젯밤 꿈 이야기 안 해 줬지?"

"어떤 꿈이었어?"

"꿈에서 내가 코퀴틀람 시 전부를 한 바퀴 돌아야 했거든. 달리기 시합이었어. 원래 코퀴틀람은 아주 크겠지만, 꿈에선 동네 한 바퀴 정도라서 달릴 만했어. 그런데 달리기 루트에 여러 방해물이 있어. 그걸 노트에 적어 놓으면 시합 때 도움이 되는데 나한테 노트가 없는 거야. 걱정하고 있는데 엄마가 책을 하나 줬어. 엄마가 너무 많이 읽어서 더는 안 읽는 책이라고, 필요 없다고, 나한테 준 거야. 난 그걸 노트처럼 이용해서 방해 요소들을 잘 적었고 그 덕에 달리기 시합에서 금메달을 땄어."

아이는 이글루의 입구를 보기 좋게 만들면서 꿈 이야기를 들려줬다. 삽을 통통 내려쳐 둔덕을 다지고, 어딘가에서 까만 돌멩이 세 개를 가져와 입구 쪽에 묻는다. 나는 꼬리뼈가 얼얼해 꼼짝하지 않은 채 구덩이 안에서 아이의 놀이를 지켜보고 이야기를 들었다. 아이의 제안을 받아들여야겠다. 이곳에서 별을 본다면 꽤 근사할 것 같다.

"마시멜로 먹을 사람!"

청소기 소리가 멎었다. 남편은 어느새 자동차 매트를 탁탁 털어 차 안에 넣고 있었다. 로도덴드론(rhododendron: 그리스어로 '장미 나무'. 진달래나 철쭉과 유사하지만 그보다 키와 꽃이 큰 상록수) 나뭇잎을 따 와서 구덩이 입구 쪽에 꽂고 있던 아이는 남편의 말에 기쁜 용수철이 된다. 아이가 만들어 놓은 둔덕과 표석과 꽃다발을 망가뜨리지 않으려고 조심해서 구덩이에서 나왔다. 나올 때 크로커스(crocus: 붓꽃의 일종으로 겨울의 끝, 봄의 시작을 알리는 구근식물) 싹이 어정쩡한 내 발밑에 있다고 그라운드호그가 헛기침으로 알려 줬지만, 듣지 못했다. 나는 서쪽 하늘의 노을로 내일 날씨를 점치느라 바빴다.

이젠 내 눈보다 관절이 날씨를 더 정확하게 예보해 준다는 사실을 줄기차게 솟아나는 은빛 머리카락을 발견할 때처럼 능청스럽게 모른 척한다. 인정하지 않아도 어차피 생겨나는 일이라면 모른 척함으로써 그 무게를 줄여 본다. 속일 수 있다면 속여 본다. 내게 없는 것들을 그렇게 대해 본다.

5. 위로 up/comfort

큰비가 올 거라는 일기예보와 달리 차분한 비가 내렸다. 그 덕에 비에 맞서는 옷차림을 하지 않아도 됐다. 몸에 붙는 크림색 니트 원피스와 낙타색 모직 코트를 골랐다. 비가 오지 않았거나 엉덩이와 등에 통증이 없었더라면 코트에 달린 단추 색과 같은 고동색의 굽 높은 스웨이드 부츠를 신었을 테지만, 한발 양보하여 갈색 로퍼를 신고 부드러운 초록색 나뭇잎이 단정하게 장식된 갈색 스웨이드 가방을 들었다. 이제 막 잎이 나기 시작한 나무 같은 차림으로 밴쿠버 플레이하우스에 도착했을 때, 비는 머리에도 어깨에도 얌전하게 내려 얇은 빗물 막이 몸 전체를 감싸고 있었다. 후드득 털어 내기엔 너무나 정성스러운 밀도의 빗방울이었다. 아이가 화장실에 가고 싶다며 팔에 매달리자 코트에 작은 손이 그대로 남는다. 매일 보던 것 안에 담긴 비밀이 그대로 남는다.

　사고 후 처음 찾은 음악회였다. 몸 상태를 봤을 땐 부동자세로 몇 시간 동안 앉아 있을 자신이 없었지만, 보고 싶었던 데니시 스트링 콰르텟을 만날 생각에 그간 손댈 엄두도 안 냈던 모르핀을 과감하게 꺼냈다. 고통이 바늘이나 칼처럼 몸을 관통하며 찔러 대도 모르핀을 취할 생각은 조금도 하지 않았었다. 이를 악물고 고통을 참아 내는 나를 보고 남편은 쓸데없는 고집을 부린다고 했지만, 나는 펄펄 살아 있는 고통을 인위적으로 무디게 할 마음이 전혀 없었다. 고통의 출처와 진행 과정을 알아야 그 부분을 안 쓰고 덜 써서 보호할 수 있을 거라 생각한 건 외면적인 이유였고, 숨겨진 진짜 이유는 모르핀을 사탕처럼 먹었다던 아빠 때문이었다. 아빠가 감당했던 고통은 내가 느끼는 고통과는 성질이 달랐지만, 고통을 다루는 해결책은 그때도 지금도 모르핀이었다. 한 번이라도 손을 댄다면 아빠처럼 사탕 먹듯 먹게 될까 봐 두려웠다.

　데니시 스트링 콰르텟은 지난해 처음 만났다. 그때 그들은 베토벤의 마지막 현악 사중주곡인 대푸가를 연주했다. 베토벤이 '그래야만 하는가?(Muß es sein?)'라고 물었던 서주가 마지막 악장에 이르면 '그래야만 한다!(Es muß sein!)'로 확신하듯 그들의 연주가 그러했다. 연주를 보며 나는 의문을 가질 수도 없고 이의를 제기할 수도 없는 상태에 이르렀고, 종국엔 꼭 그래야만 하는 것처럼 사로잡히고 말았다. 이번에 그들은 쇼스타코비치의 현악 사중주 15번 내림 마단조를 연주했다. 그들은 이 곡을 무대 위, 무대 뒤, 객석 사이, 로비 카펫과 화장실 바닥에까지 굽이굽이 내려놓고 갔다. 나는 그들이 놓고 간 것에 칭칭 감겨서 힘껏 넘어지고 한껏 뒹굴었다가 공중에 붕 떠올랐다. 공연장을 나오다가 발을 헛디뎌도 아픈 줄 몰랐고, 사고 지점을 지날 때도 끔찍한 줄 몰랐다.

다음 날은 잠을 자고 일어나도 깨어나기 싫은 날이었다. 아침부터 오후 늦게까지 쇼스타코비치의 현악 사중주 15번 4악장 녹턴 안에서 숨도 쉬지 않은 채 잠수했다. 쇼스타코비치는 이 사중주곡을 작곡한 후 일 년 뒤에 사망했고 많은 이들이 이 곡을 그의 유서쯤으로 간주한다. 총 6악장으로 이루어진 이 곡은 악장 사이에 쉼이 없고, 음들은 내림 마단조로 내려앉아 있으며, 모든 템포는 아다지오의 최면에 걸려 있다. 내림표로 가라앉은 느릿한 음들에 의해 감정은 불편해지고 불안해지고 무서워지고 우울해지고 슬퍼지고 무료해지고 만다. 시작은 끝을 알리고 끝에서야 시작이 이루어진다. 움직임을 추구하지 않는 아다지오는 끝내 능동을 간지럽히고 심연의 바닥에 가라앉았던 감정은 서서히 부유한다.

특정 음이 내는 특정 음파가 있다. 그리고 음들의 집합 및 해체, 이어짐과 끊어짐에서 생겨나는 에너지도 있을 것이다. 소리 파형은 뇌파에 영향을 미친다. 쇼스타코비치의 마지막 현악 사중주곡은 알파파를 유도하고 결국 세타파에 이르게 하는 듯하다. 이끄는 길이 그것뿐이기에 다른 곳으로 샐 수 없다. 불편함과 불안함과 무서움을 지나 우울과 슬픔에 다다르면, 깊이 가라앉았으나 여러 껍질이 벗겨져서 한결 가벼워진 느낌으로 부유하게 한다. 온종일

침잠하며 떠다녔던 그날의 끝, 지붕 위로 무겁게 떨어지는 빗소리에 온몸이 얼얼해지는가 싶더니 순식간에 깊은 잠에 빠졌다.

어수선했다. 한차례 흠뻑 땀을 흘린 상태였다. 대기 중에 부유하는 햇살 입자 하나하나가 손에 잡힐 듯 뚜렷했지만, 눈에 투과되는 채도는 극히 낮았다. 입고 있는 옷이 몸 구석구석에 달라붙으며 살 속으로 파고드는 것 같아 한시라도 빨리 땀을 씻어 내고 싶었다. 어수선한 건 잘 보이지 않는 자그마한 아이들 때문이고 분주한 건 바로 앞에 있는 보니 때문이었다. 보니는 늘 서둘러서 약속을 잡고 늘 약속 시각 전에 도착하고 늘 하나의 약속 끝에 다른 약속을 만들어 놓는, 매사를 부지런한 눈금으로 동시에 버거운 저울로 사는 세 아이의 엄마다. 보니와 나는 아이들을 지켜보고 있는데 내 아이가 보이지 않는다. 세 아이를 부산스럽게 쫓는 보니의 몸짓에 나도 덩달아 내 아이를 지켜보는 줄 알았건만 난 그저 보니를 우두커니 구경하는 중이었다. 내 아이는 어디에 있는 걸까. 아이를 찾기 위해 고개를 두리번거려 봐도 아이는 보이지 않고 움직일 때마다 주변의 대기가 나를 자꾸 죄어 오는 것 같아 갑갑하기만 하다. 결국, 나에겐 아직 아이가 없거나 적어도 그곳엔 내 아이가 없다는 결론을 내리고 자리를 떠도 되겠다는 생각을 한다. 무엇보다 샤워 생각이 간절했다.

"보니, 난 이만 갈게. 시간도 다 됐고, 샤워도 해야 하고."

자기가 가진 것을 덥석덥석 잘 나누는 보니는 평상시에 아이도 물건도 덥석덥석 나한테 잘 맡겨 놓는 친구다. 잘 나누는 성격을 누그러뜨리지 못하고 샤워하러 간다는 나의 말에 올라가서 자신의 욕실을 쓰라고 한다. 올려다보니 거기엔 까마득한 높이의 아파트가 한 채 서 있었다. 내가 있던 곳은 보니가 사는 아파트의 놀이터였다. 놀이터는 먼지가 많이 나는 땅 위에 있었고, 그곳은 아파트의 입구이기도 했다. 보니가 한 꾸러미의 열쇠를 내 손에 쥐여주며 등을 떠민다. 열쇠를 덥석 받은 걸 보니 전에도 허물없이 그녀의 아파트를 들락날락한 모양이었다. 머릿속에 이미 그녀의 집에 들어가서 익숙한 듯 욕실을 찾는 내 모습이 보인다. 고맙다는 인사를 건네고 서둘러 건물 안으로 들어갔다.

엘리베이터는 세 종류로 나뉘어 있었다. 첫 번째 것은 1층에서 17층까지, 두 번째 것은 18층에서 45층까지, 그리고 세 번째 것은 46층에서 81층까지 운행한다고 검정 바탕에 금색 숫자로 씌어 있다. 엘리베이터를 기다리는데 내가 보니 집의 호수는 알지만 몇 층인지 알지 못한다는 것을 깨닫는다. 당황한 나는 보니에게 물어보러 바깥으로 나가야지 하면서도 바로 눈앞에서 열린 엘리베이터에 덜컥 올라타고 말았다. 후드가 달린 회색 옷을 입고 한 손엔 테이크아웃 음식을 든 갈색 피부의 건장한 사내가 내 앞쪽 엘리베이터에 올라탈 때 나도 모르게 그를 따라 다른 두 명의 사내와 함께 오른 것이다. 회색 옷의 사내는 매일 규칙적으로 강도 높은 운동을 하는 몸을 가졌다. 키팝(key fob: 아파트 내 공용시설 출입을 가능케 하는 열쇠)을 이용해 주저 없는 손놀림으로 층수 버튼을 누르는 걸 보니 이 건물 거주자인 모양이었다. 이 건물에서 살지도 않고 어느 층을 가야 하는지도 모르는 난 가야 할 층을 찍어 맞히기라도 할 것처럼 엘리베이터 숫자판을 힐끔힐끔 봤다. 그때 퍼뜩 보니가 18층에 산다는 것이 떠오른다. 하지만 이 엘리베이터는 17층까지만 운행한다. 내 발로 올라타 놓고 누군가 날 당혹스럽게 하고 있다는 생각이 든다.

'14층에서 내려 계단으로 올라가면 15층과 16층 사이에 18층으로 갈 수 있는 엘리베이터가 있어.'

머릿속에 계단을 넣어 놓으니 조금은 안심이 됐다. 엘리베이터의 한쪽 벽에 기대 긴장된 마음을 풀었다. 14층에서 내려야지 하고 있는데 엘리베이터가 한참을 올라가는 느낌이다.

떵.

안에 있는 사람들이 일제히 내리는 층에 도착했다. 거긴 꼭대기 층에서 한 층을 더 올라간 82층이었다.

'옥상?'

나는 내내 왼쪽 어깨에 가방을 메고 있었다. 뭐가 들었는지 꽤 묵직한 가방을 고쳐 메고 나도 엘리베이터에서 내렸다.

눈앞에 펼쳐진 광경은 단순히 아파트 옥상이라고 하기엔 비현실적이었다. 융단 같은 잔디가 깔렸고 나무마다 연한 초록 잎들이 촘촘히 달렸으며 나뭇잎 사이로 복숭아를 닮은 열매도 군데군데 보였다. 의자 크기만 한 꽃들이 피어 있고 구름을 하늘에 섞으면 나올 만한 하늘이 어딘가 한계를 지으며 걸려 있었다. 얼핏 보면 정성 들여 가꾼 유원지 같기도 한데 가족처럼 보이는 이들은 없었다. 여태껏 이런 데가 있다는 것을 몰랐으면서도 여러 번 상상해 본 적은 있는 것 같아 구경꾼으로 있을지 이곳 사람인 척해야 할지 궁리하는데, 내 앞으로 누군가가 지나갔다.

실테 안경을 쓰고 치아 교정기를 끼고 어깨 길이 단발머리에 단아한 이마가 보이게끔 앞머리를 내린, 연주였다.

학년 초 서걱서걱한 교실 공기를 뻣뻣하게 뚫으며 담임은 네 명을 교무실로 호출했다. 교무실 제일 구석 책상에 하얀 호루라기를 목에 걸고 앉아 있는 담임이 보였다. 담임은 체육 담당 교사로 턱과 어깨가 다부졌다. 호출된 네 명은 같은 건물에서 이미 일 년을 보낸 터라 처음 한 반이 됐어도 서로 낯설지 않은 얼굴들이었다. 친밀감도 적대감도 없는 간격으로 우리 네 명은 담임의 책상 주위에 섰다.

"고등학교 이학년은 고삼이라고 보면 된다. 너거 네 명이 우리 반 톱이다. 일 년 동안 잘해 보자."

네 명 중 한 명이 연주였다. 비슷한 것끼리는 서로를 알아보는 태생의 눈치가 있다. 우린 서둘러 짝이 되었다. 체질상 단짝을 두지 않는 내가 학년 내내 연주와 짝을 할 수 있었던 건 담임의 은근한 협조도 있었지만, 무엇보다 날 편하게 하는 연주의 비상함 때문이었다. 평범해 보이다가도 비범해져야 할 때를 본능적으로 아는 친구였다.

어제가 오늘 같고 내일도 어제 같은 하루하루 속에서 연주는 나의 일상이었다. 성가시게 구는 법이 없고 지나치게 친절한 법도 없었다. 늘 제일 뒷자리에 앉고 싶어 하는 나를 위해 언제나 내 옆자리에 앉아 주었고, 내가 수업 시간에 몰래 쿤데라의『生은 다른 곳에』나 카프카의『집으로 가는 길』등을 읽을 때도 모른 척해 주었다. 우린 삼학년 때도 같은 반이 되었다. 서로의 옆자리에 앉는 것은 여전히 불문율이었다.

대학 입시 철이 다가왔고 연주는 노어노문학과를 지망했다. 고등학교 이학년 크리스마스 즈음에 소련의 고르바초프가 물러나고 옐친이 러시아의 지도자가 되는 것을 티브이로 봤지만, 새로운 러시아가 연주의 미래에 영향을 끼칠 수 있다는 생각은 조금도 하지 못했다. 그런데 연주의 입에서 러시아어가 구사되고 어쩌면 연주가 러시아로 떠날 수도 있을 거라는 상상에 이르자 그 결정은 더없이 적절했다는 생각이 들었다. 나의 미래는 이미 독일어권 나라들이 결정한 터였다. 이건 아홉 살 때부터 정해 놓은 거라 연주의 결정만큼 극적이진 못했지만, 우린 품은 뜻이 비슷했고 이건 기분 좋은 점이었다.

대학 첫해 가을에 연주와 화왕산을 찾았었다. 갈대가 그렇게 좋대, 여행 이유는 이 한마디로 충분했다. 이듬해 설악산을 함께 가려 했는데 우린 좀처럼 일정을 맞추지 못했고, 결국 어렵사리 예약한 숙소를 취소해야 하는 상황에 이르고 말았다. 지금은 기억도 나지 않는 사사로운 이유 때문이었다.

'왜 이렇게 안 되는 거지?'

뜬금없는 생각이었다. 자질구레한 일상이 달라 자주 못 봤을 뿐 연주와 나의 관계는 예전과 다름없었는데 여행이 취소된 후 뭔가가 어긋나 버린 느낌을 떨쳐버릴 수 없었다. 띄엄띄엄하더라도 이쪽과 저쪽을 이어 주던 징검다리가 그만 큰물에 휩싸여 형체도 없이 쑥 잠겨 버린 느낌이었다. 그러면서도 한편으론 상황을 과장하고 있다고 자책하며 강 건너편의 연주를 강 중간쯤으로 옮겨 놓고는 아슬아슬하게 보아 왔었다.

근근이 이어지던 연주와의 관계는 대학 졸업 후엔 바람결에 소식을 전해 듣는 관계가 되었다가 오래지 않아 영 묘연해지고 말았다. 흡사 예정된 순서를 밟는 것처럼 소원해진 관계에 저항감이 들지 않았다. 그러던 어느 날 고등학교 동창의 전화로 연주의 행방을 알게 되었다. 전화를 건 동창은 수학여행 도중 어떤 이유로 울먹이던 나에게 그깟 일로 우냐고 야박할 정도로 냉정하게 말해서 내 울음을 뚝 그치게 한 친구였다. 전화를 받자 동창은 내가 마땅히 있어야 할 곳에 있다는 듯 시간을 뚝 잘라먹으며 인사했다. 그러고는 내 울음을 그치게 했던 것과 똑같은 말투로 연주의 죽음을 전해 주었다. 가족과 설악산 여행을 마치고 집으로 돌아오는 길에 교통사고가 났다고, 차가 낭떠러지 밑으로 떨어졌다고, 차는 연주의 오빠가 운전했다고, 가족 중 연주만 죽었다고, 바삭하게 전해 주다가 끝내 축축하게 울먹였다. 그 옛날 내가 울먹인 이유를 알지도 못하면서 단칼에 그만하라고 말하는 친구가 야속했었다. 이 친구가 울먹일 때가 생긴다면 어떤 때일까 내심 궁금했지만, 이렇게는 아니었다. 이렇게는 정말 아니었다.

'난데없이 연주라니……'

나와 가깝든 멀든 어떤 이의 죽음은 나에게 무언가를 남긴다. 대개는 못다 한 말이 남고, 어떨 땐 듣고 싶은 말이 남는다. 생전이라도 그들이 들어줄 리 없고 내가 들을 리 없는 말이라 해도, 그것은 반향 없는 메아리로 내 안에 남는다. 그러나 연주의 죽음은 공허였다. 마치 연주가 죽으며 들려주고 들을 수 있는 모든 말을 다 가지고 간 것처럼, 남은 것이 아무것도 없었다.

대학교 입학을 한 달 앞두고 연주와 나는 거의 매일 만났었다. 안경을 벗어 던지고 콘택트렌즈를 맞추러 갈 때도 함께였고, 여기저기에 필요한 증명사진을 찍으러 갈 때도 함께였고, 나지막하지만 분명히 굽이 있는 구두를 사러 갈 때도 함께였다. 연주의 제안으로 시내에 있는 컴퓨터 학원에서 도스 특강도 함께 들었다. 머릿속에 들어오지 않고 귓바퀴에서만 맴돌다 나가 버리는 컴퓨터 용어들 속에서 우리는 서로의 평범함과 그 당시의 특별함에 즐거워했었다.

그날도 멍청한 도스 강의를 멍청하게 듣고 나오는 길이었다. 나와 연주는 집으로 가는 버스를 기다리고 있었다. 내가 타야 할 버스가 먼저 와서 연주에게 인사하고 오르려는데, 버스와 보도 사이로 자전거 한 대가 지나갔다. 순식간이었다. 자전거는 버스 발판에 한 발을 올리고 있던 나를 그대로 치었고 나는 넘어지며 보도에 있던 철제 쓰레기통에 얼굴을 박고 쓰러졌다. 황급히 얼굴을 손으로 감쌌더니 손가락 사이로 피가 뚝뚝 흘렀다.

'눈이 아니고 턱이라 다행이다.'

쏟아져 나오는 피를 보며 제일 먼저 한 생각이었다.

"학생, 뭐 하노! 빨리 저 학생 데리고 병원 가! 빨리!"

버스 기사가 소리쳤다. 기사가 다그치고 있는 사람을 올려다봤다. 눈매가 가늘어서 내 눈도 저절로 가늘게 떠졌다.

"괜찮으세요? 아, 어떡하지?"

그는 이런 일에 익숙하지 않은 듯 무척 당황했다.

"괜찮아? 빨리 택시 부르자."

연주가 날 부축해서 일으켰다. 뭐라고 말하고 싶었지만, 입이 움직이지 않았다. 턱이 완전히 돌아간 느낌이었다. 피는 어느새 내가 입은 은색 코트의 앞부분을 발갛게 물들이고 있었다. 연주와 눈매가 가는 사람이 택시를 잡아 세웠고, 우리는 가까운 정형외과로 향했다. 택시 안에서 나는 앞자리에 앉아 있는 눈매가 가는 사람이 탔던 자전거 생각을 했다. 길가에 그냥 세워 두고 와도 됐나, 흥건하게 피를 흘리며 앞에 앉은 사람과 그의 자전거를 걱정했다.

병원에 도착해서 진료 절차를 밟을 때 간호사가 보호자 연락처를 물었다. 아빠의 휴대전화 번호를 알려 줬다. 외과 의사는 꽤 굵어 보이는 바늘로 내 턱을 꿰맸다. 모두 스무 바늘이었고, 꿰맨 부분은 거꾸로 뒤집어 놓은 새총용 나뭇가지를 닮아 있었다. 연주는 이 모든 과정을 옆에서 침착히 지켜봐 주었다. 거즈를 대고 로비로 나오자 아빠가 허리에 양손을 얹은 채 서성대고 있었다. 예상치 못한 장면이었다. 형식적인 절차로 아빠의 연락처를 알려 줬을 뿐 정말로 아빠에게 연락할 줄은 몰랐고, 아빠가 전화를 받았다 해도 정말로 올 줄은 몰랐다. 아빠는 철 냄새를 풍기는 갈색 스웨이드 재킷을 입고 있었고, 재킷엔 용접하다가 난 구멍이 군데군데 보였다. 날 보는 아빠의 얼굴이 착잡했다. 이런 얼굴을 본 적이 없었다. 어떤 반응을 해야 할지 몰랐다.

"안녕하세요?"

턱이 돌아가지 않아 나는 아무 소리도 못 내고 있었는데 연주가 아빠를 보자 꾸벅 인사를 했다. 아빠를 한 번도 본 적 없으면서 연주는 대번에 아빠인 것을 알아차렸다. 내 얼굴은 그만큼 아빠를 닮았다. 사고를 낸 사람은 멀찍이 떨어져 서 있었다. 무언가를 털어 내려는 듯 손과 얼굴을 비비며 이곳을 얼른 떠나고 싶다는 마음을 숨기지 않았다. 용접하다 온 아빠를 부른 것도, 집에 가려던 연주를 못 가게 한 것도, 어딘가를 황급하게 가려던 사람의 발길을 잡아 둔 것도 모두 나서서, 어찌할 바를 몰라서, 난 울어 버리기로 했다.

"친구가?"

철 냄새 사이로 행여나 술 냄새가 날까 봐 조마조마했다.

"네."

연주의 얼굴엔 넘치지도 않고 부족하지도 않은 결연함과 미안함이 가득했다. 내 울음 안에는 초조함이 가득했다.

연주는 이렇게, 아빠를 본 최초의 — 또한 마지막인 — 친구가 되었다. 내가 숨겨 왔던 것의 유일한 목격자였다. 내가 숨기고 있는 것을 연주가 보지 못하기를, 만약에 봤다면 제발 묻지 말기를, 제발 아무 말도 하지 말기를, 제발 모른 척해 주기를, 나는 바라고 또 바랐다. 잘못한 게 없었지만, 동시에 큰 잘못을 하는 것 같아, 나는 울고 또 울었다. 많이 아프지 빨리 나을 거야 괜찮아질 거야, 연주는 나와 팔짱을 낀 채로 나를 달래고 또 달랬다.

"이거 봤어?"

남편이 말을 걸자 나를 달래던 연주는 사라진다. 연주는 사라졌어도 마침내 무언가가 남았다. 내 아이가 있는지 없는지도 모른 채, 있다 해도 어디에 있는지도 모른 채, 왼쪽 어깨에 무거운 가방을 메고, 보니로부터 열쇠를 받아서, 가려던 층을 기꺼이 놓친 후, 결국 나는 그곳으로 갔다. 엘리베이터는 다른 층에서는 아예 멈출 생각도 안 했을 것이다. 그래야만 했던 여정이었을 것이다. 연주는 바로 내 앞을 지나가면서도 나를 알아보지 못했다. 나를 못 알아봐서 꿈에선 아쉬웠지만, 꿈꾸고 난 후에 이해가 됐다. 연주는 영원히, 저곳에서도, 모른 척하는 걸로, 나를 위로하고 있었다.

'많이 아프지 빨리 나을 거야 괜찮아질 거야.'

여전히 내 귀엔 연주 목소리가 맴돈다.

"우리가 전에 살던 집 있잖아. 매리너 웨이. 거기서 멀지 않은 곳에서 총기 사건이 발생했대."

남편의 두꺼운 목소리가 연주의 목소리를 덮는다. 덮인 그곳에서 연주의 목소리는 휴식을 취한다. 편한 잠을 잔다. 나는 그곳을 조심스레 닫고 조용히 나온다.

"실수로?"

"아니. 표적 사살로 보고 있다는군. 차 안에 있던 사람을 쏜 모양이야."

전에 살던 동네라면 조용하기로 비할 데 없는 곳이었다. 비록 옆집 남자가 아내와 별거 후 일주일이 지난 밤 약물을 과다복용하여 즉사한 것을 출장으로 불려 온 에스코트(escort: 성적 서비스를 제공하는 사람이나 업종)가 발견해서 새벽에 경찰이 들이닥친 적이 있긴 했지만, 그 일을 제하고는 평화롭고 한적하기 그지없는 동네였다. 길만 건너면 비밀스러운 곳에 호수를 품은 숲이 있고, 큰길을 내려가면 유유히 흐르는 프레이저강이 한눈에 보이는 곳이었다. 그곳에서 총기 살인 사건이라니, 기사의 큰 제목처럼 절대로 일어나지 않았던 일 중 하나였다.

"범인을 잡았대?"

"아니, 아직. 목격자가 있는지 탐문 중이라는군."

고속도로에서 사고가 났던 밤, 우리를 태워 준 경찰이 적극적으로 권했던 자동차용 카메라가 번뜩 떠올랐다. 얼떨떨한 상황에서 받은 조언이더라도 마음에 새겨 둘 만한 가치가 있었다면 정신을 차린 순간 재빠르게 행동으로 옮겼을 것이다. 정신도 차렸고 몸도 서서히 회복세에 접어들었지만, 자동차용 카메라는 전혀 생각나지 않았다. 내 눈을 탐탁지 않게 여기고 너의 눈을 의심하여 제삼

의 눈을 빌려야만 한다는 논리는 쉽사리 이해되지 않았다. 타인의
행동반경을 내 감시권에 두는 것도 불편하지만, 그 반대 상황은
더욱 불편한 것이다.

"사건이 언제 일어났는데?"

"지난주 금요일 저녁 여덟 시경. 이웃이 총소리를 들었대."

아이 점심 도시락으로 크루아상 샌드위치를 싸면서 이리저리
흘린 부스러기를 치우던 손길을 멈추고 신문을 들여다보기로 했
다. 내가 알아볼 수 있는 집 앞에 차 한 대가 서 있고 그 주위로 경
찰 통제선 테이프가 둘러쳐진 사진이 기사 위에 자리하고 있었
다. 사건 현장엔 녹지 않은 눈덩이가 군데군데 흩어져 있었다. 사
진 속의 집은 이른 봄이면 보라색 크로커스가 정원을 그득히 채우
던 곳이었다. 매일 조깅을 하며 그 집 앞을 지났지만, 주인을 만나
본 적은 한 번도 없었다. 주인의 손길이 없어도 크로커스는 저절
로 잘 자라서 그곳을 지날 때면 꼭 몸을 숙여 인사하곤 했다. 죽은
사람도 죽인 사람도 이 집과는 상관없는 사람이었을 것이다. 몸을
숙여 크로커스에게 인사하고 허리를 펴면 저 멀리 마운틴 베이커
까지도 볼 수 있었는데, 아무렴, 이 집과는 상관없는 사건이어야
했다. 장소만 빌렸을 뿐 등장인물은 어디에 놔둬도 똑같은 짓을
할 터였다. 이곳은 절대로 그런 일이 일어나는 법이 없는 곳이니
까. 혹시라도 크로커스를 찾을 수 있을까 해서 어두컴컴한 사진을
한참 동안 들여다봤다.

"다음 주 내내 비가 올 거라는군."

이미 기사에 흥미를 잃었는지 휴대전화를 들여다보던 남편이 날씨로 화제를 바꾼다. 남편과 함께하는 아침은 어느새 익숙한 일상이 되었다. 그가 재택근무로 전환한 이후로 아침이 가지는 독립성은 사라졌지만, 그와 공유하는 시공간에 성가심이나 불편함이 없었으므로 금세 친숙해졌다.

"놀랍지 않아."

크로커스는 없었다.

"강 봤어? 누구라도 발을 헛디뎠다간 떠내려가기 십상이겠어."

"수문을 열었을까?"

"물론이지. 그렇지 않으면 댐이 수량을 견디지 못하니까. 산 위에서 녹은 눈만 보태도 수위가 이 피트는 더 올라갔을걸."

우리 집 뒤뜰에 흐르는 강은 원래 원주민들이 허카멜럼(Halkomelum)이라고 부르던 강이다. 원주민을 몰아내고 그들의 땅을 차지한 이들은 이 강을 코퀴틀람 리버(Coquitlam River)라고 칭했다. 허카멜럼은 원주민 언어로 끈끈한 물고기 점액이 내는 비린내를 뜻한다. 일설에 따르면 이곳에 살던 원주민들은 연어가 강을 거슬러 올라오는 겨울철이면 연어를 잡아 토막 내는 일을 했는데 그 바람에 부족 전체가 물고기 점액을 뒤집어쓰고 지독한 비린내를 풍겼기에 이 강이 허카멜럼이라는 명칭을 얻게 되었다고 한다. 일설을 일축할 수 없는 것이 본격적인 우기가 시작되는 십일월이 되면 태평양 연안으로부터 헤엄쳐 온 수많은 연어가 코퀴틀람 리버 상류에서 알을 낳고 죽는데, 하루도 빠짐없이 내리는 비로 인해 무겁게 내려앉은 대기는 죽은 연어 냄새를 짙은 농도와 빽빽한 밀도로 이곳에 고이게 한다. 늦은 봄까지 계속되는 우기 동안 끊임없이 아래로 떨어지는 빗물과 줄기차게 흐르는 강물을 거스르는 움직임이 있다면, 비린내 고인 하늘 위에서 호기롭게 맴도는 독수리뿐이다.

창밖으로 바라본 강은 왕성한 물살을 일으키며 우글우글 달리고 있었다. 저렇게 서두르니 혹시라도 잘못 짚은 발목이 있다면 인정사정없이 삼키고 말 것이다. 발목은 수천의 연어 사체와 함께 쉼 없이 달리고 달려 태평양 연안에 다다라서야 한숨을 돌릴 수 있을 것이다. 그때는 발목인지 연어인지 알 수 없게 될 것이고, 찬란한 여름의 태양이 푸르른 바다를 한없이 눈부시게 할 것이다. 잉글리시 베이는 그러한 것을 구경할 수 있는 곳이다.

촘촘한 밀도의 대기 덕에 커피 향이 더없이 좋다. 이중 유리창은 외부에서 일어나는 일을 거짓말처럼 막아 주고 있다. 두 번째로 커피잔을 채울 때였다. 저절로 고개가 휙 돌아갈 정도로 바깥에서 우당탕 큰 소리가 났다. 이 정도로 분명한 메시지를 전하는 것은 예사롭지 않은 것이다. 남편과 나는 서둘러 파티오로 나갔다. 파티오의 유리 지붕을 깨부수기라도 할 것처럼 비가 세차게 내리고 있었다.

"뭐였지?"

소리는 분명 강 쪽에서 났다. 소리의 출처는 알겠는데 원인이 불분명했다.

"물살이 바위를 움직였을 거야. 큰 녀석이었나 보지. 소리가 꽤 컸어."

남편은 목둘레가 두꺼운 사람이다. 그 목에서 나오는 목소리는 두껍고 확고하다. 그래서인지 그가 하는 얘기는 덩달아 확고하게 들린다.

"바위를 움직일 정도로 물살이 빠른가 봐. 나무도 뽑혔겠다."

"그러게. 비가 그치면 강을 따라 걸어 보자고. 아마 주울 만한 유목이 꽤 있을 거야. 벽난로 선반으로 쓸 수 있는 걸 발견할지도 몰라. 감기 걸리기 전에 안으로 들어가자. 어휴, 냄새가 지독하네."

소리의 원인을 알아냈으니 더는 바깥에 있을 이유가 없고 동시에 잠자코 있던 후각이 갑자기 발동하기라도 한 듯 남편은 서둘러 집 안으로 들어가 버린다. 아닌 게 아니라 느끼지 못했던 냄새가 별안간 진동한다. 눈에 보이기라도 할 듯 냄새는 빼곡하고 그것의 손놀림은 끈적하다. 냄새가 눈코입에 척척 발린 느낌이다.

'바위였을까⋯⋯?'

강물에 휩쓸려 둥둥 떠내려가는 바위를 찾아본다. 큰물에 그만 휩쓸려 버렸을지도 모르는 징검다리를 찾아본다. 그때였다. 조금 전보다 더 둔탁하고 더 가깝게 들리는 우당탕. 그것은 강 중간쯤에서 오래전에 쓰러진 전나무를 받치고 있던 돌이었다. 여름날, 아이와 남편이 물살을 거슬러 수영을 할 때면 나는 쓰러진 전나무를 맨발로 조심스레 밟고 가 돌에 이르면 발가락을 오므려 엉덩이를 작게 한 다음 다람쥐처럼 거기에 앉을 수 있었다. 그 돌이 내 눈앞에서 빠졌다. 도저히 물살이 밀어낸 거라고 보이지 않았다. 아무리 봐도 돌이 먼저 꿈쩍거리며 빠졌다고밖에 할 수 없었다. 어처구니없게도 그 위에 있던 전나무는 어떻게 손쓸 생각도 안 하고 미련 없이 돌을 떠나보냈다. 돌이 사라진 자리에 물살이 와글와글 모여드는가 싶더니 그곳에 돌이 있었다는 사실을 감쪽같이 감춘다. 어쩜 저럴 수가, 보고 있으면서도 믿지 못하여 저절로 미간이 찡그려졌다.

뚝.

찡그린 곳에 굵은 물방울이 떨어졌다. 올려다보니 파티오의 처마 끝에 무수한 빗방울들이 매달려 있다. 그 밑에 내가 있다. 무겁게 달린 음표들. 그것들이 떨어지기 전에 안으로 들어갔다.

식은 커피를 개수대에 버리자 한기가 느껴졌다. 뜨거운 샤워 생각이 간절해진 나는 욕실로 향했다. 샤워 후 나른해진 몸으로 잠을 청해도 좋을 것이다. 거실의 소파에서라도 잘 수 있을 것이다. 남편이 귀를 간질여 잠을 깨우면 우리는 체온을 품은 소파 위에서 사랑을 나눌 것이다. 등과 엉덩이의 통증을 피하려고 숲과 강을 바라볼 수 있는 체위를 취할 것이다. 하교 시간에 맞춰 아이를 데려올 것이다. 저녁으론 남편과 아이가 좋아하는 피로시키를 굽고 기분이 내키면 연어 수프를 끓일 것이다. 바깥에서 우당탕 소리가 들린다 해도 더는 놀라지 않을 것이다. 강둑이 무너진다면 다른 소리가 나겠지. 그렇다고 해서 대수로운 일은 아니다. 꼭 그래야만 하는 것 중 하나일 뿐이다

6. 인과 causality

이탈리아 로마였다. 아이와 나는 나보나 광장 주변을 산책하고 있었다. 삼월 중순의 날씨는 뭐든지 용서하고, 누구든지 사랑할 수 있을 만큼 너그럽고 찬란했다. 밟고 있는 돌길의 돌 하나하나에 애정을 듬뿍 담았다. 아이와 나는 서로의 손을 놓지 않았다. 아이의 눈은 이것저것 구경하느라 바빴지만, 아이의 촉촉한 손은 내 손안에 있었다.

아이는 갈색 인조 가죽 라이더 재킷에 하얀색 면 티셔츠와 데님 레깅스를 입고 머리엔 하얀색 닻이 수놓인 남색 베레모를 쓰고 있었다. 베레모 아래로 부드러운 머리카락이 넘실거렸다. 가로등을 만나면 서로의 손을 놓았다 잡았다 하며 장난을 치는데, 피제리아 앞에서 진을 치고 있는 한 무리의 아이들과 부닥쳤다. 다들 열두 살 미만으로 보이는 아이들은 이상하게도 나의 아이와 똑같은 옷차림을 하고 있다. 내 아이의 취향이 어느새 대중적인 것으로 되어 버렸나, 의아해하고 있는데 아이가 그 무리 속으로 쑥 들어가 버린다. 유일하고 독보적이어야 할 아이가 비슷한 아이들과 섞여 버린다. 나와 잡은 손이 공중에서 멀어지고, 아이는 나를 향해 미소 짓는다.

'엄마, 잠깐만.'

마음속으로 들은 말이었다. 그 뒤의 말이 '안녕'이었는지 '저기서 봐'였는지 알 수 없었다. 그다음 말이 아예 없었던 것 같기도 했다. 본의 아니게 손을 놓치자 나는 길을 잃어버린 것 같았다. 무리를 빙 돌아 나와 보도 위에서 아이를 기다렸다. 무리 속으로 들어갔으니 나오는 수밖에 없었다. 그런데 한참을 기다려도 아이가 나오지 않는다.

"로야?"

첫 번쨴 주저였다.

"로야?!"

두 번쨴 확인이었다.

"로야!"

세 번쨴 부정이었다. 나의 외침에 한 사내가 고개를 돌려 나를 봤다. 머리카락이 하나도 남아 있지 않은 거구의 사내였다.

"로야!!"

네 번쨴 절망이었다. 내 안에 있던 모든 것이 헤집고 나왔다. 고개를 돌려 나를 힐끗 본 사내는 별로 흥미롭지 않다는 듯 가던 길을 가고, 복잡한 광장 안에서 갑작스레 혼자가 된 난 있는 힘을 다해 아이를 찾아다녔다. 일단의 아이들은 어느새 내 눈앞에서 사라지고 나는 오래된 골목길을 헤매고 있었다. 돌길은 불규칙했고 헤맬수록 길을 잃었다. 내가 이뤄 낸 모든 것이 감쪽같이 사라진 느낌이었다. 자력으로 이룬 것이 아니라 천운을 빌려 가까스로 이뤄 낸 것을 순식간에 잃은 느낌이었다. 이것을 잃어버린다면 나의 숨은 즉시 끊어질 것이다. 내 숨이 끊어지는 건 괜찮지만, 아이를 찾기 전에 숨이 끊어진다면 기필코 이 세상에 다시 태어나리라. 누구도 나의 환생을 막을 수 없으리라. 이를 악물었다.

하늘은 여전히 파랬고 거기에 걸린 빨래는 바삭했다. 어느 집 창문 옆을 지나는데 그곳엔 팬지까지 있었다. 왜 하필 이럴 때 모든 것이 눈에 들어오고 눈에 보이는 모든 것이 고유한 아름다움을 빛내고 있는지 억울해서 미칠 것 같았다. 여기서 울어 버린다면 내가 무엇을 하고 있었는지 완전히 잊어버릴 것 같아서 입술을 깨물며 울음을 참았다. 몸에선 땀이 비 오듯 흐르는데 난 패딩 재킷을 입고 있었다. 재킷 안의 티셔츠가 축축이 젖어 들었다. 앞쪽에 모퉁이가 보였다. 저 모퉁이까지는 어떻게 해서든 가야 했다. 모퉁이를 돌면 내가 처한 국면을 전환할 수 있을 것 같았다. 꿈이라고 생각할 수 있을 것 같았고, 꿈이라면 꼭 깨어날 수 있을 것 같았다. 모퉁이를 돌았다. 아이가 길바닥에서 놀고 있다.

"로야!!!"

아이를 부둥켜안았다. 있는 힘을 다해 아이를 안았다. 누구도 내 품에서 아이를 뺏어 가지 못하도록 손가락이 하얘지도록 껴안았다. 아이의 얼굴을 봤다. 눈이 별처럼 반짝였다.

'엄마, 왜?'

아이는 나의 절실함이 이상하고 두려운 듯 희미하게 웃으며 나를 바라봤다. 아이를 다시 안았다. 눈, 코, 입, 어느 한 곳 남기지 않고 무수히 입맞춤했다. 냄새도 몸무게도 나의 아이였다. 나의 아이가 틀림없이 맞아서 나는 한없이 기뻤다.

다섯 시에 눈이 떠졌다. 숲 너머 동쪽 하늘이 벌써 부옇다. 이 주일 전부터 아침이 일찍 시작되었다. 달력을 보지 않았지만, 곧 서머 타임이 적용될 터이다. 이곳에서는 해가 떠 있는 시간을 귀히 여긴다. 한 시간 빨라진다고 해서 아이의 토요일 아침 여섯 시 수영 훈련 일정이 더 힘들어지는 것은 아니다. 인위적으로 시간을 바꿔도 아이를 중심으로 돌아가는 나의 생체 시계는 변경된 시간을 거뜬하게 맞춘다. 한 시간 빨라진 다섯 시는 나에게 여전히 변함없는, 원래부터 그래야만 하는, 다섯 시일 뿐이다.

커피부터 내렸다. 시금치와 양파를 다져 버터에 볶아 놓은 뒤 달걀 여섯 개를 풀어 사워크림과 페타 치즈를 넣어 섞고 소금과 후추로 간을 했다. 파이 크러스트에 넣어 구우면 차 안에서 먹을 때 부스러기도 많이 떨어지고 아침부터 위에 부담이 될까 봐 곡물 토르티야를 사용했다. 지름 이십육 센티미터짜리 프라이팬에 십

인치 토르티야가 딱 맞게 들어간다. 섞어 놓은 재료를 조심스럽게 붓고 뚜껑을 덮는다. 이때부터 불 조절만 잘하면 따로 오븐을 사용하지 않아도 된다.

불 옆에서 커피를 마시며 어젯밤 꿈 생각을 했다. 조금 더 재우려고 아이 방에 들어가지 않은 것이 후회된다. 아이는 있어야 할 곳에 있는 걸까, 불을 끈 뒤에 올라가 볼까. 아이를 잃어버린 것이 내 탓인 것만 같아서 꿈이라도 절망스러웠다. 손을 놓친 걸까, 아니면 놓은 걸까. 놓쳤거나 놓았거나 둘 다 애끓는 상황이지만, 내가 아이 손을 놓친 것이 아니라 아이가 내 손을 놓은 거라면, 그 손을 어떻게 다시 잡을 수 있을까. 프리타타가 다 익은 냄새가 난다. 뚜껑을 열어 뒤집개로 밑면을 들여다보니 황갈색의 토르티야가 슬며시 웃고 있다. 그 모습이 여유로워 나도 슬그머니 마음이 놓였다. 시계는 다섯 시 삼십일 분을 가리킨다.

"엄마, 졸려."

늘 그랬듯 아이는 내가 일부러 깨우지 않아도 스스로 일어나 수영 갈 준비를 다 해서 아래로 내려온다. 조금만 더 재우고 싶어서, 어쩌면 정말 볼 수 없을까 봐 아이 방에 들어가지 않았어도, 아이는 일어났다.

"보고 싶었어, 우리 아기. 밤새도록 보고 싶었어."

아이를 꼭 껴안으며 아이의 머리카락에 코를 묻었다. 깊은숨을 들이마셨다. 자고 일어난 아이의 몸은 따뜻하고 말랑하다. 틀림없이 내 아이다. 그리웠던 아이다.

"프리타타 한 조각 먹을래? 다 됐어."

잃어버렸던 아이를 찾은 것처럼 행동하지 않았다. 평상시처럼 오렌지와 사과를 썰며 말했다.

"아니, 엄마. 수영 끝나고 오케스트라 가면서 먹을게."

"굿모닝! 다들 잘 잤어?"

남편이 내려오자 주방은 부산스러워진다. 드디어 현실로 돌아온 느낌이다. 보니, 안심됐다.

"음, 냄새 좋다. 이걸로 오늘 일은 충분히 한 거야. 우리가 나가 있을 때 제발 아무것도 하지 말아 줘. 빨래할 생각이나 청소기 돌릴 생각을 절대로 하지 말아 줘. 몸을 힘들게 하지 말아 줘. 우리에겐 당신의 머리가 필요해. 오늘 오후엔 날씨가 좋을 거니까 당신 상태가 괜찮으면 함께 산책하러 나가자. 에너지를 비축해 둬."

남편의 굵고 확고한 목소리는 고요한 아침을 흔들어 깨우고 미심쩍었던 어둠을 완전히 사라지게 한다. 아이를 따뜻한 차에 태우려고 이미 자동차 시동을 걸어 차 안에 온풍을 가득히 채워 넣은 사람이다. 늘 자진해서 보살피는 사람이다. 이기적이지 못해 마음껏 누리는 것을 겁내는 사람이다. 나는 그게 딱해서 나의 것을 없애고 그의 자리를 만들어 준다. 나 또한 마음껏 누리는 것에 서툴지만, 남편보다는 이기적이라 자진해서 보살피는 것은 가족으로 제한할 줄 안다. 그러니 내 안에 없앨 수 있는 자리가 남편보다는 많다. 남편도 나도 맏이로 태어나 자랐다. 우리는 자신을 없애서 타인을 즐겁게 하는 방법을 배워야 했다. 나고 자란 가족 내에서 나와 남편이 쓴 면류관엔 권리는 없고 책임만 존재한다. 서로 그 것을 알아서 적어도 우리가 만든 가족 내에선 책임도 권리처럼 영 광스럽게 대한다. 영광스러운 그것, 포괄적으로 정의하자면, 사랑 이다.

아이와 남편이 떠난 자리를 정적이 채웠다. 결이 곱고 순도가 높은 정적이었다. 함부로 해쳐선 안 되기에 걸음도 사뿐사뿐 조심 해서 걸었다. 꿈에서 나보나 광장에 이르기 전에 나의 뒷모습을 잠깐 봤었다. 나는 친구라고 생각되는 어떤 이와 대화를 나누며 걸어가고 있었다. 내 목소리는 편하고 부드러웠지만, 걸음걸이는 완전한 갈지자라 그걸 보는 난 불안했다. 사고 후유증이 내 몸에 고착된 것만 같아, 재활 치료를 해도 예전으로 회복되기는 불가능 한 것만 같아, 걱정됐다. 이렇게 걱정하는 중에 배경이 나보나 광 장으로 바뀌고 난 거기서 아이를 잃어버리고 말았다.

'갈지자로 걷든 다리를 절든 걱정해야 할 사람은 내가 아니라 아이였어.'

빨래엔 손을 안 대기로 했지만 빨랫감 정리는 할 수 있을 것 같 았다. 생각보다 봄이 빨리 오는 중인지 하루가 다르게 땅이 꿈틀꿈 틀하고 대기가 모락모락 풀어지는 듯하다. 겨울옷을 슬슬 정리해 야 했다. 플리스 스웨터들은 기온 차가 큰 봄 날씨에 유용하니 남 겨 두고, 두꺼운 재킷들만 정리해도 옷장이 가벼워질 테다. 탈수한 다 해도 재킷은 물에 들어가면 무거워지니까 분류만 해 놓기로 했 다. 겨우내 아이가 입었던 재킷은 스키용이다. 색깔도 어둡고 방수도 잘 돼서 하루도 빠짐없이 입었었다. 스키 재킷이라 이곳저곳 주머니도 많다. 세탁을 하려면 모든 주머니를 뒤져야 했다.

안주머니에는 먹다 남은 복숭아 맛 구미 사탕이 지퍼백 안에 들어 있었다. 왼쪽 주머니에는 친구로부터 받은 쪽지가 있었다. 눈이 반짝반짝 빛나는 햄스터 두 마리가 꼼꼼하게 색칠된 채 그려져 있다. 이름은 없지만, 난 누군지 안다.

로야, 넌 영원한 나의 단짝이야.

오른쪽 주머니엔 여행용 노트가 있다. 언젠가 면세점에서 초콜릿을 사며 받은 사은품으로 삼각형의 자그마한 노란색 노트다. 우리 가족이 어딘가를 오갈 때 아이가 눈에 보이는 것들이나 머릿속에 떠오르는 것들을 적기 위해 챙겨 나가는 노트다. 지난여름부터 쓴 모양이다. 여행용 노트가 아니라 일기장이라도 아이는 그 속을 나에게 보여 준다. 아이가 옆에 있었다면 엄마, 내가 뭐라고 썼는지 좀 봐, 분명히 그랬을 거다. 노트를 열었다. 제일 앞장엔 우리가 여름이면 거의 매일 찾는 호수에 가는 도중 보이는 것들을 적어 놓았다.

— 전나무
— 꽃
— 사람들

─소방서

─시청

─도서관

─가게들

─집들

─바다

─드디어 호수 도착! 환상적인 날!

두 번째 장 역시 호수에 가던 날.

─햇살!

─호수로 가는 중!

─정말 기분이 좋아!

─오늘은 거기서 저녁까지 먹고 올 거야!

─오는 길에 다시 적을게!

세 번째 장은 음악회에 가는 날이었다.

─음악회

─프로코피예프

─햇살 좋은 날!

네 번째 장, 다시 음악회.

— 밴쿠버 심포니 오케스트라
— 다운타운
— 스테이크
— 아이스크림
— 훌륭해!

다섯 번째 장은 딱 한 줄.

— 오늘은 정말 멋진 날이 될 거야!

여섯 번째 장.

— 알프레드 웡
— 미스터리

난 여기서 얼어붙었다. 다음 장을 넘기는 데 시간이 걸렸다. 다음 장은 아이가 쓴 마지막 장이기도 했다.

— 고속도로
— 일하는 사람들이 없어졌다

— 표지판이 옮겨졌다

— 트럭

— 차 차 차

— 떨어졌다

— 남겨졌다

아이가 알프레드 윙을 기억하고 있다. 물론 아이는 알프레드 윙을 기억하고 있다. 하지만 노트에 적어 둘 정도로 기억해야만 하는 일일 줄은 몰랐다. 아이는 단순히 기억하는 데서 그치지 않고 미스터리로 접근했다. 아이의 기록과 기억과 접근과 미완 혹은 완결에서 난 길을 잃고 말았다. 우리한테서 멀리멀리 떨어져 있기를 바라는 것은 이미 우리 가까이에 와 있고, 부정이나 부인은 보호의 장막일 수 없으며, 신중의 밀도는 너무나 엉성하고, 아이 손이 내 손안에 있다 해도 아이 눈은 세상을 향해 있고, 놓쳤다면 차라리 좋았을 그 손은 벌써 놓는 법을 알고 있다.

아이가 고속도로를 기억하고 있다. 물론 아이는 고속도로를 기억하고 있다. 하지만 노트에 적어 둘 정도로 기억해야만 하는 일일 줄은 몰랐다. 아이는 단순히 기억하는 데서 그치지 않고 생기고 변하고 사라지는 그 모든 것을 관찰하고 있었다. 결국, 기록의 마지막은 '남겨졌다'였다.

'교통사고가 났던 그날, 알프레드의 장례식에 갔어야 했을까? 비극에 동참해야 했을까? 참관이라도 했다면 우리는 사고를 피할

수 있었을까? 사고를 일으켜서라도 우리의 참여를 원했던 걸까?'

휴대전화가 반짝거린다. 남편이 영상을 보내왔다. 보통 땐 아이와 함께 수영하지만, 토요일 아침엔 시각도 이르고 다음에 치러야하는 일정도 있고 해서 항상 관중석에 앉아서 아이의 수영을 지켜보는 남편이다. 이백 미터 혼영 훈련 영상이다. 남편이 있는 먼발치에서 수영하는 아이의 모습을 지켜본다. 물의 저항을 느끼지 않는 걸까, 아이는 평화롭게 물살을 가른다. 접영을 해도 배영을 해도 자유형을 해도 아이는 함부로 물을 튀기지 않는다. 그룹에서제일 나이가 어린 수영 선수, 흐트러지지 않는 모습으로 수영하는아이. 난 최면에 걸리고 만다.

부모가 특별히 무언가를 해 주지 않아도 아이 스스로 무언가를특별하게 해내는 모습을 볼 때 저 아이는 어디서 생겨났을까, 아이의 근원을 헤매는 낯선 황홀함을 느낀다. 사실 황홀함 속엔 내능력의 경계와 한계가 어리둥절히 들어 있다. 내가 알지 못하는영역에 있는 아이를 보고 있노라면, 나도 모르는 사이에 그어 놓은 가능성의 경계와 한계가 거부감이나 저항 없이 스르륵 열리고와르르 무너질 수 있음을 목격한다. 열리고 무너진 그곳에서 아이는 아무렇지도 않은 듯 숨을 들이쉬고 내쉰다.

내가 함부로 손대선 안 되는 영역이었다.

그날 오후는 과연 날씨가 좋았다. 아이는 서둘러 반소매 옷을꺼내 입었다. 티셔츠 색깔이 곧 있으면 피어날 정원의 철쭉 색을닮았다. 보라색 헬멧에 노란 나비 머리핀을 꽂는다. 자전거를 꺼내더니 손잡이 부분에 파란 나일론 밧줄을 감는다.

"엄마, 내 말이야! 자, 가 볼까! 이랴!"

분홍색과 하늘색이 어우러진 아이의 말은 시안색 갈기를 휘날리며 컬드삭을 향해 신나게 달려 나갔다. 바람을 가른다 싶더니 아이의 두 발은 날개가 되었다. 그냥 말이 아니라 유니콘이었다. 행여라도 유니콘을 향해 차가 올까 봐 나는 도로 한가운데 팔을 양옆으로 벌리고 섰다. 햇살은 좋았지만, 행여라도 몸속으로 한기가 들어올까 봐 난 길고 검은 패딩 재킷을 입고 있었다. 아이는 내 주위를 돌고 또 돈다.

"엄마, 허수아비 같아!"

머리 위 햇볕이 따갑다.

"레모네이드 마실 사람!"

강력한 송풍기로 집 주위에 떨어진 나뭇잎을 모조리 치워 낸 남편이 어느새 레모네이드를 만들었나 보다. 아이의 유니콘은 이제 야생마가 되어 집으로 돌진한다. 머리를 들어 하늘을 본다. 내 안의 바늘이 인사한다.

'응, 안녕.'

눈을 감았다. 눈꺼풀 안으로 익숙한 빛과 어둠이 찾아든다. 내 뒤에 있던 가로등 위 까마귀가 이때다 하고 시시콜콜한 이야기를 시작한다. 재미는 없는데 난 늘 그랬듯 까마귀의 이야기를 듣는다. 오늘은 노을이 천천히 지면 좋겠다.

2부

7. 변형 metamorphosis

"아버지가 어젯밤 구급차에 실려 병원으로 옮겨졌대. 지금 중환
자실에 있나 봐. 의식은 있는데 혼수상태에 가깝다고 그러네. 폐
가 제대로 기능을 못 하나 봐. 온몸에 호스를 꽂고 있대."

 밤 열 시경, 배드민턴에서 돌아온 남편이 얼굴을 닦으며 방백
하듯 소식을 전해 주었다. 남편은 수건으로 얼굴에 난 땀을 훔치
는 척하면서 눈물을 연신 닦아 냈다. 눈물을 땀과 같은 성질의 것
으로 취급하며 자신을 달래고, 심각한 상황이 아닐 거라고 주문을
걸고 있었다.

 "어머니는…… 병원에 계시는 거야?"

 "아니. 가족이 함께 있을 수 없나 봐. 집으로 돌아왔대. 필요한
것들 챙겨서 오늘 내로 또 병원에 가셔야겠지."

"집에서 가까운 병원?"

"응. 상황이 다급해서 더 먼 거리로 이동하기엔 힘들었나 봐."

이로써 시아버지는 지난해부터 올해 초까지 세 번 응급실에 실려 가게 되었다. 지난 두 번은 가벼운 심장마비가 오고 신장 기능이 저하된 경우였다. 이번에는 폐였다.

여든다섯이라는 나이는 많은 일이 일어날 수 있거나 단 하나의 일이 일어날 수 있거나 혹은 아무 일도 일어날 수 없는 나이이다. 예순하나의 나이라면 대개는 단 하나의 일이 일어난다고 생각하지 않으며 만약에 그런 일이 생긴다면 그 단 하나의 일은 일어날 수 있는 수많은 일과 일어날 수 없는 수많은 일을 깡그리 무시한 결과라고밖에 할 수 없다. 아빠가 예순하나였다. 예순하나의 아빠는 해를 거듭해도 여든다섯이 되지 않는다. 그렇다고 여든다섯의 아버지를 둔 게 다행스러운 일이라고 남편을 위로할 순 없다. 이미 두 번의 응급실행으로 어떤 식으로든 예행연습을 했다손 치더라도 실제 상황에서 의연하게 치러 낸다는 보장은 없고, 설령 의연하게 대처한다 해도 이러한 태도는 고인에게 외람된 것이 아닐까, 타인에게 오해를 사진 않을까, 부자연스러울 수밖에 없다.

난 아무 말 없이 그를 안았다. 남편은 아빠의 유품으로 가져온 기능성 티셔츠를 입고 있었다. 꼭 안았더니 아빠의 티셔츠를 헤집고 나온 남편의 땀이 내 로브에 고스란히 옮겨졌다.

"이틀 정도 계시다가 지난번처럼 다시 집으로 돌아오실 거야. 병원이 멀지 않아서 다행이야. 어머니가 오가시기에 편하잖아. 얼른 자리 올라가. 난 샤워부터 하고."

아무 말 안 해도 되는데 꾸역꾸역 말하는 남편에게 입맞춤한 뒤 침실 층으로 올라갔다. 남편은 샤워가 필요했다. 말하지 않아도 되고, 울 수도 있는 곳이 필요했다. 침실로 향하기 전에 아이 방에 들렀다. 집 앞의 가로등 불빛이 창문 블라인드 밑으로 조심스레 새어 들고 있었다. 아이는 다리 한쪽을 이불 위에 올려놓고 모로 누워 있다. 아이의 품엔 엄마 개와 아기 강아지 인형이 안겨 있다. 엄마 개 인형이 아이 입을 막고 있어서 슬쩍 뺐더니 몸을 뒤척인다. 달콤한 내음이 올라온다. 아이 볼에 입을 맞췄다. 인형을 안고 있던 자리가 땀에 젖어 축축하다. 머리카락을 쓰다듬었다. 달빛을 받은 하얀 조약돌 같은 이마, 유순한 코, 인정 많은 입술, 단정한 턱. 남편이 이 시공간에 있었다면, 틀림없이 위로받았을 것이다.

그날 밤 꿈에서 내 머리 밑이 휑해진 것을 보았다. 내가 내 머리 위에서 머리카락을 들춰 보는 모습이었다. 머리숱이 너무 없어서 두피가 다 보였다. 웬일일까 싶으면서도 이런 일은 으레 일어나는 법이라고 생각하고는 시선을 돌렸더니 길고 가느다란 분홍색 생일 케이크용 초 하나가 보였다. 그것은 주방 바닥에 떨어져 있었다. 까만 심지를 보니 이미 사용한 초였다. 이미 사용한 것이라도 보관할 요량으로 초를 집어 든 후 주방 서랍을 열었다. 그런데 서랍 안에 이것과 똑같이 생긴 초가 얌전하게 놓여 있다. 그 또한 이미 사용하여 심지가 까맣게 된 것이었다. 새로 발견한 초를 서랍 안에 있던 초 옆에 나란히 놓으려는데 갑자기 초의 중간 부분이

뚝 부러졌다. 흠칫 놀랐으나 내가 놀란 표정을 지으면 부러진 초가 상심할까 봐 태연한 척하며 이미 놓여 있던 초 옆에 부러진 초를 조심스럽게 놓고는 천천히 서랍을 닫았다.

다음 날 아침, 일어나자마자 꿈 생각이 났지만 남편에게는 말하지 않았다. 남편은 우리가 자고 있는 동안 일어난 일들을 알아내려고 아침 내내 전화를 붙들고 있었다. 마침 그의 고국에선 노루즈(نوروز: '새로운 날'이라는 뜻의 페르시아어. 페르시안 새해로 춘분이 한 해의 첫날이다.) 기간에 접어들어 타지에 사는 친지들이 그의 부모님을 방문하고 있었는데 명절을 축하하러 온 친지들은 뜻하지 않게 병문안객이 돼 버린 셈이었다. 시어머니는 친지의 도움을 받아 집에 가서 잠도 잘 수 있고 병원을 오가기도 훨씬 수월해졌다고, 어찌 보면 참 적당한 때에 이런 일이 일어났다고 다행스러워했다. 남편에게 전해 들은 정황은 앞선 두 경우와 비슷했는데 그때와 달리 이번에는 손이 여럿이어서 오히려 더 무난하게 일을 처리할 성싶었다. 적어도 시어머니가 남편에게 전해 준 바로는 그랬다. 남편은 시어머니에게 짬을 내서라도 잠을 자길 권했고, 무슨 일이 있으면 시차 걱정하지 않고 곧바로 전화할 거라는 확약을 받아 내고는 전화를 끊었다. 남편은 전화를 끊는 동시에 그의 여동생에게 전화를 걸었다.

"어떻게 할 거야?"

"가야지. 비행기 표를 알아보고 있어."

샤디의 목소리는 톤이 높아서 전화기 옆에 있으면 그녀의 얘기가 그대로 들린다.

"언제 출발하는 걸로?"

"제일 빠른 출발 일자가 다음 주 월요일이야. 메헤란도 함께 갈 거야. 사실 난 망설이고 있었는데, 메헤란이 가자고 했어."

샤디는 중요한 결정을 배우자의 뜻에 따르기로 했다며 자신의 수동적 태도를 은근히 자랑스러워했다. 여러 면에서 메헤란은 샤디에게 중요한 사람이었다. 사디는 스무 살 때 어떤 이와 짧은 연애 후 결혼에 이르렀는데 그 결혼은 연애만큼 짧았다. 당신 자신도 결혼을 복습했음에도 이혼을 집안의 수치라 여기던 그녀의 아버지는 식구들 가슴을 수시로 북북 할퀴었고, 짧은 인연의 어떤 이는 천하의 몹쓸 놈으로 온 식구의 가슴팍에 대못으로 남았다. 가슴팍의 대못이 인이 되는 세월이 흐르는 동안 샤디는 결혼이라는 관습과 거리를 두는 듯한 태도와 어떻게 해서든 그 안으로 들어가려는 듯한 태도 사이에 자신의 안위를 두었다. 그 태도는 의존적이기도 하고 가변적이기도 했다. 삼십 대 후반에 이르자 결혼은 반드시 성취해 내야 하는 과업인 동시에 자신의 의지로는 넘을 수 없는 장벽이 되었고, 인이 된 줄로만 알았던 대못은 다시금 서슬 퍼렇게 살아나 본인과 가족들을 꼼짝달싹 못 하게 했다. 이 상황은 불과 열 달 전까지도 유효했었고, 메헤란은 이 상황을 종결시킨 이였다.

샤디와 메헤란은 중매로 만났지만 서로 인연임을 한눈에 알아보았다. 당사자보다 더 간절한 기다림으로 인고의 세월을 보내 온

양가 가족들은 찾고 싶었던 제각각의 운명을 만난 것처럼 일사천리로 일을 진행했다. 일이 성사되려고 했든지 메헤란은 우리와 멀지 않는 곳에 살고 있었다. 이란에서 보내온 결혼사진 속의 샤디는 화사한 봄 같은 얼굴로 자잘한 수가 놓인 우아한 드레스를 입고 있었고, 메헤란은 청명한 가을 하늘 같은 얼굴로 세련된 턱시도를 입고 있었다. 누가 봐도 사랑에 빠진 두 사람이 가진 아우라는 편안하고 안전해서 여전히 실감이 나지 않으면서도 한편으로는 원래 그랬던 것 같은 기시감을 주었다.

메헤란은 출생지는 이란이지만 어린 나이에 가족과 함께 캐나다로 이주해 온 뒤 미국에서 모든 학업을 마치고 다시 캐나다로 돌아와 안정적인 삶을 살고 있는 북아메리카인이다. 그의 전 부인은 미국인이었다. 결혼 생활은 배우자의 배경에 영향을 받기도 하고 그렇지 않기도 한데, 메헤란의 경우는 상이한 배경에 따른 화합 불가능이 이혼 사유였다. 샤디를 소개받았을 때 그가 느꼈을 동일한 출생지가 주는 항거불능의 연대감은 그를 또다시 결혼이라는 제도 속으로 신속히 들어가게 했다. 진작부터 이랬어야만 했던 것처럼, 억지로 타협이나 양보를 안 해도 되는 것처럼, 상호 간의 이해도 저절로 가능할 것처럼, 두 사람은 서둘러 부부가 되었다. 그들의 연애 기간은 삼 주였다. 이 기간은 남편과 나의 연애 기간과 똑같기도 했다. 개개인의 특별함은 다수의 형태가 되면 전형성을 띠게 마련이다. 소위 운명은 이렇게 분류된다.

"오빠가 못 들었을 수도 있을 텐데, 어제 두 번 심장마비 증세가 있었나 봐. 이모가 그러는데 확률이 낮아지고 있다고, 가족들이 준비해야 할지도 모른다고, 의사가 그랬대."

남편은 한 손으로 얼굴을 감쌌다.

"생각 좀 해 봐야겠어. 언제 돌아올 예정이야?"

"이란에서 온 지 이제 두 달밖에 안 돼서 이번에 가도 오래 있지는 못할 거야. 메헤란 일정도 생각해야 하니까. 이 주 정도로 계획하고 있어."

샤디는 이쯤에서 코맹맹이 소리를 낸다. 여전히 톤은 높다.

"상황을 지켜보자. 또 전화할게."

전화를 끊은 남편은 이제 두 손으로 얼굴을 감싼다. 나는 조용히 그의 어깨를 감쌌다.

"난 안 갈 거야. 아버지도 내가 오지 않기를 바랐어. 만약에 그런 일이 생긴다면, 불필요한 의식도 하지 말라고 그러셨어. 안 갈 거야."

가지 않고 여기에 남아서, 먼 곳에 있는 가까운 일들을, 무너지지 않고 지켜볼 수 있을지, 그는 두려워하고 있었다. 평상시에 산 같던 그의 어깨가 자그마한 동산이 되었다. 내 품 안에 쏙 들어온다. 이 순간, 바른 물길을 찾는 것은 나의 몫이다. 가야 할 길을 보여 줘야 한다. 키는 누구든 잡으면 되지만, 나침반을 허투루 봐선 안 될 일이다.

"어젯밤에 꿈을 꿨어. 내 머리 밑이 휑해진 걸 봤어."

"무슨 뜻이야?"

남편은 꿈 이야기도 좋아하고 꿈 풀이도 좋아한다.

"추측할 수 있겠지만, 가까운 사람의 병세가 악화하거나 누군가를 잃을 수도 있다는 뜻일 거야."

"그럴 수 있는 상황이야."

"그러고 나서 생일 케이크용 초를 봤어. 왜 있잖아, 가늘고 긴 분홍색 초. 초는 이미 사용한 거야. 주방 바닥에 있는 것을 발견하고는 이걸 보관해야겠다는 생각을 했어. 초를 조심스럽게 집어 들곤 서랍을 열었는데 서랍 안에 똑같이 생긴 초가 있었어. 그것도 이미 한번 켜졌다가 꺼진, 심지가 까만 초였어. 집어 든 초를 그 초 옆에 나란히 놓아두고는 조심스럽게 서랍을 닫았어."

남편은 내 품 안에서 가만히 듣고 있다. 초가 중간에 부러진 이야기는 하지 않았다.

"비행기 표를 알아보자. 가는 게 좋을 거야. 어떤 일이 일어날 수도 있어. 이런 내 짐작이 틀리길 바라지만, 그럴 수도 있을지 몰라. 만약에 그런 일이 일어난다면 말이야, 혹시라도 그런다면 말이야, 아빠가 바바준을 맞아 주실 거야. 서랍 안에서 기다리고 있던 초가…… 아빠였다고 생각해. 그거 알아? 아빠가 병원으로 보내졌다는 소식을 들은 게 바로 오늘 날짜였어. 그러곤 이틀 뒤에……. 가는 게 맞아. 나랑 로야는 비자 때문에 당장 함께 갈 수 없다는 거 알아. 당신이라도 가."

"그러네. 아빠 기일이 모레구나. 이럴 수가…… 있구나."

남편은 나의 아빠를 아빠라고 부르고, 나는 남편의 아버지를 바바준이라고 부른다. 나의 엄마는 남편에게 엄마, 남편의 어머니는 나에게 마마준이다. 여러 가지 상이함을 호칭의 동일함으로 뭉개 버리는 식이다. 나와 남편의 출신지가 달라서 사위와 며느리로 받아들여지기 힘들었던 부분은 없었다. 힘든 것이 있었다면 각자 부모의 거주지가 달라서 지금까지 서로 단 한 번도 만난 적이 없다는 점이었다. 상대 가족을 만나지 못했다는 점도 바바준이 힘들다고 매번 하소연해서 그런가 보다 했지, 사실 바바준을 제외한 그 누구도 힘들다고 생각하지 않았다. 나의 아빠나 엄마, 심지어 마마준에게도 상이한 성장 배경은 서로를 세세하게 알지 못해도 되는 근거로 작용했기에 오히려 고마운 부분이었다.

알고 싶은 부분보다 알리고 싶지 않은 부분이 많아서라는 뻔한 이유를 나와 남편은 잘 알고 있었지만, 서로 내색하지 않았다. 결혼식 없이 우리끼리 이곳에서 혼인 서약을 했을 때 부모의 동의나 허락을 생략한 것은 그들 간에 놓인 물리적 정서적 거리를 고려한 최선의 예우이자 서로의 체면을 위한 최선의 결정이었다. 우린 독립적이라고 믿었고, 가장 이상적인 현실감을 가졌다고 자신했다. 거리감은 양가 부모 사이뿐만 아니라 우리 자신과 부모 사이에도 엄연히 존재하고 있음을 나와 남편은 분명히 알고 있었다. 일부러 좁혀서 문제를 만들 필요는 없었다.

남편은 바바준을 보러 가기로 했다. 만나러 갔다가 떠나보낼 수도 있지만, 떠나보내야 만날 수 있음을 이미 경험한 나는 남편을 위해 이곳에 남아 등대가 되기로 했다. 그럴 수 있음에 나도 남편도 안도했다.

　이곳의 낮은 이란 현지 시간으로 밤이다. 마마준이 자고 있을지 바바준이 깨어 있을지, 평소 확실하던 것이 불확실한 것으로 바뀌어 우리의 낮을 황망하게 채웠다. 아이의 봄 방학이 시작됐을 때 아이의 감기도 시작되었다. 코피를 동반한 코막힘과 마른기침이 너무 심해서 가정의한테 데려가 볼까 하는 생각이 들 정도였다. 이날은 마침 수영 훈련이 취소돼서 편하게 휴식을 취할 시간이 주어졌지만, 마마준과 바바준의 밤이 우리의 낮을 안절부절못하게 했기에 쉬어도 쉴 수 없는 날이기도 했다. 그래도 꼭 해야 할 일이 떠올라서 일주일 전에 차려 놓았던 하프트신(페르시안 알파벳 'س [발음: 씬]'으로 시작하는 일곱 개의 아이템을 테이블에 올려놓고 풍요로운 한 해를 기원하는 페르시안 새해 풍습) 테이블 위에 놓인 히아신스 화분에 물을 주고 양가 부모님의 사진이 담긴 액자의 먼지를 닦았다.

　남편은 고국의 풍습에 유난을 떨지 않지만, 하프트신은 이곳 부활절 장식과 함께 논리적이지 않고 확인할 바 없고 입증되지 않은 것들을 기꺼이 믿는 기간으로 내가 매해 준비하는 전통이다. 봄이 오는 것은 고마운 일이고, 노루즈 기간에 아빠 기일이 있어 하프트신 테이블 위에 아빠 사진을 놓아두는 것도 겸연쩍지 않아서 열사흘의 노루즈 동안 마음껏 감사하고, 무탈을 위해 고개 숙이고, 고개 들어 뿌듯해하고, 눈치 보지 않고 주접이나 청승을 떤다. 이날도 그랬다. 바바준의 사진이 담긴 액자를 닦으며 기도했다. 아빠 사진이 담긴 액자를 닦을 땐 염원을 빌었다. 양가 모두 종교가 없다는 사실은 나와 남편으로 하여금 수월한 호흡을 가능케 한다. 자유로이 보편적이게 한다. 잠자리에 들기 전 남편은 마마준에게 전화를 걸어 다음 주 월요일에 샤디와 메헤란과 함께 이란에 갈 거라고 알렸다. 마마준은 반대했지만, 아들을 거부할 수 있는 엄마는 이 세상에 별로 없다. 마마준도 못 이기는 척 대다수에 속하는 걸 택했다.

밤새도록 꿈을 꾸었다. 일단의 사람이 온갖 방법을 동원해서 죽음을 경험하는 꿈이었다. 시도하는 방법들이 해괴하고 별났다. 자다 깨기를 반복했는데 그럴 때마다 그들은 방법을 달리하며 죽음을 경험했다. 마치 유원지에서 놀이기구를 바꿔 가며 즐기듯 죽음을 경험하고 있었다. 이상하지만 이상하지 않은 꿈이었다.

다음 날 아침, 친구이기도 하고 사돈뻘이기도 한 타라가 전화로 우리를 깨웠다. 예상대로, 바바준의 죽음을 알리는 전화였다.

남편이 태어났을 때 바바준은 서른아홉이었다. 로야가 태어났을 때 남편은 서른일곱이었다. 로야가 지금의 남편 나이가 될 때면 남편은 여든넷이 된다. 여든넷이나 여든다섯이 나이를 뜻할 땐 적지 않은 숫자다. 그러나 아무리 적지 않다고 해도 준비를 하기엔 마냥 적은 것만 같고, 막상 준비하자니 미루는 편이 쉽고, 설사 미룬다 해도 오늘이나 어제에 매이기 쉬운 게 삶인지라 시간의 많고 적음을 헤아리는 것은 그저 부질없는 일이다. 끝에 다다라서야 지난 세월의 장단(長短)을 가늠한다. 많음에 천연덕스럽게 안도하고, 적음에 능청스럽게 아쉬워한다. 사실, 남은 이들이 끝이라고 여길 뿐 떠난 이들에겐 시작이다. 존재의, 인식의, 변형이다. 육체에 갇힌 이생의 이들은 한평생을 보내도 준비하는 데는 서툴고, 미루는 데는 익숙하고, 잊어버리는 데는 용한, 죽음이다.

아버지가 되기에 적당한 나이는 있을지 모르나 아버지를 잃기에 적당한 나이는 없다. 부고를 전해 들은 남편은 무엇을 해야 할지 갈피를 못 잡다가 현 상황에서는 아무것도 할 수 없음을 깨달은 뒤 눈이 빨개지도록 울었다. 난 남편을 안은 채로 소리 없이 울고, 아이는 자그마한 두 팔로 우리 둘을 감싸며 깊은숨을 쉬었다. 그렇게 한참 동안 한 덩어리로 있었다.

마마준과 샤디와 긴 통화를 마친 남편이 동생 얼굴을 보러 가야겠다고 집을 나섰다. 지독한 감기를 앓고 있던 아이와 아이에게서 감기를 옮아 똑같이 아프던 나는 집에 남기로 했다. 이미 아픈 이들에게 독한 감기를 나눠 주며 더 아프게 해선 안 될 노릇이었다. 선경험이 이럴 때 유용하게 쓰일 수 있음을 알았지만, 생색내며 아는 척하고 싶지 않았다. 나는 한 발을 빼며 슬쩍 물러났다.

한 핏줄로 이어진 사람끼리만 가능한 일들이 있다. 부모의 죽음을 경험해야 하는 자식은 혈연과 감정을 나눌 때 가장 편할 수 있고 종국에 위로받을 수 있음을 근 십 년 전 아빠의 장례를 경험하며 알게 되었다. 아빠의 신경을 건드리지 않도록 함께 소리 죽여야 했고, 엄마가 더 맞지 않도록 함께 아빠 다리에 매달려야 했고, 엄마를 찾으러 함께 어두운 골목길을 헤매야 했던 것이나 엄마 아빠를 기다리며 함께 라면을 끓여 먹은 건, 나와 동생이었다. 입안에서 사르르 녹는 배 같은 남편이 곁에 있어 주어 큰 힘이 되었지만, 내가 느끼던 감정이 단순한 상실에서 비롯된 것인지 복잡한 회복에서 비롯된 것인지 그는 모르고 있었다. 원래부터 말이 없고 내색하는 법이 없는 동생은 장례식에서 더욱 말이 없었다. 많은 것이 들어 있는 동생의 침묵에 나는 위로받았고, 나 또한 침묵으로 동생을 위로했다. 배 속에 있던 삼 개월의 아이는 유순한 응원을 보내왔다. 엄마는 철저히 취급 주의 카테고리에 들어가 나올 생각을 안 했다. 지금도 엄마는 그 카테고리에 있다. 시어머니가 어떤 상태일지 나의 선경험을 바탕으로 추측할 수 있었지만, 어떠한 상태일 거라고 판가름하는 건 주저되었다. 엄마는 엄마고, 마마준은 마마준이니까. 비슷한 상황이 일어났다고 해서 개별적 반응을 보편화할 순 없으니까. 그러고 싶지 않으니까.

집에 남은 아이와 나는 티슈 박스를 통째로 옆에 갖다 놓고 인형 놀이를 시작했다. 하도 코를 풀고 눈물을 닦아 내서 얼굴 전체가 따끔거렸다. 후각이 마비되자 시각도 흐려지고 청각도 신통치 않아졌다. 답답한 얼굴로 가스레인지에 닭곰탕을 올렸다. 미각도 사라진 지금, 넘길 수 있는 것은 국물밖에 없었다. 여태까지 멀쩡했던 남편의 감각 기관 또한 바바준의 부고를 전해 들은 후엔 제 기능을 못 하고 있었다. 우리의 감각 기관은 외부로부터의 유입을 공고하게 막고, 내부의 것을 있는 대로 쏟아 내고 있었다.

아침에 반짝 보였던 햇살은 어느새 사라지고 하늘은 금방이라도 무언가를 쏟아 낼 듯했다. 신발을 신겨야 하는 인형 하나를 손에 들고 흐리멍덩하게 바깥을 보고 있는데, 굵은 빗줄기가 떨어지기 시작했다. 어쩌면 저렇게 굵고 무거울 수 있을까 싶었던 빗방울은 곧바로 우박으로 변해 파티오의 유리 지붕을 무섭게 두드려댔다. 옆집 정원의 자두나무가 망울망울 달고 있던 어린 새순들은 무방비 상태로 우박에 당해야만 했다.

'얼마나 무섭게, 얼마나 오래, 이래야만 하는 걸까?'

아이와 나와 인형은 속수무책으로 하늘을 바라봤다. 우박은 얼마 안 가 송이가 큰 눈으로 변했다. 우박이 그치고 눈이 와서 다행이라고 생각하다가 송이송이 눈 사이로 푸릇푸릇한 나무들이 보여서 이편도 저편도 못 드는 처지가 되어 버렸다. 삼월 말의 날씨가 이렇게 유별났지만, 기억을 더듬어 보면 그리 별난 것도 아니었다. 아빠를 만나러 가던 그해 삼월 말도 비슷한 날씨였다. 유별나지만 유별나지 않은 날, 해만 다를 뿐 이틀 차이로, 아빠와 바바준은 이 세상을 떠났다. 기막힌 우연이라면 그들의 성격과 세상을 떠난 날 날씨가 똑같다는 것뿐이다. 삼월 말의 날씨는 원래 이랬다.

"엄마, 내가 아기였을 때 바바이랑 마마니가 우리 집에 왔었잖아."

바바이와 마마니는 아이가 바바준과 마마준을 부르는 호칭이다.

"응, 로야가 태어난 지 두 달 됐을 때 오셔서 반년간 계셨지."

"그러고는 못 봤네."

"그러게."

시부모님이 사는 곳에서 이곳까지의 여행은 멀고도 힘든 여정이다. 바바준의 몸 상태는 이 여정에 협조할 수 없었다. 우리가 그들을 보러 갈 수도 있었겠지만, 남편이 원하지 않았다. 남편이 둘러댄 간편한 이유에 따르면 그곳의 정국이 늘 그렇듯 불안하기 때문이었다.

"그래도 난 바바이를 직접 봤는데 할아버지는 한 번도 못 봤어."

"로야가 직접 봤다고 말할 수 있을지 모르겠는데, 로야는 엄마 배 속에서 할아버지를 봤어."

엄마는 나와 남편이 도착할 때까지 아빠의 입관을 미뤄 두고 있었다. 병원에 딸린 장례식장에 도착하자마자 검은 상복으로 갈아입었다. 상복을 입고 나오자 엄마는 아빠를 보러 가자고 했다. 순간 나는 정말로 아빠를 보러 가는 줄 알았다. 아빠가 병원 어딘가에서 나를 기다리고 있는 줄 알았다. 엄마가 우리를 이끈 곳은 시신 안치실이었다. 엄마는 이미 와 본 듯 익숙한 발걸음으로 냉기가 감도는 방 안으로 쓱 들어갔고, 직원으로 보이는 사내가 벽에 달린 여러 개의 손잡이 중 하나를 쑥 잡아당겨 아빠를 끌어냈다. 아빠는 정갈하게 누워 있었다. 아빠를 가까이 보려고 다가가려 하자 엄마가 나를 막았다. 잠깐만, 하더니 엄마는 아빠에게로 향했다. 그러고는 아빠의 얼굴을 자신의 얼굴로 비비고 손으로 문지르고 입김을 불어 체온을 옮겨 주었다. 엄마의 행동은 무의미했지만, 동시에 거대한 의미를 지니고 있었다. 내가 아빠의 차가운 시신을 두려워할 거라 생각하는 걸까, 아빠가 죽었다는 것을 모르게 하고 싶은 걸까, 아빠를 보호하려는 걸까, 나를 보호하려는 걸까.

엄마의 행동에 눈물이 났다. 엄마가 마구 비비고 문질러도 그저 고요하게 누워 있는 아빠의 상태에 눈물이 났다. 자연스럽게 아랫배가 뭉쳐 왔다. 내 안의 아이였다.

"엄마 배 속 생각나. 엄마 배 속은 좀 어둡고 따뜻했어."

"정말? 기억나?"

"응."

"할아버지는 로야가 생긴 것을 엄마가 알려 주기 전에 이미 알고 계셨어."

"어떻게?"

"꿈을 꾸셨거든."

"어떤 꿈?"

"아주 큰 회색 잉어 꿈을 꾸셨대."

"우아. 내가 잉어야?"

"그런 셈이야."

"좋은 거야?"

"물론이지."

"그래서 내가 수영을 좋아하나?"

"그럴지도."

"엄마도 내 꿈 꿨어?"

"응. 한 번도 얘기 안 해 줬었나?"

"안 해 줬어. 무슨 꿈 꿨어?"

"문양이 아주 멋진 은 숟가락 꿈을 꿨었어. 로야, 봉투 여는 칼

있지? 숟가락 손잡이가 마치 정교하게 만든 봉투 칼 같았어. 무척 오래되고 귀해 보였어."

"하하. 숟가락이 나야?"

"응. 귀한 숟가락."

"엄마, 나 닭곰탕 먹을래."

아이의 코 양옆이 빨갛다. 발딱 일어나서 펄펄 끓는 닭곰탕을 그릇에 담고 송송 썬 쪽파를 올리고 따뜻한 밥도 공기에 담았다. 입맛이 없던 나도 한 그릇 먹어야겠다는 생각이 들었다. 남편이 있었다면 함께 먹었을 텐데. 남편과 시누이 부부가 한 공간에서 슬픔의 무게를 무겁게 하고 있을지 가볍게 하고 있을지 알 수 없었지만, 한 덩어리로 있기에 그저 위안이 될 것임에 의심의 여지가 없었다. 나와 아이는 머리를 마주 대고 뜨거운 닭곰탕을 먹었다.

아빠 장례식장에서 먹었던 시뻘건 육개장은 무례하게 느껴질 정도로 맛있었다. 여러 가지 이유로 나의 감각은 과부하 상태였는데 난데없이 미각이 작동하니 해선 안 되는 일을 한 것처럼 움찔했다. 배 속의 아이를 핑계로 한 그릇을 다 비웠다. 맵고 뜨거워서 눈물 콧물이 마구 나왔고, 나는 정신없이 눈물 콧물을 닦아 냈다.

우리 앞에 놓인 닭곰탕 그릇 옆에 휴지가 수북해졌다. 나와 아이는 뜨거운 국물을 마시며 마음껏 눈물을 흘리고 속 시원히 콧물을 풀어 댔다. 그릇을 비우고 나자 따뜻해지고 후련해졌다. 바깥에선 예외 없이 해가 났다.

집으로 돌아온 남편을 반갑게 맞이했다. 남편은 버석해져 있었다. 저녁 내내 우리 세 식구는 똘똘 뭉쳐 있었다. 오랫동안 낱말 맞히기 게임을 했다. 휴지를 수북이 쌓으며 닭곰탕을 먹었다. 하프트신 테이블 위 촛불이 꺼지지 않게 했다. 한 침대에서 동화책을 읽었다. 눈물은 수시로 나왔고 우리는 수시로 안았다. 남편은 이란에 가지 않기로 했다. 바바준의 유언대로 그곳에서도 장례식은 하지 않기로 했다. 바바준의 시신은 집에서 가까운 공동묘지에 묻히게 되었다. 필요한 절차를 도와준 친지와 지인들을 위해 식당을 예약해 음식 대접을 하기로 했다고 마마준이 알려 왔다. 샤디와 메헤란은 예정대로 월요일에 떠나기로 했고, 떠나기 전에 우리 집에서 식사하기로 했다. 서로 짜 맞춘 것처럼, 충분히 연습한 것처럼, 모든 것이 원활하게 돌아갔다.

다음 날, 이른 아침부터 햇살이 집 안 깊숙이 들어왔다. 구석마다 햇살이 자비로운 손을 뻗었다. 바바준이 응급실로 옮겨졌다는 소식을 듣기 전날, 나는 여섯 짝의 베이비백립스를 정성스레 만든 바비큐 양념에 재워 놓았었다. 남편이 먹고 싶다고 한 날이었다. 나흘 정도 충분히 양념에 재운 후 저온의 오븐에서 천천히 구워 내면 입에서 절로 녹는 촉촉한 갈비 요리가 되는데 남편과 아이가 특히 좋아했다. 손은 많이 가지 않지만, 준비부터 시간이 걸리는 요리라 샤디와 메헤란과 함께해도 좋을 거란 생각에 넉넉한 양을 재워 놓았다.

베이비백립스를 재울 때만 해도 냅킨에 울긋불긋 양념을 닦아 가며 손가락도 쪽쪽 빨아 가며 갈비를 뜯는 것이 부적합하다고 생각지 않았다. 그렇게 먹을 수밖에 없는 요리기 때문이다. 아이와 남편은 적극적으로 먹는 행위가 발생하는 요리에 신이 났고, 이런 요리를 집에서 하지 않는 샤디와 메헤란도 맛을 보면 좋아할 게 분명하기에 요리를 준비하던 나는 뿌듯하기까지 했다. 갈비가 재워지는 동안 바바준은 돌아가셨고, 갈비를 뜯어야 하는 날 바바준은 땅에 묻힐 예정이었다. 아무리 생각해도 상황에 맞지 않는 요리였다. 그 누구도 갈비에 손을 대지 않을 것 같았고, 손을 댄다 해도 깨작거리다가 말 것 같았다. 그러나 갈비는 우리가 당초에 약속했던 저녁 식사 자리에 알맞게 올라갈 수 있도록 뼛속까지 양념이 쏙쏙 잘 배어들고 있었다. 심란한 마음으로 갈비를 이리저리 뒤적이다가 이 상황에서 갈비 따위에 심란해지다니, 스스로가 한심해서 지퍼백을 도로 닫고 냉장고에 다시 넣어 두었다. 누구도 결정할 수 있는 일이 아닌 듯했다. 우선은 뜰로 나가 햇볕을 쬐는 게 최선인 듯했다.

완연한 봄 날씨였다. 땅에서 나온 모든 것들이 꿈틀거리고 있었다. 변덕스러웠던 전날 날씨는 온데간데없고 인자하고 자상한 햇살만이 대기에 가득했다. 이마가 풀어지고 가슴이 펴지고 어깨가 느슨해졌다. 아이는 강아지처럼 온 데를 뛰어다녔다. 안 그래도 훈훈한 공기가 아이의 가쁜 숨으로 더욱더 훈훈해졌다. 겨우내 그들의 아기를 품고 있던 나무와 풀은 온화한 날씨를 믿고 파릇파릇한 새 생명을 바깥세상에 조심스레 내보내고 있었다. 내보내진 생명은 혹시 인정사정없는 날씨를 만날 수도 있지만, 이제부턴 대지가 대기의 기운에 져 주지 않을 것이다. 얼릴 수도 없을 것이며 낚아챌 수도 없을 것이다. 부모가 내보내지 않았더라도 자식이 뛰쳐나왔을 것이다. 수년 전 수십 년 전 수백 년 전 내려진 뿌리는 어린 자신과는 상관없는 양 그들의 용맹과 기개와 외모를 으스대며 뽐낼 것이다. 열매라도 맺게 된다면 다 제 덕인 줄 알 것이다. 늘 봄과 여름인 줄 알 것이다. 가을을 믿지 않을 것이다. 겨울을 부정할 것이다. 뒤늦게 깨달아 새끼 가지가 고사한다손 치더라도 뿌리는 동사하지 않을 것이다. 웬만해선 불변의 이치다.

이날 저녁에 음악회가 있었다. 우리 가족은 밴쿠버 심포니와 밴쿠버 리사이틀 소사이어티의 지정석을 매년 봄마다 갱신한다. 아이가 두 살 때부터 지켜 오는 가족 전통이다. 두 기관에서 주최하는 공연 빈도는 거의 매주 한 번꼴이기 때문에 우리 가족의 주말은 늘 음악회로 채워져 있다. 이날 저녁 음악회도 이미 일 년 전에 참석을 확정해 놓은 연주였다. 아이의 감기가 심해서 참석하지 않을 이유가 분명해진 음악회기도 했다. 그러나 말러였다. 그것도 부활 교향곡이었다. 참석하지 않을 이유를 따져 보았다. 아이 상태가 첫 번째 이유긴 했지만, 영순위는 바바준이었다. 참석할 이유를 따져 보았다. 첫 번째 이유는 말러였지만, 영순위는 이 또한 바바준이었다. 바바준은 음악을 좋아했다. 샤를 아즈나부르를 무척 좋아했다. 꼭 아즈나부르가 아니어도 고개를 끄덕이게 하고 가슴을 울리는 음악이라면 장르를 따지지 않고 좋아했다. 말러라면, 부활 교향곡이라면, 토비의 지휘라면, 바바준은 틀림없이 '바바바바' 고개를 끄덕이며 깊게 동의했을 터였다. 남편에게 나지막이 말을 건넸다.

"알다시피 밴쿠버 심포니는 말러를 잘 연주하지 않아. 게다가 마치 계획된 것처럼 부활 교향곡이야. 우리가 바바준을 보러 가진 않지만, 이 음악회에 바바준을 모실 수 있을 것 같아. 꼭 함께할 수 있을 것 같아. 바바준은 장례식을 원치 않으셨어. 그러니 우리가 삶을 축하하는 자리(Celebration of life: 유족이나 가까운 지인들이 모여 고인 의 삶을 되돌아보며 고인에 관한 기억을 나누는 일종의 장례식. 따로 정해진 격식 은 없고 눈물과 웃음과 위로를 나누며 고인의 삶을 축하하는 자리)를 마련한다 면 바바준은 좋아하실 거야. 음악을 사랑하고 제대로 옷을 차려입 어야 하는 자리와 그에 맞는 행동을 높이 여긴 분이셨어. 바바준 을 위한 자리가 될 거야."

이야기를 들은 남편의 얼굴이 환해졌다. 환해진 남편의 얼굴을 보니, 좋았다.

"멋진 생각이야. 샤디와 메헤란도 데리고 가자. 표를 알아봐 줄 수 있겠어?"

"기꺼이."

다행히 우리 좌석에서 멀지 않은 곳으로 두 자리를 구할 수 있 었고, 샤디와 메헤란은 우리의 제안을 망설이지 않고 수락했다. 샤워를 마치고 옷을 갈아입으려는 남편에게 바바준으로부터 물 려받은 넥타이를 매는 게 어떻겠냐고 제안하자 남편은 봄 햇살처 럼 미소 지었다.

"내 생각을 이미 알고 있었구나. 그렇지 않아도 그 넥타이를 매려고 했어. 바바준을 모시고 가야지."

남편은 하얀색 셔츠에 빨강 파랑 동그라미가 가득히 프린트된 바바준의 넥타이를 매고 바바준에게서 받은 시계와 반지를 끼고 하늘색 양복 정장에 밝은 갈색의 가죽 구두를 신었다. 넥타이는 바바준이 한 살 된 남편을 안고 돌사진을 찍었을 때 매고 있던 거였다. 나와 아이는 검은색 바탕에 가슴께로 샛노란 프릴이 풍성하게 달린 드레스를 서로 비슷하게 맞춰 입었다. 샤디와 메헤란을 데리러 가는 차 안에서 목감기 사탕을 먹던 아이가 목소리를 가다듬은 후 입을 열었다.

"아빠, 바바이가 몇 살이었다고 했지?"

"여든다섯."

"오래 사셨구나."

"응, 장수하셨어."

"그럼 이제 바바이에겐 길었던 삶 후에 긴 낮잠을 잘 수 있는 자격이 주어진 거야."

우린 붉은 노을이 지고 있는 서쪽을 향하고 있었다. 눈이 노을에 물든 것처럼 붉어졌다. 작위적으로 연출한다 해도 이보다 더 완벽한 순간은 없을 것 같았다.

그날 저녁 음악회에선 바랐던 것보다 훨씬 더 많은 것이 비워지고 채워졌다. 말러의 부활 교향곡 1악장은 장례식으로 시작된다. 이곳에서 말러는 죽음 후의 삶에 관해서 묻는다. 2악장에선 생전

행복했던 순간을 돌이켜보다가 3악장에선 삶의 무의미함을, 4악장에선 무의미한 삶으로부터의 해방을 이야기하고, 마지막 5악장에 이르러선 "살기 위해 죽는다. 부활이다. 그래, 부활한 것이다."라는 메시지를 소프라노를 통해 전하며 웅장하게 마무리한다.

안단테 모데라토의 2악장이 연주될 때 난 바바준을 봤다. 바바준은 남편과 아이 사이에 앉아 있었다. 두 손을 무릎 위에 포개 놓고 고개를 약간씩 좌우로 흔들며 지그시 눈을 감은 채 찬찬히 음악을 듣고 있었다. 목까지 단추를 채운 셔츠는 크림색이었고, 양복 상의는 잔잔한 체크무늬가 들어간 부드러운 갈색, 넥타이는 무늬 없는 남색이었다. 바지는 당신 치수에 꼭 맞게 재단된 고동색이고, 갈색 구두는 잘 닦여서 은은하게 광이 났다. 바바준을 바라보고 있는데 남편이 나를 바라봤다. 남편의 눈엔 투명한 눈물이 가득 고여 있었다. 우리가 주고받는 시선 안에 바바준이 있었다. 우리의 시선을 의식하지 않은 채 꼿꼿하게 앉아 계셨다. 불편한 몸에 갇혀 길고 먼 여정을 감행하지 못했던 바바준은 육체를 벗어나서야 이곳에 올 수 있게 되었다. 여기에 홀쩍 오셨으니 저기에도 홀쩍 가실 것이다. 어디에 계시든 늘 단정할 것이고 무엇에 관해서든 의견이 있을 것이다. 만나야 했지만 만나지 못했던 이들을 만날 것이다. 바바준이 우리를 잊거나 우리가 바바준을 잊어버리는 일은 없을 것이다. 모든 것이 동그랗게, 끊김 없이, 이어져 있을 것이다.

함께 모여 식사를 할까 말까 갈비를 구울까 말까 망설인 일요일이 바로 다음 날이었다. 부활절 일요일이었다. 아이는 지난밤 부활절 토끼가 숨겨 놓은 달걀을 찾기 위해 아침 일찍 일어났다. 음악회를 보고 난 우리는 한 치의 의심이나 주저함 없이 일찌감치 한자리에 모여 잘 구워진 베이비백립스를 짝으로 갖다 놓고 입가에 소스를 묻혀 가며 신나게 뜯어 먹었다. 와인이 술술 넘어갔다. 웃음이 까르르 터져 나왔다. 눈물이 펑펑 나왔다. 웃으며 우는 나를 보는 아이의 눈에 호기심과 안심이 섞여 있었다. 아이가 가진 깊고 맑은 순수의 호수에 포옹이라는 동전을 던지며 소원을 빌었다.

'떠나보내야만 만날 수 있는 사람이 되지 않게 해 주세요.'

아이는 나를 꽉 안으며 내 소원을 품었다.

8. 무지 nescience

교통사고 후 몸 상태는 점차 좋아지고 있었다. 좋아진다는 의미를 과도한 방어 상태에서 벗어나고 있다는 뜻으로 본다면 분명히 좋아지고 있었다. 외부의 힘을 위험으로 간주하던 시기를 서서히 벗어나서 재활에 전념할 수 있는 몸으로 어느새 돌아와 있었다.

바바준의 죽음으로 인해 재활 치료는 잠시 중단됐다. 죽음을 겪는 마당에 재활은 외람되게 여겨졌다. 명복을 기원하는 내 마음을 바바준과 함께 순장한 후 다시 일상생활로 돌아오기 위해선 나머지 마음에 새살이 돋아야 했다. 마침내 여릿여릿한 새살이 돋았을 때, 그 살을 받치는 뼈대가 무척 어긋나 있음을 알게 되었다. 새살에 부응할 수 있는 상태가 아니었다. 이것을 바로잡아 주지 않으면 어렵사리 생긴 새살의 용도가 말짱 헛것이 될 처지였다. 카이로프랙터를 찾아야 했다.

　우리 가족의 카이로프랙터는 닥터 쿠션이다. 내가 출산 후 좀처럼 회복되지 않는 몸 상태로 애를 먹고 있을 때, 이런저런 한의사로부터 침 치료를 받고 몇 재의 보약을 지어 먹고도 효과를 보지 못하자 수소문하여 찾은 의사였다. 물론 소문은 내 귀에 들어올 리 없었다. 남편이 이차 저차 알아 온 정보를 선심 쓰듯 받아들이고서 일말의 기대도 하지 않고 그를 찾았다. 대기 환자가 많아서 예약하기도 힘들다는 소리는 귓등으로 들었다. 의사의 능력을 미리 판단하는 것이 아니라 그 의사에게 인기와 명성을 준 환자들을 미리 판단했다. 환자도 의사도 만나 본 적 없으면서 냉소적인 태도로 닥터 쿠션의 클리닉을 찾은 이유는 내 몸이 가진 통증의 원인이 너무나 분명했기 때문이었다. 명성이 자자하지 않아도 뼈와 관절의 구조와 원리를 제대로 안다면 누구든 다시 제자리로 맞출 수 있는 기본적인 치료이기 때문이었다. 나의 냉소는 접골과 척추 지압에 대한 맹신이든가 불신이든가 둘 중 하나였다. 어느 쪽도 합리적인 태도가 있을 자리는 아니었다.

　"그러니까 이렇게 시작됐을 거라고 보는 거죠. 그렇지 않아도 얕은 잠을 자는데 밤중에 자주 화장실에 가야 했던 임신 기간을 거쳐 출산 후 육아가 시작된 몇 해 동안 제 수면 패턴은 완전히 망가지게 되었죠. 수면이 부족하니 몸은 당연히 이상 신호를 보내고 그래도 일과를 해 나가야 하니까 근육과 신경계는 긴장의 연속이고. 목덜미 당김이나 어깨 결림이나 허리 통증이 만성이 된 이유가 바로 이거죠."

닥터 쿠션을 처음 만난 날이었다. 비슷한 상황에 부닥쳤을 누구라도 비슷한 증상을 가지게 됐을 뻔한 원인과 뻔한 결과일 텐데 그는 검지를 콧등에 문지르며 전적으로 동의할 수 없다는 동작을 취했다. 아프다고 와 놓고는 스스로 원인과 결과를 내놓고 있으니 어이없다는 반응이었는지도 모르겠다.

"등을 대고 누워 보세요."

팔을 올리게 한 뒤 엄지손가락을 아래로 향하게 한 채 몸의 이곳저곳을 지각할 수 없을 만큼 가벼운 터치로 살피기 시작했다. 올린 팔은 그 터치에 따라 저항이나 반응을 해야 하는데 내 의지로 팔이 내려갔다 올라갔다 하는 것이 아니라 팔이 저절로 각기 다른 부위를 따라 움직이지 않거나 힘없이 아래로 툭 떨어지거나 했다.

'수맥이라도 찾는 건가. 도대체 이건 무슨 경우지?'

비록 내가 합리적인 태도로 이곳을 찾은 건 아니지만, 의사라면 적어도 합리적인 방법으로 환자를 진단해야 하는 게 기본 아닌가. 어디서 듣도 보도 못한 방법으로 진단을 하다니, 귓등으로 흘릴 것을 괜히 귓속에 넣어 버린 내 잘못이었다. 그러나 어찌 보면 나의 태도가 합리적이지 못하니까 그도 나를 합리적이지 못한 방법으로 진단하는 것일 테니 말이 되는 상황이기도 했다. 어쨌든 진단 결과는 수많은 뼈를 교정해야 하고, 무엇보다 하복부가 상당히 뒤틀려 있는 상태란다. 이 정도의 증상은 축구를 업으로 하는 선수에게서나 볼 수 있다는, 지극히 개인적이고 과장된 진단을 그는 내려주었다.

"꽤 오랜 시간 동안 축적된 것 같군요. 하복부에 감정의 응어리가 뭉쳐 있어요. 뭔지 알아내야 합니다."

설득되지 않은 얼굴로 나서는 나에게 그는 적어도 세 번의 NET(Neuro Emotional Technique: 신체적 정신적 질환은 어떤 시점에서 풀리지 않은 감정의 축적으로 인해 생긴 결과이며 지압이나 상담 등으로 쌓인 감정을 제거함으로써 치료 효과를 볼 수 있다는 대체 의학의 한 형태. 이 방법은 플라세보 효과에 지나지 않아 임상 심리학에 응용하기 어려운 유사 과학으로 간주하는 의견이 있다.) 세션을 행해야 본격적인 교정 치료를 시작할 수 있으니 이에 맞게 약속을 잡으라고, 유연하지만 완고한 표정으로 말했다. 난처했다. 그가 내 두개골과 척추 쪽을 뚝뚝 소리 내 가며 잡아 줬지만, 그것도 다시 제자리로 돌린 것인지 오히려 더 엇나가게 한 것인지 알 수 없는 노릇이었다. 첫 치료 후 주말, 평상시보다 더한 통증으로 그에 대한 확실한 불확실성 또는 불확실한 확실성을 키워 가고 있었다.

이윽고 두 번째 세션이 있던 날, 이것으로 치료를 끝낼 것인지 아니면 좀 더 이어 갈 것인지 결정을 내리고자 ― 제삼의 눈이 필요해 ― 남편과 함께 그를 찾았다.

"주말 동안 통증이 더 심해졌어요."

상태를 알려 주는 내용이었지만, 의도는 따지는 것이었다.

"당연한 겁니다. 몸이 반응한다는 뜻이죠."

나에게 기쁜 소식을 전해 들은 것처럼 반색하는 그의 얼굴. 갓 예순을 넘겼을까. 굵은 주름이 이마를 가로지르고 있지만 분홍빛 혈색은 원래 나이가 어떠하든 그 나이보다 십 년 이상 젊은 건강 상태를 보여 주고 있었다. 삼십 년 동안 카이로프랙터로 일해 오다 최근 몇 년 사이 자연 요법 치료를 겸하고 있는 그는 연륜이 풍부한 침술사나 카이로프랙터, 물리 치료사, 접골사, 마사지 치료사들이 그러하듯 육체와 정신이 가지는 상관관계를 똑똑히 이해하고 있는 테라피스트임이 틀림없었다. 이 의사 저 의사 돌고 돌아도 결국엔 심신 일체, 나에겐 새롭지도 낯설지도 않은 것이었다.

지난번처럼 엄지를 아래로 향하게 한 채 오른팔을 들어 이런저런 질문을 던져 보며 오른팔의 반응을 주시한다. 어떤 질문에 의해 오른팔이 아주 약하게라도 맥없이 떨어지면 그 질문을 조금 더 파헤쳐 보는 식이다. 지금 이루고 있는 가족과 자라 온 가족에 대한 질문이 나왔고 그가 파헤치고 싶은 질문은 자라 온 가족, 특히 아빠에 관한 것이 되었다. 지금은 고인이 된 아빠를 생각하자 난 상당히 불편해졌다. 나의 오른팔 또한 불편한 심기를 드러냈는지 의사는 뒤에서 조용히 앉아 있던 남편에게 도움을 청한다. 내 손을 잡은 남편은 자신의 오른팔을 통해 내 에너지를 전해 주었다.

"여덟 살 때 뭔가가 있었군요. 무슨 일이 있었지요?"

나는 한 살 전도 기억한다. 기껏 찾은 것이 여덟 살이라니. 나에게 명약관화하다 해서 낯선 이에게 스스럼없이 드러내야 하거나 흔쾌히 나눠야 하는 부분은 아니다. 그런데 이 낯선 사람이 그 부분을 들여다보고 싶어 한다. 여덟 살의 나를 보고 싶어 한다. 상황을 모면하기 위해선 슬쩍 보여 주는 수밖에 없다.

"별다른 일은 없었어요. 내 성장에 어떤 영향을 끼친 특이점을 찾자면 아빠가 당시 잘되고 있던 회사를 한 단계 더 끌어올리기 위해 믿었던 어떤 이와 함께 투자했는데 믿었던 이는 믿지 못할 이가 되었고 우리는 경제적으로 갑자기 어려워졌죠. 살던 집에서 훨씬 더 누추한 곳으로 이사해야 했지만 어린 마음에도 살다 보면 그럴 수도 있지, 이해한 편이어서 문제라고 느끼지 못했어요."

단면적이어야 했다. 낯선 이에게 입체감을 전해 줄 필요는 없었다. 그러기 위해선 단어 선택에 신중해야 했고 그러느라 의사와 시선을 맞출 수가 없었다. 그때의 상황을 이야기하는데 마치 없던 일을 만들어 내거나 있었던 일을 다시 꾸며 내느라 애쓰는 것처럼 내 목소리엔 자신이 없었다. 결국, 단면은 아닌 셈이었다.

"굳이 설명 안 해도 좋아요. 여덟 살 당신에게 아빠는 어떤 사람이었죠? 어떤 일이 있었죠?"

심문을 당한다면 이런 심정일까. 내 초조함을 알아차렸는지 남편은 내 손을 더욱 꼭 잡아 준다. 비극적인 상황은 아니었는데 비극적인 요소를 이야기해야 하는 걸까.

"글쎄요. 사람이 살다 보면 이런저런 일들이 있잖아요. 그냥 전집안이 돌아가는 상황에 불만은 없었어요."

"다시 한 번 물어요. 여덟 살 당신에게 아빠는 어떤 사람이었나요?"

"잘 알지는 못하지만, 금전적 손실이 컸을 거예요. 그 당시 아빠는 집에 있던 시간이 많았거든요. 매일 출근하고 퇴근하던 아빠가 집에 있는 거예요. 네, 그렇네요. 기억하자면 말이죠. 아빠가 집에 있을 때 아빠를 찾는 전화가 오면 집에 없다고 말해야 했어요. 거짓말을 했지만, 기분이 나빴던 것은 아니에요. 오히려 아빠에 대한 연민이 컸어요. 아빠는 잘해 보려고 했던 것이니까요."

일어났던 상황을 말했을 뿐인데 거짓말을 한 것만 같았다. 난당혹감에 휩싸였다. 그는 입술을 일자로 꼭 다문 채 이야기를 들었다. 듣고 싶은 이야기를 듣지 못했음이 분명했다.

"조금 더 가 봅시다. 열여섯 살 때 무슨 일이 있었군요. 아빠가 그리고 엄마가 당신을 실망하게 했나요? 무슨 일이 있었죠?"

지금껏 당혹스러웠는데 이제는 가혹하다고 느껴질 정도였다. 그는 이미 첫 번째 세션에서 감정 응어리라는 모호한 단어를 사용하며 내가 이런 애매한 상황에 놓일 수 있음을 경고했지만, 나는 피해 갈 수 있으리라 생각했다. 감추고 숨기는 것에 익숙해 있어서 나는 충분히 노련하다고 확신했다. 열여섯, 그 숫자가 내 확신에 금이 가게 할 줄 몰랐다. 금이 간 사이로 그날의 기억이 스멀스멀 새어 나왔다.

그날 아빠는 제정신이 아니었다. 아빠의 눈은 사람의 것이 아니었다. 본 적 없는 맹수의 것을 닮은 눈으로 아빠는 엄마의 머리채를 휘어잡았고, 수돗가에 다다라선 엄마를 내동댕이쳤다. 그러곤 차가운 수돗물을 엄마 위로 콸콸 쏟아부었다. 우리는 막내 이모부가 운영하는 방직 공장 내 사택에 살고 있었다. 공장은 더는 갈 곳 없는 변두리의 끝에 있었고 엄마는 공장에서 식당일을 하고 있었다. 아빠는 이 모든 것을 못마땅해했다. 비록 자신이 식구를 건사할 능력이 없다 해도, 동서의 도움을 받는 것이나 아내가 식당 일을 하는 것은 아빠에게 치욕이었다. 상황을 벗어나고 싶지만 벗어날 수 없어서 아빠는 매일 술을 마셨다. 술을 마시면 아빠는 쓰고 있던 사람 탈을 벗어 던지고 동물이 되었다. 으르렁대며 엄마를 사냥하고 나와 동생을 위협했다. 비단 술 때문만은 아니었다. 아빠 정신이 말짱할 때도 늘 화를 품고 있었다. 난 아기 때부터 아빠가 마당으로 상을 집어던지고 엄마를 질질 끌고 다니는 것을 봐왔다. 아빠가 나도 집어 던지고 질질 끌고 다닐까 봐 늘 무서웠다. 화를 내는 이유는 다양했지만, 늘 이유 같지 않은 이유로 화를 내는 건 똑같았다. 폭력은 일상이었고 그것은 결코 무뎌질 수 없는 칼날이었다. 엄마가 퍽퍽 얻어맞는 둔중한 소리는 예리한 칼이 되어 내 심장을 도려냈다. 십일월 말의 차가운 날씨에 찬물을 뒤집어쓰고 있는 엄마의 모습은 내 심장에 불을 질렀다.

'미친 새끼.'

한 번도 해 본 적 없는 욕이 내 안에서 부글부글 일었다. 그때 내 눈도 사람 눈이 아니었을 거다.

"경찰 부를 거야!!"

아빠를 막아 내는 것에 한계가 있었다. 그만하세요, 동생의 목소리는 순하기만 하고 아빠 제발, 아빠 팔을 잡는 내 손목은 가녀리기만 했다. 씨발 이것들이, 아빠가 눈을 희번덕거리며 우리를 내치면 나와 동생은 단숨에 저만치 나가떨어졌다. 어디에 발을 디뎌도 푹푹 빠지는 진흙탕이었다. 어디에 손을 짚어도 헤어날 수 없는 구렁텅이였다. 한 발짝만 더 가면 세상 끝 낭떠러지로 떨어질 것만 같은 변방에서 가정 폭력을 제재하려고 경찰이 올 리 없었다. 그곳에선 득실거리는 깡패와 양아치들이 경찰을 이미 바쁘게 하고 있었다. 경찰이 온다 해도 눈 하나 꿈쩍할 아빠가 아니었다. 엄마와 아빠를 떼어 놓을 수 있고 나와 동생을 구해 줄 수 있다면 나는 경찰이든 법원이든 그들의 바짓가랑이를 붙들고 싶었다. 가족 내부에서 수호자 역할을 해야 할 부모가 위협자 역할을 한다면 외부에 있는 수호자라도 우리를 도와줄 수 있지 않을까 싶었다. 도와줘야 했다. 누구든 우리를 도와줘야 했다. 누구도 우리를 도와줄 수 없다면, 이런 끔찍한 세상에 태어난 건 너무 잔인한 일이었다.

"뭐라고? 경찰? 이게 죽을라고 환장했나!"

돌덩이 같은 아빠 손이 내 머리를 내리쳤고 나는 그대로 쓰러졌다. 순간 눈앞이 환해졌다가 깜깜해졌다. 내가 쓰러진 곳은 대용량 전기밥통 안이었다. 최하등급의 묵은쌀로 밥을 짓느라 늘 시큼한 냄새가 나는 밥통이었다. 저녁 식사 시간이 끝난 후라 다행히 식어 있었고 밥통을 씻기 위해 엄마가 뚜껑을 열어 놓은 터였다. 식은 밥이 더덕더덕 붙어 있는 시큼한 밥통 안에서 나는 생각했다.

'여긴 지옥이야. 이토록 심한 벌을 받다니, 난 과연 무슨 잘못을 저질렀을까?'

눈물조차 나지 않았는데 오른쪽 볼이 축축하게 젖어 왔다. 하얀 밥알 위로 빨간 피가 뚝뚝 떨어졌다. 나중에 알고 보니 넘어질 때 어딘가에 부딪혀서 오른쪽 눈썹 위가 가로로 길게 찢어진 것이었다. 나를 걱정할 틈이 없었다. 엄마가 더 맞기 전에 어떻게 해서든 아빠를 막아야 했다. 몸을 일으켜 세우려는데 아빠가 나를 휙 밀치더니 식당 구석에 있던 연장통에서 망치를 꺼내 들었다. 그러곤 곧장 내 방으로 향했다. 그 방은 내가 열여섯 살이 되었을 때, 아빠가 막내 이모부의 허락을 받아 식당 한쪽 구석에 만들어 준 방이었다.

공장 사택엔 방이 두 개 있었는데 하나는 엄마와 아빠가 쓰고 다른 하나는 나와 동생이 나눠 썼다. 나는 단 한 번도 내 방을 가져 본 적이 없어서 남동생과 방을 나눠 쓰는 것은 자연스러운 일이었다. 고등학생이 되자 공부 양이 많아지고 밤늦도록 불을 켜 놔야 하는 날도 많아졌다. 함께 방을 쓰는 동생이 슬슬 불평하기 시작했다. 불평하는 동생이 이해돼서 되도록 공부를 덜 하고 싶었지만, 고등학교 이학년이 되니 어쩔 수 없는 상황에 이르렀다. 치러야 하는 시험 횟수는 잦았고, 나는 성적이 좋았고, 거기에서 오는 희열을 무시할 수 없었기에 공부를 덜 하기란 쉬운 일이 아니었다. 그러던 어느 날 아빠가 목재를 한 아름 사 오더니 식당 한구석에 작은 방을 만들기 시작했다. 바닥에 온돌도 깔고 벽에 은은

한 분홍색 벽지도 발라 주었다. 방은 열여섯 살 생일 즈음에 완성되었다. 마침 창문을 활짝 열어 놓을 수 있는 한여름이었다. 아빠가 방을 만들기로 정한 공간은 원래 창문이 하나 있는 식당 구석이라 어딘가에서 들리는 개구리 소리나 귀뚜라미 소리도 머물다 갈 수 있는 곳이었다. 사실 개구리 소리나 귀뚜라미 소리는 귀를 활짝 열어야 들을 수 있었다. 늘 내 귀를 채우던 것은 밤이고 낮이고 끊임없이 돌아가는 방직 기계 소리와 하루 세 번 식사 시간이면 식당 바닥을 질질 끄는 무수한 발소리, 식사 시간이 아닐 땐 간식과 담배와 술과 쪽가위를 찾는 어수선한 소리들이었다. 나는 방안에서 그 모든 소리를 들었다. 얇은 나무 합판으로 만든 벽이지만 나를 보호해 주는 벽이, 자그마한 방이, 나에겐 큰 위안이었다. 처음 가져 보는 안식처였다.

그 벽을, 그 방을, 아빠가 부수었다. 처음엔 작은 망치로 시작하다가 어딘가에서 찾아낸 곡괭이를 휘두르며 내 방을 산산조각 냈다. 자기가 만든 것을 저렇게 미련 없이 파괴할 수 있다니, 아빠의 냉정함에 치가 떨렸다. 저렇게 갈기갈기 찢어 놔야 할 만큼 증오가 크다니, 아빠의 울분에 가슴이 서늘해졌다. 다섯 개의 연분홍색 세로 선마다 자잘한 꽃다발이 귀엽게 인쇄된 벽지가 너덜너덜해졌을 때, 온돌 전기선 밑에서 수백 마리의 바퀴벌레가 갑작스러운 빛에 당황하여 우글우글 기어 나오기 시작했을 때, 다음 날이 학기말 시험이 시작되는 날이라는 것을 기억했다. 시험 따위는 안중에도 없는 엄마와 아빠였다. 이런 경황에 시험을 걱정해선 안 되는 걸 알았지만, 그렇다고 찢어진 눈썹이나 그칠 기미가 안 보이는 피를 걱정하는 것도 무의미해 보였다. 엄마가 말려 놓은 시래기 더미를 치우지 않고 그 위에 그대로 아빠가 구들을 깐 탓에 수백수천 마리의 바퀴벌레가 태어난 것을 박살 난 바닥 사이로 보고 있자니 그저 허망했다. 어차피 상처였고 어차피 폐허였다.

이것이 나의 열여섯 살 기억이다. 아무리 치료를 위해서라고 하지만, 내가 꼭꼭 감추어 두었던 것을, 처참하게 찢기고 부서진 것을, 아물지 않아 덮어 놓은 상처를, 그가 볼 권리는 없었다. 남편이 볼 의무는 없었다. 내가 다시 꺼낼 이유는 없었다.

"아시다시피,"

일반화하며 그의 동의를 구했다.

"그 나이라면 자기만의 세계를 만들 수 있는 나이죠. 저 또한 그랬어요. 부모님의 세계가 있고 나의 세계가 있고. 부모님은 나의 세계를 완전히 이해할 수 없고."

"왜 부모님이 당신의 세계를 이해할 수 없었나요?"

그의 질문에 난 '나'를 주어로 사용하기는 했지만, 결국엔 그 누구도 될 수 있는 평범한 대답을 내놓았다. 이런저런 이야기 끝에 그는 이제 이 방법을 쓸 수밖에 없다는 듯 내 눈을 똑바로 보며 다음과 같이 요청했다.

"아버지에 대해 좀 더 알고 싶군요. 손을 이렇게 해서 이마에 갖다 대고 그 당시 아버지를 일 분간 떠올리세요."

172

난 그 당시의 아빠도 그 이전의 아빠도, 아니 그 어떤 시절의 아빠도 떠올리고 싶지 않았다. 그는 이미 이 세상 사람이 아니고, 없는 그를 다시 불러내서 여덟 살의 나에게 열여섯 살의 나에게 어쩌면 그럴 수 있었냐고 따지고 싶지도 않았다. 사실 일반화하면 따질 건더기도 없는 것이었다. 가부장적 아버지 상에는 굳이 나의 아빠가 아니더라도 수천만의 아버지가 있고, 굳이 내가 아니더라도 수천만의 딸이 있다. 그러니 유독 나에게 아빠가 고통이 될 수는 없었다. 모호하지만 든든히 일반화할 수 있는 가부장적 아버지 안에 아빠를 숨기고 나를 숨기면 그만이었다.

일 분 후 그가 돌아와 내 몸의 반응을 살폈다. 그러고선 또다시 나에게 같은 요구를 한다.

"같은 방식입니다. 손을 이렇게 이마에 대고 열여섯 살의 당신을 떠올리고 그 당시 아버지를 떠올리세요. 일 분간입니다."

그 순간 올 것이 왔다는 느낌 내지 더는 안 되겠다는 느낌이 온몸을 덮쳐 왔다. 더는 숨을 수도, 도망칠 수도, 방어할 수도 없었다. 봇물 터지듯 눈물이 쏟아져 나왔다. 투명한 유리가 지금의 나와 그때의 나 사이에 있다 해도 그 유리는 분명 장벽이었다. 견고하던 유리 장벽이 산산이 깨지더니 나를 살펴보던 지금의 나는 그때의 내가 되었다. 변호해야 하는 아빠를 없애고 설명해야 하는 나를 없앤 그곳에 여덟 살의 내가, 열여섯 살의 내가 있었다. 자그마한, 눈이 반짝이는, 채워지지 않아 늘 허기진, 아무렇지도 않은 척해서 늘 답답한, 겁에 질려 울먹울먹하는, 어린아이가 있었다.

일반적인 상황이었다. 개인적인 경험이더라도 일반화한다면 파장의 강도가 약해지고 참상의 농도가 묽어질 줄 알았다. 지나간 시간 안에서 과거를 재해석했다. 재해석된 과거 안에서 나는 무참히 상처 입은 어린아이를 지웠고, 관용으로 가득 찬 어른을 세웠다. 그 어른이 아빠를 용서했다고 믿었다. 하지만 과거는 해석을 거부한 채 시퍼런 눈을 뜨고 나를 지켜보고 있었다. 의식이 어린아이를 지우는 동안 무의식은 그 어린아이를 숨겨 주고 있었다.

나와 시선이 마주친 아이는 큰 소리로 운다. 그 아이를 잊으려고, 그 아이의 울음소리를 듣지 않으려고, 내내 그 아이의 입을 틀어막고 있었던 것만 같아, 가슴이 무너져 내렸다. 아이의 울음을 막아선 안 됐다. 아이는 울어야 했다.

닥터 쿠션과 남편은 내가 충분히 울 수 있도록 기다려 주었다. 울고 나니 말할 수 없을 정도로 개운해졌다. 세션을 시작할 때만 해도 뻑뻑거리며 잘 돌아가지 않던 허리가 울고 난 후엔 획획 돌아갔다. 믿을 수 없는 마음으로 클리닉을 들어왔을 때처럼, 내 마음은 믿을 수 없는 상태였다. 차이점이 있다면, 믿고 싶지 않아서 믿을 수 없었던 상태에서 믿기지 않아서 믿을 수 없는 상태로 변했다는 것이었다. 같은 성질이 아니었다. 몸이 변하자 마음도 변했다. 아니, 마음이 변하자 몸이 변했다. 클리닉을 나서면서 여전히 내 손을 꼭 잡고 있던 남편이 한숨을 내쉬듯 말한다.

"나의 언행 하나하나가 조심스러워야 하는 이유가 바로 이거야. 아이가 기억한다는 거지. 어떠한 형태로든."

이처럼 상냥하게 마음을 쓰는 남편도 한 아버지와 한 어머니의 아이였다. 모든 아이가 그러하듯 그도 넘어졌고, 상처가 아물기 전에 또 넘어지기도 했던 아이였다. 넘어져 생긴 상처가 크면서 희미해지는 것처럼 우리 무의식에 담긴 감정 또한 희미해지면 좋을 테지만, 뚜렷한 선이 생긴 감정은 나이테처럼 흔적을 남긴다. 누구나 넘어진다. 나의 아빠도 나의 엄마도 한때 넘어져 울던 아이였다. 우는 아이가 제대로 위로받지 못하면 그 아이는 다른 아이를 울리기도 한다. 눈속임에 성공한 의식이 성장을 도모하지만, 기저엔 눈가림할 수 없는 무의식이 있다는 뜻이다. 머리로는 이해했어도 마음으론 이해하지 못한 영역이었다. 닥터 쿠션이 쓰는 방법에 대해 시시비비를 따지러 갔다가 완전히 설득된 채 집으로 돌아왔다. 그 이후로 닥터 쿠션은 우리 가족의 카이로프랙터가 되었다.

지난 몇 년간 몸이 뻐근할 때면 닥터 쿠션을 찾긴 했어도 그때마다 그의 진단에 전적으로 동의한 것은 아니었다. 언젠가 허리 통증이 있어 찾았을 때, 그는 확실히 문제가 있어 보이는 관절을 맞추는 대신 나의 소화 체계를 의심하며 이런저런 약을 권했다. 권유가 아니라 그로선 틀림없는 처방이었다. 소화 체계에 이상이 있다면 내가 먼저 눈치챘을 텐데 나에겐 진단에 맞는 증세가 전혀 없었다. 정확한 신뢰가 필요했다. 닥터 쿠션을 믿지 않기 위해 내가 믿는 가정의 닥터 로스를 찾았다. 닥터 로스는 나의 의심을 "허접스러운 쓰레기"에 근거한 "오진"에서 비롯된 것임을 여러 가지 실험실 검사를 통해 확인시켜 주었다. 자연스레 나는 닥터 쿠션의 진단과 치료에 경계를 둘 수밖에 없었다. 부인할 수 없는 도움을 받았다고 해서 그 도움을 절대적으로 추앙할 필요는 없다. 그에게서 받은 도움은 명백했지만, 그것이 적시 적소였기 때문에 실질적인 도움이 될 수 있었다. 적시 적소란 일시적이지 산재한 것은 아니다. 도움의 손길이 나에게 뻗쳐 있다 해도 내가 필요하지 않다면 소용없을 뿐이다. 완전히 뿌리치지 않는 이유는 필요 시에 잡으면 틀림없이 효과를 보기 때문이다. 신빙성 없어 보이는 자연 요법을 행하고 이런저런 정체 모를 약을 팔지만, 닥터 쿠션은 카이로프랙터로서 분명히 탁월한 능력을 갖춘 자였다. 때에 따라 요긴하게 쓰일 수 있는 손길이었다.

닥터 쿠션을 다시 찾을 때가 온다면 본격적으로 사고 후유증을 다스릴 수 있게 된 때일 거라고 짐작하고 있었다. 마침내 과도한 방어에서 벗어나 그를 찾을 수 있는 순간이 왔다. 짐짓 설레는 마음으로 클리닉에 들어섰다. 늘 그랬던 것처럼 그의 클리닉은 1980년대의 공기를 머금고 있었다.

"이미 얘기 들었어요. 걱정했던 것보다 좋아 보여서 다행이에요."

날씨가 좋아진 만큼 그의 철인 삼종 경기 준비도 재개된 모양이었다. 햇빛에 노출된 피부가 벌써 발갛게 탔다.

"걱정해 주셔서 고맙습니다. 일주일 전보다, 한 달 전보다, 분명히 좋아졌어요."

"등을 대고 누워 보세요."

그는 자신의 손을 내 몸에서 약 십 센티미터 정도 띄운 채 머리부터 발끝까지 살폈다. 짧은 점검을 마친 후 몸 구석구석을—심지어 눈알이나 혀까지—각기 다른 지압과 교정으로, 그에 따르면 제자리로, 맞춰 주었다. 마치 사고 순간에 몸이 반응했던 과정을 역순으로 짚어 나가는 것 같았다. 본 적 없는 방법이었지만 닥터 쿠션이니까, 수긍했다.

그가 시간을 역으로 돌렸다고 내 마음대로 생각해 버리자 그의 치료에 신빙성이 생겼다. 일주일에 두 번씩 본격적인 교정 치료가 시작되었다. 카이로프랙틱과 마사지 치료를 병행하니 몸은 예전보다 비교할 수 없을 만큼 좋아졌다. 그러나 적절해 보이는 치료에도 고집스럽게 회복되지 않는 부분이 있었으니 바로 등이었다. 어깨와 목이나 허리는 원체 문제가 있던 부분이었다. 그러나 등은 아니었다. 등이 아플 수 있다는 것은 알고 있었다. 아빠는 두 살 난 나에게 늘 등에 올라가 밟아 달라고 했으니까. 일곱 살 때까지 나는 아빠 등을 잘근잘근 밟아 댔었다. 지금의 난 그때의 아빠보다 훨씬 나이가 많다. 등 통증은 처음이었지만, 등은 당연히 아플 수 있는 부분이었다.

일정대로 닥터 쿠션의 클리닉을 찾았는데 그의 은퇴 소식을 들었다. 별안간은 아니었다. 그는 이미 서머랜드의 오카나간 호숫가에 은퇴 후 살 집을 지어 놓았고 코퀴할라 고속도로(Coquihalla Highway: 밴쿠버와 캘거리, 에드먼턴을 잇는 5번 고속도로의 일부. 지형상 기후의 영향을 많이 받는다.) 상황이 허락하는 한 한 달의 반 이상을 그곳에서 기거했었다. 대기 환자가 많은 건 그의 한가로운 치료 일정 때문인지도 몰랐다. 어쨌든 그의 은퇴는 예정된 것이었고, 환자로서 나는 그가 떠나기 전에 부지런히 회복된 몸을 갖춰 놓으면 되는 거였다. 그만이 고쳐 줄 수 있는 부분이 정리된다면 굳이 그가 아니더라도 나를 고쳐 줄 수 있는 의사는 무궁무진했다. 고집스럽게 나아지지 않는 등을 고집을 피워서라도 서둘러 고쳐야 했다.

닥터 쿠션이 내 등을 이리저리 돌려 보더니 새삼스럽게 감정 응어리를 언급했다. 기존의 치료에서 그가 말했었다. 감정 치료에서 제거된 응어리는 두 번 다시 돌아오지 않는다고. 어째서 나에게 다시 이 응어리를 언급하는지, 수맥 찾듯 뚝뚝 떨어지는 팔만이 알 일이었다. 그는 또다시 현재의 가족과 자라 온 가족에 관해서 물었다. 내가 대답할 필요는 없었다. 그의 질문을 알아듣는 내 팔이 대신 대답하면 되는 거였다. 현재 이루고 있는 가족엔 전혀 반응 없던 팔이 자라 온 가족 질문을 듣고는 툭 떨어졌다. 그가 이것을 놓칠 리 없었다. 자라 온 가족에 관해 물었을 때 내가 일부러 힘을 더 줬는데도 맥없이 툭 떨어진 팔이 야속했다.

"아홉 살 때 아빠와 어땠나요? 엄마와는 어땠나요? 열 살 때는 어땠나요? 열두 살 때는 어땠나요? 스무 살 때는 어땠나요?"

전혀 알 턱이 없으니 묻는 것일 테고, 알 필요도 없는데 묻는 것일 테다. 이것은 그의 치료에서 필수 과정이었고 나는 이 질문에 답해야만, 내 몸이 이 질문에 반응해야만, 아픈 등을 고칠 수 있었다. 죽은 아빠는 여전히 내 몸 안에 살아 있고 멀리 있는 엄마도 바로 내 안에 있다. 파내서 없애 버리는 방법, 질긴 그것을 끊어 버리는 방법, '허접스러운 쓰레기'로 취급하는 방법, '오진'으로 확신하는 방법. 내가 낫기 위해선 알아내야 했다.

아빠를 보러 가는 비행기 출발을 밤새도록 기다렸다. 온갖 생각이 심신을 가득 채워 정신이 아득해졌는데 그러다 잠깐 잠이 들었다. 잠이 들었다고 해야 할까, 아니면 무언가에 의해 잠에 빠져들었다고 하는 게 맞을까. 잠이 들어선 안 되는데 잠을 자려 하다니, 무엄하다는 생각에 문단속을 시작하며 괜히 수선을 피웠다. 마지막으로 닫아야 하는 문은 주방에서 뜰로 난 문. 비스듬히 바깥으로 열려 있는 문을 안으로 당겨 잠그려는데 문 저편에 누군가 있었다. 한기 때문이었는지 아니면 그 누군가가 입고 있는 검은 옷 때문이었는지 섬뜩함을 먼저 느꼈는데 그녀―처음엔 그녀였지만 나중엔 그가 되었다―의 얼굴을 보자 반갑고 익숙하여 이내 안심했다. 처음 보는데도 누군지 대번에 알아차릴 수 있었다. 그녀는 나에게 꼭 전해야만 하는 미소로 정중하게 인사를 건넸고 나또한 몸을 숙여 그녀에게 정중한 인사를 건넸다. 도저히 문을 걸어 잠그지는 못 하고 대신에 슬며시 닫는 척만 하고는 침실로 올라가서 잠을 자고 내려왔다. 잠에서 깬 나는 꼭 그래야만 하는 것처럼 뜰로 향한 문을 확인하러 갔다. 아니나 다를까. 그는 내가 자는 내내 바깥에서, 똑같은 자세로, 똑같은 미소로, 나를 기다리고 있었다. 보호받고 있었구나, 뜬금없는 감사함에 다시 한 번 인사를 건넸고 그제야 그는 자신의 본분을 다한 듯 천천히 사라졌다.

장면이 바뀌어 나는 버스 여행을 하고 있다. 버스 안에서는 낯익은 얼굴들이다 싶던 이들이 달리는 속도에 따라 달라지는 그림자로 인해 죄다 모르는 얼굴을 한 채로 뿌옇고 몽롱한 즐거움을 나누고 있었다. 창밖으로는 이루 말할 수 없이 아름다운 꽃들로 가득한 들판이 계속 이어지고 있었다. 창밖의 비현실적인 아름다움은 몽롱한 즐거움의 향연을 한층 더했다. 한없이 펼쳐지는 들판을 한없이 보고 있으면 좋으련만 갑자기 자야 하는 시간이라고 창문마다 커튼이 내려졌다. 의자는 침대처럼 순식간에 젖혀졌고, 앉아 있던 나는 꼼짝달싹 못 하게 꽉 묶인 느낌으로 의자와 함께 눕혀졌다. 날 묶은 것은 아무것도 없었지만, 아름다운 풍경을 가린 연분홍색 커튼이 사방에서 점차 가까이 다가오더니 정교하게 재단된 주름 잡힌 천으로 변해선 숨도 못 쉴 만큼 갑갑하게 날 조여왔다. 이런 주름을 본 적이 있다. 고급스럽고 묵직해 보이는 관 안에 정성스럽게 재단된 명주천 주름이었다. 몽롱한 즐거움을 주는 여행은 거기서 끝내야 했다. 내가 있을 곳은 아니라는 생각에 온 힘을 다해 눈을 번쩍 떴다.

새벽이었다. 잠에서 깨자마자 내가 꿈에서 본 모든 것을 잊었다. 비행기 출발까지 아직 시간이 있어 남아 있는 식구들을 위해 계속 요리를 해 나갔다. 밥, 국, 반찬을 만들며 분주하게 움직이는 내 육체는 땅에서 한 뼘쯤 떠 있는 듯했고, 텅 비었거나 꽉 차 있는 내 정신은 내 안의 콩알만 한 생명을 꼭 붙들고 있었다. 완성된

찬거리들을 소분하여 냉동실로 옮기는 일만 남았는데 한국에서 친구 전화가 왔다. 엄마와는 통화를 못 했지만, 동생과는 통화를 마친 터였다. 동생은 중환자실에 있는 아빠 상태를 간단히 알려 주며 안전한 여행을 기원해 주었다. 친구는 출발 전이라 안부 인사차 전화한 모양이었다.

"응, 영라야?"

뻑뻑한 마음을 헤집고 나온 목소리는 친구 이름을 부를 때 쩍 갈라졌다. 친구는 내 사정을 뻔히 알면서도 자꾸만 남편과 동행하는지 물었고, 내가 재차 동행의 어려움을 설명하자 결국엔 토해 내듯 아빠의 죽음을 알려 줬다. 둔중한 것으로 머리를 세게 맞은 느낌이었다. 맞고 나자 감각을 잃었다. 멍한 정신은 뜰로 향했고, 멍한 눈은 큰 솥에서 무럭무럭 끓고 있는 미역국의 김을 향했다. 후각은 미역국의 냄새를 감지하지 못했고, 청각은 미역국이 끓고 있는 소리를 감지하지 못했으며, 촉각은 손에 들고 있는 수화기를 감지하지 못했다. 감각이 사라지자 지각도 사라졌다. 눈물이 저절로 나왔다. 멍한 내가 걱정돼 남편이 동행키로 했다. 항공사에 전화를 걸어 남편의 동행 좌석을 구할 땐 숨을 못 쉬고 끅끅 울었더니 항공사 직원이 대신 숨을 쉬어 주기도 했다.

알지 못하는 사이에 비행기는 나를 한국으로 실어다 줬고, 어느새 상복을 입고 조문객을 맞이했다가, 화장터로 옮겨져 한 줌의 재가 된 아빠와 함께, 당신이 가꿔 놓은 선산 과수원 길을 걸었다. 햇볕은 있었지만 꽃샘추위가 야무진 날이었다. 상복 위로 여러 겹

옷을 덧입고도 양지에서 벌벌 떨었다. 추웠어도 그래도 봄이라고 나뭇가지마다 자두 꽃봉오리들이 대롱대롱 매달려 있었다. 살아생전엔 그렇게 무겁고 멀기만 했던 아빠를, 가벼운 재가 되어 내 품에 안긴 아빠를, 자두나무 아래 묻었다.

아빠는 주물 기계를 제작하는 엔지니어였다. 아빠가 흙을 만지게 될 줄은 생각도 못했지만, 흙에서 철이 나왔으니 당연한 귀결이었는지도 모르겠다. 아빠는 어느 해 어떤 마음을 먹고 선산 아랫자락의 양지바른 곳에 땅을 일궈 자두나무를 심었다. 취미라고 하기엔 규모가 커서 농장이나 과수원으로 불려도 좋을 만했다. 아빠는 수로를 만들고 길을 내고 당신이 기거할 수 있는 자그마한 집도 지었다. 주말마다 가서 지내다가 여름이면 아예 그곳에 머무르는, 봄이면 두릅을 여름이면 자두를 가을이면 대추를 엄마에게 선사해 주는, 행여라도 소쩍새의 노래를 들으면 그 소리를 녹음해 엄마에게 들려주는, 암세포가 온몸을 뒤덮어도 풀을 베고 가지치기를 너끈히 해치우는, 그런 아빠가 되었다. 그런 아빠를 본 적은 없다. 이 모든 일은 내가 고국을 떠나 있을 때 일어난 일이기에 그저 전해 들은 이야기였다.

아빠가 일궈 놓은 땅은 나지막한 산으로 둘러싸인 아늑한 곳이었다. 아빠가 누운 곳은 자두 꽃잎이 후두두 떨어질 곳이었다. 아빠의 무겁고 매서운 손을 내 몸은 기억하지만, 아빠의 품은 느껴본 적이 없었다. 아빠를 묻은 곳에서 나지막한 산을 바라보다가 그 산이 나를 포근하게 안아 주는 느낌을 덥석 받았다. 생소한데

친근했다. 오랫동안 기다려 왔던 것인지 아니면 전혀 기다리지 않았던 것인지 확신할 수 없었지만, 드디어 만났고 마침내 떠나보냈다는 것을 바로 깨달았다. 엄마는 저 멀리 밭고랑에서 햇살을 등에 업은 채 냉이를 캐고 있었다. 가까이 있는 엄마는 멀었고, 영영 멀어진 아빠는 가까웠다. 그렇게 나는 아빠를 보내면서 처음으로 만났고 만나자마자 이별해야 했다.

"손을 이렇게 이마에 대고 그때의 아빠를 떠올려 보세요. 그때의 감정을 느껴 보세요."

아빠를 떠나보내며 내 안에 있던 원망도 미움도 심지어 회한도 떠나보냈다. 남겨진 것은 —유산으로 불러도 좋다— 잘 다듬어진 이해와 치밀하게 얽힌 감사였다. 닥터 쿠션이 요구하는 것은 남아 있는 감정이 아니라 그때의 감정이었다. 그가 건드리려고 하는 감정은 지난번과는 다른 것이었다. 언급하는 나이가 달랐다. 문제가 있을 거라고 그가 감지한 연령대는 언급한 것보다 훨씬 더 많을 것이다. 열 살, 열두 살, 스무 살 정도에서 그칠 일이 아닐 것이다. 그는 나를 속이고 있었다. 속이는 자의 속셈이 보이면 그를 속일 수 있다. 나는 시키는 대로 한 손을 이마에 대고 그때의 감정을 느끼는 척했다. 원망이나 미움이 아니라 이해와 감사를 슬쩍 만졌다가 이마에서 손을 뗐다. 닥터 쿠션은 내 등을 왼쪽으로 돌렸다.

"자, 보세요. 이제 잘 돌아가죠?"

세상이 시시해지는 건 정말 한순간이다. 세션을 끝내고 나오려는데 닥터 쿠션이 요즘 수면 상태에 관해 물었다. 그럭저럭 괜찮다고, 나아지거나 나빠지지 않고 예전과 비슷하다고 했더니 자그마한 금속 막대기를 나의 오른손에 쥐여 주고는 왼쪽 팔을 들어보라고 한다. 그는 금속 막대기에 연결된 작은 바늘로 이런저런 것이 들어 있는 작은 병들을 건드려 가며 내 팔의 움직임을 관찰했다. 그러고는 나에게 도파민과 세로토닌이 부족하다며 복용을 권했다.

'도파민과 세로토닌이라니, 문제는 뇌였구나.'

뭐든지 해답을 알고 있고 뭐든지 해결책을 갖고 있어서 그는 참 좋겠다. 그처럼 유능할 필요 없는 나는 정중하게 그의 권유를 거절하고 클리닉의 문을 닫고 나왔다. 그를 찾은 마지막 방문이었다.

9. 연결 connection

.

"수시로 아버지 꿈을 꾸더니 요즘은 통 보이지 않네."

샤워 후 옷을 갈아입고 내려온 남편이 아쉽다는 투로 커피잔을 내려놓으며 말했다. 난 전날 밤 돌려 놓은 식기세척기에서 바싹하게 마른 접시들을 꺼내고 있었다.

"보고 싶으니까 꿈꾸는 건 대개 깨어 있을 때 하지. 잘 때는 어렵지."

잘 때는 어려운 그것은 꼭 한 번씩 나타나 남편을 힘들게 했다. 남편은 바바준의 꿈을 꾸기만 하면 항상 다투는 꿈을 꿨다. 꿈에서 소리를 있는 대로 지르고 거친 몸싸움을 하고 나면 남편은 며칠간 우울해했다. 현실에서 남편이 바바준에게 언성을 높인 건 딱 한 번뿐이었다. 내가 실제로 본 것이 아니라 전해 들은 이야기였다. 전후 사정을 살펴보면 딱히 남편 잘못이 아니었다. 바바준의 비이성적인 논리가 남편의 이성을 잃게 했다. 그러나 남편은 잘못이라고 느끼고 있었다. 꿈을 꾸고 나면 참지 못한 게 잘못이었다고, 그래도 왜 꼭 싸우는 꿈을 꾸는지 모르겠다고, 입술을 꼭 붙인 채 꿈 이야기를 들려주었다. 그럴 때면 남편은 무언가에 머리가 눌린 듯 시선을 바닥에 두었다.

우울을 해소하는 방법은 세 가지가 있었다. 첫째는 나에게 바바준에 관한 추억을 들려주는 것, 둘째는 샤다나 마마준에게 전화를 걸어 바바준에 관한 뒷이야기를 듣는 것, 셋째는 로야에게 더욱 각별한 애정을 쏟는 것. 첫째 방법과 둘째 방법 후에 남편은 애처로워하기도 하고 후련해하기도 하며 우울한 기분을 툴툴 털어 버렸지만, 특별히 애를 쓴 셋째 방법 후에는 더 멀어진 바바준을 만나기도 해서 힘들어했다. 머리는 그때와 지금을 비교하는 것은 어불성설이니 그냥 넘어가자고 하는데 마음은 그때나 지금이나 달라진 것이 없으니 짚고 넘어가야 한다고 딴지를 걸었다. 머리의 말을 들으면 아이의 등하교를 도와주는 것이나 이른 수영 훈련 일정에 동참하는 것이 그저 신나는 일이 되는데, 마음의 말을 들으면 아이에게 입맞춤하거나 안아 주거나 새 책이나 새 신발을 사 주는 것에도 제약을 두었다. 어떨 땐 아이가 아끼는 장난감을 모조리 치워 버리기도 했다. 마음은 수많은 조건을 달았다. 놀던 자리를 깨끗하게 치우는 것, 자신의 소지품을 잃어버리지 않는 것, 시키지 않아도 바이올린 연습을 하는 것, 묻지 않아도 숙제를 끝내는 것, 먹고 난 그릇은 싱크대 안에 넣어 두는 것, 음식 먹을 때 소리 내지 않는 것, 집 안에서는 반드시 실내화를 신는 것. 조건이 충족되지 못하면 남편은 아이를 덩그러니 내버려두었다. 남편은 자기에겐 마땅히 그래야 할 이유가 있다고 믿었고, 아이는 아빠가 자신에게 화를 내는 게 마땅하다고 믿었다. 상처 받은 아이가 다른 아이에게 똑같이 상처를 주었다. 높은 곳에 자신의 영혼을 두는 아이가 행여라도 발을 헛디딜까 봐, 부드러운 곳에 자신의 영혼을 두는 남편이 행여라도 굳어 버릴까 봐, 이도 저도 아닌 나는 그들을 안쓰럽게 봤다.

후처의 자식이었던 바바준은 당신의 아버지로부터 금전적으로 치명타를 맞았다. 대외적으로 알려진, 속사정은 알 수 없는, 바바준 자신이 단정 지은, 치명타였다. 치명타를 맞은 바바준은 끝내 회복하지 못했다. 바바준은 자기 아들이 간혹 누군가에게 새 장난감을 선물로 받으면 아예 손도 못 대게 하고 열어 보지도 못하게 하며 어린 아들의 마음을 아프게 했다. 아들이 다 커서 자식이 생기게 돼서야 열지 못하게 했던 장난감을 전해 주었는데, 정작 아들은 장난감을 가지고 놀 나이를 이미 지난 후였다. 오히려 이는 더 큰 상처로 다가와 아들은 낡은 상자 안에 든 멀쩡한 장난감을 경멸하며 눈에 띄지 않는 곳에 처박아 두었다. 여기에 대해서 마마준은 할 말이 없었다. 마마준은 자기보다 열여덟 살 더 많은 남편의 연륜을 믿어야 했고, 이미 한 번 결혼한 경험이 있고 성인이 된 자식도 둘이나 있는 남편의 판단을 따라야 했다. 후처 자리는 흔했지만, 독일제 장난감은 귀했다. 그들의 의도는 귀한 것을 귀하게 다뤘을 뿐, 그 이상도 그 이하도 아니었다.

"마사지 치료 끝나면 열한 시쯤 될 거야. 로야 농구 경기가 열한 시 삼십 분에 시작해. 응원하러 같이 갈까?"

바바준을 쫓는 남편의 항로를 슬쩍 바꾸어 주었다.

"음, 가능할 거야. 같이 가. 운전할 수 있겠어? 내가 데려다 줄까?"

사고 후 경직된 심신은 가까운 거리로의 운전도 불가능하게 했었다. 아이의 봄 방학이 끝난 후, 이제 막 운전을 배운 사람처럼 조심스럽게 운전대를 잡기 시작해 익숙한 길로만 다닌 지 얼마 되지 않은 때였다.

"큰길이 없어서 괜찮아. 오 분도 안 걸려. 고마워."

"치료 끝나면 집으로 올 거지?"

"끝나는 대로 올 테니까 준비하고 있어. 바로 경기 보러 가자. 당신 바쁘면 따로 운전해서 갈까? 경기가 세 시까지거든. 끝나면 로야 데리고 장 보고 올게."

"당신한테 무리한 일정이야. 장은 내가 볼게. 따로 운전해서 가는 거로 해. 난 한 시간 정도 경기 보고 나올게. 장 볼 품목만 알려 줘. 더 필요한 거 있으면 주저하지 말고 알려 주고."

주말에도 바빴으니 월요일이 바쁜 건 조금도 이상하지 않다. 마사지 치료가 오전에 잡혀 있었고, 아이의 학교 간 친선 농구 경기가 바로 그 후에 있었다. 소득세 신고 마감일도 다가오기에 틈틈이 영수증 정리도 해야 했고, 아이의 바이올린 일 년 치 개인 레슨 일 정도 꼼꼼히 달력을 들여다보며 이번 주 내로 잡아 놔야 했다. 봄 방학 내내 가족 모두가 감기로 지독하게 아파서 닭곰탕을 꼬박꼬박 챙겨 먹은 바람에 김치도 동이 났다. 김치 좋아하는 남편과 아이를 위해선 하루라도 빨리 김치를 담가야 했는데, 주중 일정을 보니 이날이 아니고선 도저히 시간이 나지 않게 생겼다. 배추가 절여지는 동안 세탁기를 돌리고 아이의 과학 프로젝트를 봐주고 바이올린 연습을 도와주면 될 것 같았다. 마사지 치료를 하러 가기 전에 얼려 놓은 미트볼 스파게티 소스를 꺼내 놓으면 얼추 저녁 시간에 맞춰 녹을 테니까, 오늘 저녁 메뉴는 미트볼 스파게티와 시저 샐러드. 취사선택할 수 없는 일정 앞에서 가쁜 숨을 쉬었다.

낸시는 나의 마사지 치료사다. 아이의 수영 코치가 소개해 준 이였다. 수영 코치의 성격이 깐깐해서 만나 보기도 전에 낸시를 신뢰했다. 치료가 시작되자 신뢰는 강해졌고, 이제는 치료 받는 한 시간 내내 이런저런 이야기를 나누는 사이가 되었다. 쓸데없는 지방이 몸에 붙어 있지 않은 낸시는 쓸데없는 이야기를 안 했다. 마사지를 위해 지나치게 오일을 바르지도 않았다. 뻑뻑하다고 느끼지 않을 만큼만 오일을 짜서 아프지 않을 만큼만 압력을 가했다. 모자란 듯하지만, 부족하진 않았다.

"할라는 어때요?"

할라는 낸시의 반려견이다. 코퀴할라 고속도로에서 발견된 유기견이었다.

"잘 지내요. 어제도 할라와 하이킹 다녀왔죠."

"유월 초라고 했나요? 샌프란시스코에서 열리는 철인 삼종 경기가?"

"네. 얼마 남지 않았어요."

"수영은 아직은 실내에서밖에 못 하겠어요?"

"안 그래도 주말에 사사맛 호수에 수온 체크하러 갔었는데 아직 섭씨 십 도를 못 넘더라고요."

"잠수복 입고요?"

"아뇨. 잠수복을 입어도 장거리 수영하기엔 수온이 모자라요. 저체온증 걸릴 수도 있고. 아직은 실내에서 훈련해야죠."

낸시는 등 근육을 풀어 주고 있었다. 내가 엎드리고 있어도, 그래서 간혹 코가 막혀도, 낸시와의 수다는 상쾌했다. 특히 그녀가 알려 주는 자전거 루트나 하이킹 코스는 귀담아들을 필요가 있었다. 몸 상태가 회복되면 나 또한 그 루트와 코스를 밟을 터이기 때문이었다.

"참, 이번 주에 엄마가 우리 집에 와요."

"잘됐네요. 오시면 빅토리아 섬에 사는 오빠에게도 가시겠네요?"

낸시와 나는 서로의 가족 사항까지 알고 있다.

"그러시겠죠. 여행을 좋아하니까."

"여든넷이라고 했나요?"

"네. 얼마나 활력이 넘치는지 몰라요. 이번에도 오시면 나도 모르는 이웃들을 알아내서 나한테 소개해 주시겠죠. 난 이웃 개들밖에 모르는데."

"엄마가 방문하는 게 좋아서, 좋겠어요."

낸시는 어깨 쪽을 시작했다.

"그러게요. 다행이죠. 언젠가 엄마한테 내가 몇 살쯤으로 보이냐고 물어본 적이 있어요."

"몇 살이라고 그러시던가요?"

아주 약하게 누르는데 어깨 근육은 강한 압력을 받고 있었다.

"하하하. 열두 살요."

낸시는 쉰두 살이다.

"오, 달콤하기도 해라."

"엄마한테 한번 물어봐요. 몇 살쯤으로 보이는지."

이제 낸시는 내 목덜미에 달걀처럼 뭉쳐 있는 근육을 만졌다.

"물어보지 않아도 알아요. 엄마가 체력적으로 날 필요로 한다면 스물두 살로 보인다고 할 거고, 경제적으로 날 필요로 한다면 서른두 살이나 마흔두 살이나 쉰두 살로 볼 테고, 정신적으로 필요하다면 모든 연령대를 부를 거예요. 여든둘이나 아흔둘이라고 해도 난 놀라지 않을 거예요."

"하하. 그런 엄마들이 있죠."

'그런 엄마들이 있죠.'

낸시는 나를 돌아눕게 하고는 본격적으로 어깨를 주무르기 시작했다.

"예전에 마사지를 받은 적이 있는데 마사지 치료사가 내 어깨 근육을 만지면서, 오, 그래요, 내보내세요, 아버지가 여기 있어요, 얼른 내보내세요, 하는데 눈물이 쏙 빠졌어요."

"왜요?"

"너무 아파서요. 그 마사지 치료사는 근육을 잘못된 방향으로 밀고 잡아당겼거든요. 하하."

"이런, 본인이 마사지 치료사인 걸 말 안 했군요?"

"네. 괜히 선입견 생길까 봐."

"그래서, 아버지를 내보냈나요?"

미소를 숨기지 못하고 낸시에게 물었다.

"그러니까 아빠가 왜 거기 있었냐 말예요. 수영할 때 자전거 탈 때 그렇게 힘들더라니. 하하하."

"제 경우엔 아빠가 배 속에 있대요."

낸시가 내 머리를 만져 주며 돌아가신 자기 아버지 이야기를 들려주었을 때, 내 배가 그르렁 소리를 냈다. 바쁘게 오느라 아침을 못 먹어서 그런가 보다 했다.

마사지를 끝내고 나서 얼굴에 마사지 침대 도장이 찍힌 채로 아이 농구 경기를 보러 갔다. 세 학교가 모여 친선 경기를 했는데 석 달 연습한 것치고는 아이들 실력이 놀라웠다. 거의 종일 뛰어야 했지만 아이들은 지치지 않았고, 자그마한 트로피가 학교별로 주어지자 아이들의 함성이 체육관 지붕을 뚫고 파란 하늘로 치솟았다. 집에 돌아온 아이는 흥분이 가시지 않아 숙제도 대충 하고 바이올린 연습도 대충 했다. 과학 프로젝트는 다음 날로 미루기로 했다. 아이 포크에 달린 시저 샐러드도 팔랑팔랑 신이 났다.

"오늘 진짜 재밌었어!"

"경기 보는 우리도 정말 재밌었어. 함께할 수 있어서 기뻤어."

"내년에도 할래. 사학년 때도 있대."

"드라이브 웨이에 농구대를 설치할까?"

포크로 스파게티를 돌돌 말며 남편이 제안한다.

"야호! 아빠, 농구대 좋아!"

아이의 눈은 늘 웃는 눈이다. 아이의 입도 늘 웃는 입이고 아이의 볼도 늘 웃는 볼이다.

"로야, 넌 참 운이 좋아. 아빠가 어렸을 때 바바이는 한 번도 학교에 안 왔어."

"말도 안 돼. 단 한 번도?"

"응. 단 한 번도."

아이가 이렇게 놀랄지 몰랐다. 내가 끼어들어야 했다. 아이를 이해시키고 남편을 변호하고 싶었다.

"할아버지도 마찬가지였어. 유치원 운동회 때 한 번 오신 것 빼고는 학교엔 안 오셨어."

나 자신을 이해시키고 싶었고 동시에 변호하고 싶었다.

"어떻게 그게 가능해?"

"옛날엔 그랬어."

나와 남편에게 옛날이라는 시간은, 공간이 달라도 같은 것이었다. 옛날, 아빠, 무관심한 간섭, 불안한 일상, 폭력은 필수, 엄마는 약자, 결국 나와 동생은 부재.

"바바준이나 할아버지가 바빴어?"

재봉틀을 돌려 바바준 대신 생계를 꾸려 나간 마마준, 식당일을 해서 아빠 대신 생계를 꾸려 나간 엄마.

"학교에 안 오는 건 바쁜 것하고는 상관없었어."

"그런데 왜 안 갔어? 친구들 아빠들도 마찬가지였어?"

아이는 이해할 수 없었다. 아빠의 부재를 상상할 수 없었다.

"다른 아빠들도 비슷했어. 엄마 친구 중에 할아버지를 본 친구도 없었어."

말해 놓고 보니 틀린 말을 했다. 한 명이 있었다. 연주.

"정말? 내 친구들은 아빠를 다 알잖아. 재미있는 아빠로 알려져 있잖아."

"그렇지. 마치 로야의 장난꾸러기 오빠처럼."

"할머니는? 할머니는 엄마 학교에 왔어?"

"할머니는 가끔 오셨어. 꼭 와야 할 때가 있었거든."

"다행이다."

다행이다. 그런 엄마가 있어서 다행이다.

"그러고 보면 세상이 달라졌어. 사람들 인식이 변했어. 지금 그때 방식으로 아이를 키운다면, 우린 감옥에 보내질 거야."

마지막 와인 한 모금을 삼킨 뒤 남편은 식탁에서 일어났다. 식사 후 남편은 설거지를 맡고, 나는 절인 배추의 물기를 뺐다. 아이에게 동화책을 읽어 주고 잠자리를 봐준 뒤에 주방으로 내려와 김 칫소를 만들었다. 날 도와주려고 어슬렁대는 남편을 아래층 미디 어룸으로 보냈다. 이미 긴 하루를 보낸 남편은 이제 편한 소파에 앉아서 편하게 티브이를 봐도 된다. 배추 세 통은 금세 마칠 수 있는 양이어서 나도 끝나는 대로 남편과 티브이를 볼 것이다. 티브이 시청은 좋아하지 않지만, 남편과 함께하기 위해 티브이를 본다. 그래야 하는 일이다.

김치를 버무리려고 막 비닐장갑을 낄 때였다. 전화벨이 울렸다. 발신지를 모른다고 전화기가 말하는 걸 보니 엄마였다. 우리 집 전화기는 유독 엄마의 전화를 알아차리지 못했다.

"니는 오늘이 무슨 날인지 아나?!!"

가슴이 쿵쾅댔다. 오늘이 무슨 날이지.

"내일 아빠 기일 아이가! 니는 정신이 있나 없나!!"

나에게 있어 아빠 기일은 아빠가 돌아가신 날이다. 해가 바뀌어도 변하지 않는 날짜다. 기일을 음력으로 정한 건 동생이었다. 엄마는 어차피 자신의 며느리에게 제사를 넘길 생각이었으므로 음력이든 양력이든 상관이 없었기에 동생의 결정을 따랐다.

"떡 맞차 놓고 문어 사 놓고, 응? 엄마가 이래 고생 고생을 하는데 아들내미든 며느리든 딸내미든 코빼기도 안 보이고! 전화도 없고! 다른 사람도 아니고 너거 아빠 아이가! 아이고, 내가 아들딸 다 잘못 키웠데이. 저거 아빠 제사도 모르고! 아들딸 있으면 뭐 하노!!"

음력. 음력이 늘 문제였다. 제사. 제사가 늘 문제였다. 첫 제사와 두 번째 제사는 양력으로 했었다. 첫 제사는 엄마 집에서 한국에 있는 내 친구들의 도움을 받아 엄마가 치렀다. 두 번째 제사는 이곳에서 엄마를 모시고 내가 치렀다. 세 번째 제사부터 엄마는 모든 것을 며느리에게 맡기겠다고 선언하며 무거운 제기들을 몽땅 동생네로 보냈다. 그때부터 제사는 음력으로 치러졌다. 아빠 기일이 해마다 바뀌는 것도, 애먼 올케가 제사상을 차리는 것도 동의할 수 없었지만, 내 소관이 아니었다. 나는 그 모든 것에서 멀리 떨어져 나와 있었다. 내가 할 수 있는 일이라곤 엄마에게 얼마의 돈을 보내고, 모두 모여 있을 때 잊지 않고 안부 인사를 전하는 것뿐이었다. 엄마와 동생은 내가 매해 양력 날짜로 아빠에게 인사를 드리고 있다는 것을 모르고 있었다. 모르는 게 나았다. 알게 된다면 죽은 사람 제사를 두 번 지내는 것이 아니라고, 왜 쓸데없이 아빠를 헷갈리게 하냐고, 다 아는 소리를 늘어놓을 게 뻔했기 때문이었다.

"이것아, 엄마 이래 잘 살고 있잖아. 내가 언제 생활비 달라고 카다나. 엄마 이렇게 잘 살고 있는데 니는 도대체 뭐 하노! 며느리도 제사 준비 어떻게 하까요, 전화 한번 없고. 겨우겨우 아들캉 통화했더니 전도 안 꿉는다 카고. 너거들 아빠 아이가! 어찌 이리 무심하노! 아이고, 아이고!"

엄마는 이제 바락바락 악을 쓴다. 악을 쓰며 운다. 위에서 자고 있을 아이가 다 들을 정도로, 밑에서 티브이를 보고 있을 남편이다 들을 정도로, 큰 소리로 운다. 내가 이룬 가정의 평화는 엄마에게 참을 수 없는 대상인 듯, 당신의 화를 돋우는 대상인 듯, 설움에 북받쳐 소리를 지른다.

"말 좀 해 봐라! 내가 언제 생활비 달라 캤나! 내가 뭐 해 달라고 캤나!!"

이 순간을 위해 엄마는 부글부글 화를 키웠을 것이다. 두고 보자 쾌씸한 마음으로 이 순간을 기다렸을 것이다. 아들한테 울분을 쏟아 내면 아들을 나쁜 자식으로 만들까 봐 참고 참았다가 나한테 전화했을 터였다. 엄마 말을 듣고 있자니, 제사는 자신의 남편을 위한 것이 아니라 아들딸의 아빠를 위한 것이었다. 남편의 자리는 없었다. 당연히 아내의 자리도 없었다. 남편과 아내의 자리가 없는 곳에 아빠와 자식의 자리가 있었다. 엄마의 자리는 어디에 있는지 알 수 없었다. 악을 쓰며 우는 엄마에 따르면 배은망덕한 자식 때문에 아빠는 가여운 사람이고, 자신은 생활비도 요구하지 않으며 잘 살고 있는 의연한 사람이었다. 그 사람이 엄마의 자리에 있는 것인지, 판결을 내리는 자리에 있는 것인지, 관심을 요구하는 것인지, 보상을 요구하는 것인지, 나는 알 수 없었다.

엄마를 향한 나의 사랑은 고백하건대 연민이었다. 연민에서 비롯된 사랑에는 사랑해야만 한다는 의무감과 사랑하지 않으면 안 된다는 책임감이 따른다. 아빠가 죽자 엄마는 더욱더 가련한 모양새를 했고, 나는 그런 엄마에게 더욱더 신경을 썼다. 그러나 정작 내가 엄마를 필요로 할 때, 엄마는 없었다. 있었지만, 없었다. 엄마는 가엾고 불쌍한 사람이니까 의연하게 넘기려고 무던히 애를 쓰면 쓸수록 엄마에 대한 나의 감정은 딱딱해져 갔다. 원만하게 지내기 위해선 내 마음을 속여야 하는데, 그러기가 점차 싫어졌다. 태어났을 때부터 나는 내 주위와 나 자신을 속여야 했다. 진짜 모습으로 있어 본 적이 없었다. 나만의 울타리를 가지고 나서야 틈틈이 진짜 모습을 찾아 가는 중인데 엄마 앞에선 나의 진짜 모습을 숨겨야 했다.

엄마는 나의 진짜 모습을 싫어했다. 도리 모르고 생색내고 저만 잘난 줄 아는 딸이라고 싫어했다. 엄마가 싫어하는 딸이 되긴 싫어서 힘들더라도 나의 진짜 모습을 감췄다. 그렇다고 해서 나의 가짜 모습에 만족하는 엄마도 아니었다. 내가 그렇게 노력하는데도 엄마에게 나는 늘 부족했다. 늘 다른 집 딸이 더 훌륭하고, 늘 다른 집 사위가 더 낫고, 늘 다른 집 손주가 더 자랑스러웠다. 엄마의 비교 대상은 지천으로 깔린 듯한데, 그렇게 흔한 대상이 내 눈에만 안 보이는 것이 이상해서 나도 엄마와 똑같이 비교를 해 보기도 했다. 해외에 사는 딸에게 수시로 한국 물품들을 부쳐 주고, 손수 만든 김장김치를 보내 주고, 딸 생일 사위 생일 손주 생일에 맞춰 축하 인사와 용돈까지 보내 주는 다른 집 친정엄마들과 비교를 해 봤다. 역시 어리석고 쓸데없는 짓이었다. 내가 엄마에게 계절마다 먹을 것, 입을 것, 바를 것들을 보따리장수처럼 부쳐 대도 이곳으로는 무언가를 보낼 생각조차 안 하는 엄마인데, 다른 사람들과 비교하는 건 이미 큰 실수를 저지르는 것이었다. 끊임없이 줘도 끊임없이 부족하다는 엄마였다. 남편으로부터 받지 못한 사랑을 당연히 자식으로부터 받아야 하고, 이미 오래전에 죽은 부모로부터 받았어야 할 사랑도 자식에게 받아야 한다고 생각하는 엄마였다. 엄마가 가엽고 불쌍해서 군말 없이 부응했지만, 자식은 남편이 아니다. 부모가 아니다. 내가 아빠를 엄마에게 보낸 것도 아니고, 내가 졸라서 이 세상에 태어난 것도 아니고, 내가 엄마를 낳은 것도 아니다. 엄마는 자신이 해야 할 일들은 까맣게 잊고 내가 해야 할 일들만 꼬치꼬치 따졌다. 의무를 저버리고 권리만을 챙기려 하는 엄마 앞에서 나는 권리엔 손도 못 대고 넘쳐나는 의무에 헉헉대야만 했다. 엄마는 여전히 가엽고 불쌍하지만, 엄마를 향한 나의 자비심엔 한계가 있었다. 한계 있는 자비심은 인내심이다. 쌍방이 아니라 늘 일방인 관계에 염증을 느끼며 나의 인내심은 도전 받았다. 엄마는 시아버지의 부고에도 전화 한 통 없었다. 엄마가 도대체 내가 뭘 하고 있는지 모르겠다고 하는 것처럼 나 또한 엄마가 도대체 뭘 하고 있는지 모르고 있었다.

"말했잖아. 음력은 내가 따라가기 어렵다고. 미리 나한테 알려 달라고."

나한테서 드디어 조용한 목소리가 나왔다.

"니가 마음이 있으면 그런 건 당연히 알아야 되는 거 아니가!"

"내가 마음이 있는지 없는지 엄마가 어떻게 알지?"

"모르고 있었다 아이가! 아빠 기일이 언젠지도 모르고 있었다 아이가!!"

"알아. 아빠 기일. 언젠지 정확히 알아."

"잘났다고 이래 말대꾸하나? 음력 날짜 모른다고 내가 뭐라 카는 게 아니잖아! 엄마가 딸한테 말 못 하면 누구한테 카노!!"

"아들한텐 못 하고 왜 딸한테 이러지?"

"뭐라 카노, 야가?"

"왜 나여야 하느냐고. 내가 늘 말을 들어주니까?"

더는 참을 수 없었다. 여전히 내가 자신의 울타리 안에 있는 것처럼 함부로 대하는 엄마를, 내가 만든 울타리를 마치 자신이 만든 것인 양 무례하게 대하는 엄마를, 막아야 했다.

"와 이카노, 야가?"

"엄마야말로 내 말을 제대로 들은 적 있었어? 내가 말한다 해도 알고 싶어 하지도 않잖아? 내가 말 못 한 게 얼마나 많은지 알아?"

"니 말 잘했다. 니가 엄마 마음을 얼마나 아프게 했는지 아나? 니가 말을 곱게 안 해서 마음 아팠던 게 한두 번이 아니었다, 이것아!"

나는 엄마를 이길 생각이 전혀 없는데 엄마는 날 언제나 이겨야 할 상대로 대한다. 지지 않으려 한다. 내가 아프다고 말하면 자신은 나보다 세 곱절은 더 아프다고 말해야 하는 사람이다.

"시아버지 돌아가신 거 알면서도 전화 한 통 하는 게 그렇게 어려워? 아빠 돌아가셨을 때 생각 안 나? 시부모님은 시차 맞춰서 나 엄마 동생 올케한테까지 돌아가며 전화했었어. 한국말도 모르는 분들이 우리한테 돌아가며 전화했었어. 시부모님뿐이야? 시누한테서도 전화 왔었어. 아빠가 죽은 거랑 시아버지가 죽은 거랑 뭐가 그리 달라?"

"동생 전화 안 왔더나?"

기가 막혔다. 어떻게 해서든 자신의 자리를 지키면서도 피했다. 내일이 아빠 기일이라면, 정말 그렇다면, 이렇게 언성을 높이고 윽박질러선 안 되는 날이었다. 엄마는 많은 것을 알면서도 많은 것을 모르고 있었다. 나도 그랬다. 알면서도 몰랐다. 알면서도 모르는 부분이 똑같았다면, 우린 평화로웠을까? 모든 것이 상충해서 멀미가 일었다. 엄마도 마찬가지인 모양이었다.

"떡 찾으러 가야 된다. 끊어라."

전화는 그렇게 끊겼다. 그저 미풍으로 생각하고 싶었으나 어쩔 수 없이 폭풍이었다. 폭풍이 몰아치고 난 곳엔 흔히 그러하듯 잔해가 남았다. 무심한 눈으로 바라볼 수가 없었다. 절인 배추는 내일 아침까지 놔두면 물기가 더 빠질 것이다. 김치는 아침에 일어나서 담가도 된다. 남편과 아이는 아삭거리는 김치를 좋아하지만, 한 번쯤은 고들고들한 김치를 먹어 봐도 된다. 오히려 더 좋아할지도 모를 일이다. 김칫거리와 잔해를 그대로 두고 아래층으로 내려갔다.

남편은 할리우드에서 영매로 활동하고 있는 이에 관한 쇼를 보고 있었다. 스무 살 영매의 새하얀 피부와 새빨간 입술은 할리우드의 새파란 하늘 아래서 생경한 빛을 내고 있었다. 티브이 속 풍경은 김칫거리와 폭풍 잔해를 밀쳐놓고 온 나에게 딴 세상 같았다. 모든 것이 햇살을 받아 반짝거렸다. 찬란한 햇빛은 칙칙한 것들을 말리고 태워 없앴다. 잔여분이 있다 해도 눈부시게 해서 볼 수 없게 만들었다. 할리우드다웠다. 반짝이는 그곳에서 영매는 또 하나의 반짝임으로 이런저런 사람들에게 이야기를 들려주고 있었다. 영매 앞에 앉아 있는 이들은 두 부류였다. 이런 이야기들을 절대 믿지 않는다고 하거나 절대적으로 믿는다고 하거나. 쇼는 그들의 믿음과는 어차피 상관이 없다. 믿든 안 믿든 결국엔 그들이 듣고 싶어 하는 이야기를 듣게 되고, 이야기를 들은 이들은 카메라 앞에서 보여 주고 싶은 모습을 보여 주게 되기 때문이다. 복잡했던 내 마음은 할리우드다운 것으로 인해 어느새 단순해지고 있었다.

내가 본 에피소드는 난 전혀 알지 못하는 어느 유명인에 관한 것이었다. 가만히 있어도 하늘로 콩콩 뛰어오르게 할 것만 같은 운동화를 신고, 테가 동그랗고 까만 안경을 끼고, 알록달록한 체크무늬 셔츠를 입고선 연신 눈웃음을 짓는 이였다. 영매는 그를 앞에 두고도 그에 관한 이야기를 안 했다. 대신 그의 어머니와 외할아버지에 관한 이야기를 들려주었다. 연신 눈웃음 짓던 그는 영매가 들려주는 이야기의 세부 사항을 알지 못해서 난처한 표정을 지었다. 결국 다른 방에서 이 모습을 지켜보던 그의 어머니가 나와서 영매 앞에 앉게 되었다. 영매는 그녀의 아버지와 연결되었고—그녀의 아버지가 영매를 찾았고—그녀는 오랫동안 하고 싶었던 질문을 영매를 통해서 아버지에게 하게 된다.

"나를 원했나요?"

그녀에 따르면 아버지는 어떤 연유로 일찌감치 집을 떠났는데 이후 어렵게 아버지의 행방을 알게 되어 함께 살고 싶다고 말했지만, 아버지는 딸의 요청을 눈앞에서 거절했다고 한다. 얼마 후 아버지는 지병으로 돌아가셨고, 딸은 아버지에 대한 원망과 그리움과 애정의 감정을 해소하지 못한 채 여태껏 가슴에 묻어 두었다고 한다. 내가 알지 못하는 그 유명인은 이런 이야기를 어머니에게 처음 들었다면서 자기가 알고 있는 어머니는 항상 명랑하고 그저 헌신적인 사람이었다고, 어머니가 영매를 통해서 외할아버지에게 던지는 질문의 무게가 얼마나 무거울지 자신은 상상하기 힘들다고 말하며 동그랗고 까만 안경테 너머로 눈물을 보였다. 영매의 새하얀 이마와 코에 식은땀이 흘렀다. 그는 사후 세계와 연결되면 어김없이 땀을 흘렸다. 긴장하는 모습 같기도 하고 집중하는 모습 같기도 했다. 연결 가능성과 이야기의 진위를 따지기 전에 식은땀을 흘리며 애쓰는 영매가 안쓰러웠다. 영매는 가지고 온 공책에 알 수 없는 무수한 선을 그리다가 과장된 손짓과 함께 그녀의 아버지가 전한다는 말을 그들 앞에서, 카메라 앞에서, 얘기했다.

"그가 계속해서 난 너무 몰랐다고, 모르는 게 너무 많았다고 하네요. 물론 당신을 원했다고, 당신을 사랑했다고, 손으로 이렇게 가슴을 쓰다듬으며 표현하고 있어요. 자기는 준비되지 않았었다고 말하고 있어요. 그리고 미안하다고 입술에 손을 올린 채 말하고 있어요. 당신을 사랑했다고, 말해 주지 못해서 미안하다고, 말하고 있어요."

이 말에 유명인의 어머니는 울음을 터뜨렸다. 유명인도 울고 남편도 울고 나도 울었다. 하지 못한 말은 듣지 못한 말이 되어 견고한 벽을 쌓고, 마침내 하게 되고 듣게 된 말은 그 견고한 벽을 단숨에 무너뜨린다. 듣고 싶었던 말이 어떤 형태로든 들려지면, 그 말은 에너지를 가진다. 그리고 이 에너지는 쓰여야 할 곳에 쓰이게 된다. 뻔하다고 여겨지는 할리우드 쇼에서도 볼 수 있을 정도로 이 세상엔 이런 가슴이 많은 모양이다. 이야기를 듣고 싶어 하는 가슴만큼 이야기하지 않는 가슴도 많은 모양이다.

여전히 의문이 있거나 그리움이 있거나 재확인이 필요한 영역은 닫혀 있지 않은 영역이다. 비스듬히 열려 있는 문은 완전히 닫히거나 열리기를 원한다. 문이 원하는 게 아니라 문을 보고 있는 우리가 원한다. 열지 닫을지는 우리 마음에 달렸지만, 문 저편에 있는 이의 승낙이나 확답이 있다면 문 이편에 있는 이는 훨씬 더 편한 결정을 내리게 된다. 연결은 저편에 있는 이들이 편안한지를 살펴보려는 의도가 우선시되어 보이나, 실상은 이편에 있는 이들이 편안해지고자 함이다. 영매가 가진 능력이 있다면 듣고 싶은 이야기를 듣기 편하게 들려주는 데 있었다. 닫히지 않던 문을 닫아 주고, 열리지 않던 문을 열어 주는 데 있었다.

이날의 티브이는 나의 영매였다. 매체가 매개체였다. 잠자리에 들기 전, 아빠를 위해 자그마한 티라이트 초를 밝혔다. 초가 켜져 있는 동안 엄마에게 사과의 메시지를 보냈다. 동생과 올케에겐 감사의 메시지를 보냈다. 메시지가 전송되었다는 것을 확인하고 촛불이 꺼지는 것을 본 후 문단속을 하고 자러 올라갔다. 고요한 잠을 잤다.

엄마와 동생과 올케는 다음 날도, 그다음 날도, 그다음 다음 날도, 아무런 응답을 하지 않았다. 그들이 못 본 거라면 오히려 나았을 텐데, 보낸 즉시 메시지를 확인했다는 것을 알기에 마음이 아렸다. 들리지 않길 바라며 보내는 메시지가 있을까, 반향을 기대하지 않는 메아리가 있을까.

나는 진공 상태에서 답답해하다가 뾰족한 마음으로 구멍을 뚫어서 숨을 쉬기로 했다. 내가 질식할 이유는 없었다. 구멍 밖으로 머리를 쏙 내밀어 쩍쩍 갈라지고 와르르 무너진, 내가 자라 온 가족의 잔해를 봤다. 석양을 보는 것처럼 처연했다. 심지어 안도감도 느꼈다. 갈라지고 무너진 그것은, 내가 만든 것이 아니었다. 내 잘못이, 아니었다.

10. 각성 awakening

일요일, 우리 식구가 좋아하는 스테이크 레스토랑을 찾았다. 아이의 첫 농구 경기 축하 겸 접영 기록 경신 축하 겸 새로운 바이올린 선생님과 함께한 첫 연주회 축하 겸, 외식 구실을 만들었다. 일부러 핑곗거리를 만들지 않아도 외식은 할 수 있지만, 남편도 나도 외식을 흔하게 접하며 자라온 사람이 아니라서 괜한 이유라도 만들어야 마음이 편하다. 부모님들은 호기로라도 외식한 적이 없었다. 일곱 살 이하면 목욕비가 무료인 목욕탕에서 엄마가 여섯 살 남동생과 여덟 살 나를 공짜로 목욕시킨 후 집으로 돌아가던 길에 동네 중국집에 들러 짜장면 한 그릇을 셋이서 나눠 먹은 적이 있었다. 유일한 외식이었다. 여덟 살의 남편이 바바준과 함께 마마준의 재봉 일에 필요한 색색의 원단을 두루마리로 사서 어깨

에 무겁게 짊어지고 가는 길에 간이음식점에 들러 터키식 샌드위
치와 콜라를 둘이서 나눠 먹은 적이 있었다고 한다. 유일한 외식
이었다. 그때와 지금이 아무리 달라도, 달라지지 않는 것들이 있
는가 하면 확연하게 달라진 것들도 있다. 나와 남편 또한 그렇기
도 하고 그렇지 않기도 하다.

"아, 어서 오세요. 그동안 잘 지내셨나요?"

육중한 문을 열어 주던 가녀린 직원이 우리를 알아보고는 반갑
게 인사한다. 한 달에 두세 번꼴로 찾는 곳이라 우린 이곳에서 단
골로 통한다. 음식도 음식이지만 천성이 친절한 직원들의 마음 씀
씀이가 좋아서 단골이 된 곳이다. 이곳에 발을 들이면 항상 받는
질문이 있다: 오늘은 무엇을 축하하러 오셨나요? 축하할 것은 생
일이 되기도 하고 결혼기념일이 되기도 하지만, 대부분은 특별한
이유가 없다. 특별한 이유가 없어도 이곳을 수시로 찾는 우리는
미안해지기도 하고 우쭐해지기도 한다. 비범한 것을 범상하게 대
할 수 있을 때, 우아한 겸손과 야릇한 교만이 동시에 솟아나는 법
이다.

식사 테이블이 준비될 때까지 라운지에서 와인을 마시며 기다
렸다. 아이는 늘 우리 가족이 주문하는 애피타이저 플래터를 익숙
한 손놀림으로 먹는다. 삼원색 크레용으로 낱말 맞히기와 길 따라
가기를 한 뒤에 자신의 셜리 템플에 꽂혀 있던 체리를 만족스럽게
빼 먹는다. 행복해 보이고 흡족해 보이는 아이 뒤편 티브이로 눈
을 뗄 수 없는 장면이 보였다. 무음이지만, 그 안의 소리가 모조리

들리는 장면이었다.

티브이는 캐나다 청소년 하키팀 홈볼트 브롱코스를 추모하는 행사를 보여 주고 있었다. 원정 경기를 위해 타 도시로 향하던 하키팀을 태운 버스가 고속도로 인근 교차로에서 화물차량과 충돌하여 하키팀 내 열다섯 명의 목숨을 앗아 간 사고가 바로 그저께 일어났었다. 홈볼트는 서스캐처원 주에 있는 인구 육천여 명의 작은 도시다. 인구수가 더 많았다거나 도시의 크기가 더 컸다거나 선수들의 나이가 더 많았다 해서 참극의 강도가 덜하진 않았겠지만, 이 사고는 많은 이들의 가슴을 후벼 팠다. 난 상상하고 싶지도 않아서 일부러 이에 관한 기사를 피하고 있었다. 사월은 이미 아픈 달이었다. 살리지 못한 생명이 너무 많아서, 어린 생명을 먼저 보낸 늙은 생명의 숨이 버거워서, 아프디아픈 시기였다. 숨을 못 쉴 정도로 아픔을 겪었어도 숨이 끊어지진 않았기에 이렇게 떡하니 앉아서 와인을 마시고 고기를 썬다니, 어쩔 도리 없는 현실이 잔인하다 탓했다. 남편과 나눠 마시면 늘 딱 좋았던 와인 한 병에 이날은 유독 취기가 올랐다. 나중엔 무슨 탓을 했는지도 까먹고 주야장천 오는 비 탓을 했다. 얼얼한 정신으로 잠자리에 들었는데 새벽 두 시, 온 집 안이 흔들릴 정도로 쿵쿵대는 소리에 잠이 깼다.

쿵쿵.

꽤 먼 거리에 있는 채석장에서 나는 소리인 줄 알았다. 하지만 새벽 두 시다. 낮에도 채석장은 이런 소리를 내지 않는다.

쿵쿵.

큼지막한 무언가가 집 벽을 두드린다.

쿵쿵.

창문이 약하게, 그러나 분명하게 흔들린다.

쿵쿵.

가슴이 쿵쾅댄다. 숨소리를 죽이며 듣고 있다가 남편을 깨우기로 한다.

"소리 들려?"

남편은 깊은 잠을 자는 사람이다.

"소리 들리냐고? 쿵쿵대는 소리."

이제 그는 힘차게 코를 곤다. 깨우기를 포기하고 다시 소리에 귀를 기울인다. 사실 귀 기울이지 않아도 소리가 너무 커서 집 전체가 흔들린다.

쿵쿵.

성능 좋은 우퍼에서 나오는 소리 같다. 아주 낮은 저음이, 굉음에 가까운 저음이, 재생되고 있다.

쿵쿵.

불현듯 떠오른다.

쿵쿵.

마크다.

이 집에 살게 된 것은 천운이라고 할 수밖에 없었다. 예산과 기호가 분명했지만, 그에 맞는 집을 구하는 것은 헷갈리는 일이었다. 딱히 정해 놓은 기한이 없었어도 나의 출산일이 가까워지고 있어 적잖게 다급했다. 경험해 보지 못한 일이었지만, 산달 전에 집을 구해서 아기 맞을 준비를 하는 게 맞아 보였다. 나와 남편의 마음이 절박할수록 현실은 우리의 선택권을 좁히며 거만하게 버티고 있었다.

그러던 어느 날, 내 마음에 쏙 드는 집을 발견했다. 지도상의 집은 산자락에 있었고 집 뒤엔 강이 흘렀다. 코퀴틀람에 오래 살았어도 이런 동네가 있는지 몰랐다. 위치는 둘째치고 집 안의 구조가 무척 마음에 들었다. 90년대 초 부동산 활황으로 건축업자들과 부동산업자들이 현금을 끌어모으고 있을 때 우후죽순으로 지어진 집들이 많았다. 마치 한 장의 건축설계도를 모든 건축업자가 나눠 사용한 것처럼 집들은 하나같이 똑같은 모습으로 지어져 사람들의 삶을 일정한 형태 안에 가두었다. 예를 들어 포멀 리빙룸 위엔 십육 피트 높이의 천장을 올리고, 집 크기에 상관없이 사방이 꽉 막힌 답답한 포멀 다이닝룸을 만든 뒤, 그 옆으로 벽을 세워 래미네이트를 씌운 MDF 주방을 들여놓고, 선심을 쓴 척 주방 뒤에 보조 주방, 풍경이 보일 만한 곳에 어중간한 크기의 캐주얼 다이닝 공간을 끼워 맞춘 식이었다. 침실 층도 크게 다를 바 없었다. 대궐만 한 집이라도 네 개의 침실과 그에 딸린 화장실이 침실 층을 형성했고, 지하층엔 레크리에이션룸과 세를 놓을 수 있도록 별도의 입구를 둔 부엌 딸린 방이 마련되었다. 이 형태는 네 식구를 기준으로 했을 때 최적이었다. 손님을 치른다 해도 어지럽혀진 주방을 공개하지 않아도 되고, 포멀 리빙룸의 소파에 놓인 장식용 쿠션은 일 년 내내 기댄 자국 없이 무사할 수 있으며, 레크리에이션룸은 잘 이용하지 않지만 맨케이브(man cave: 직역하면 '남자 동굴'. 남성들이 좋아하는 물건을 채워 놓고 여가를 즐기는 실내 공간)가 있다는 것만으로도 뿌듯함을 주고, 게다가 주택 융자 할부금을 도와줄 셋집도 포함되어 있으니 여러모로 모자란 점이 없었다. 문제는—문제라고 불러야 한다면—모자란 점 없는 구조를 나와 남편이 내켜 하지 않는다는 것이었다. 일률적인 모습으로 살아가야 하는 형태에 동참하고 싶지 않았다. 우린 네 식구를 가질 계획이나 세를 놓을 계획이 없었으며 굳이 주방과 식사 공간을 구분해서 쓰기도 싫었고 구경만 할 포멀 리빙룸을 가지고 싶지도 않았다. 하지만 우리가 살고자 하는 동네의 거의 모든 집은 이런 형태였고, 우리는 선택하고 싶지 않은 것 중에서 선택해야만 했다. 언젠가는 우리 손으로 집을 지으리라는 계획이 최종 선택이지만 현실과 타협해서, 아기가 세상에 나오기 전에, 이미 지어진 집을 구하기로 한 것이었다.

천만다행으로 찾은 이 집은 천편일률적인 형태를 따르지 않았다. 사진으로만 봐도 구역이 구분된 동시에 개방되어 있었다. 감출 수 있는 동시에 보여 줄 수 있었다. 특정한 공간을 특정한 용도로만 쓰지 않아도 되는, 가변성과 가능성이 많은 집이었다. 마음에 드는 집을 드디어 찾았는데 아니나 다를까, 이 집을 사겠다고 계약한 사람이 있었다. 나는 이 집이 눈에 밟혀 다른 집을 봐도 마음에 차지 않았는데 이럴 수가, 이 집을 사겠다고 계약한 사람이 은행과의 문제로 계약을 파기해 버렸다. 천운이었다. 당장 집을 보러 갔다.

　오월이었다. 숲이 본격적으로 푸르러지기 시작한 때였다. 집을 보러 왔는데 집주인이 집을 떠나지 않고 있었다. 주택을 구매하려는 이가 집을 보러 오면 대개 집주인은 자리를 비워 준다. 그래야 최대한 객관적이고 최대한 주관적인 입장에서 집을 구경할 수 있기 때문이다. 그런데 이 집의 주인은 집을 지키고 있었다. 이유는 집을 떠나기 싫었기 때문이었다. 그의 이름이 마크였다. 마크와 그의 아내 캘리는 이혼 절차를 밟는 중이었다. 캘리는 침실 층을 떠나 지하층에서 남자 친구와 지내고 있었고, 마크와 그의 아들, 캘리의 딸과 그녀의 남자 친구가 침실 층을 쓰고 있었다. 집 구경을 갔을 때 마크는 집 안의 천장과 벽에 내장형으로 설치된 스피커의 볼륨을 한껏 키워서 록 음악을 듣고 있었고, 캘리 딸의 남자 친구는 방문을 걸어 잠근 채 낮잠을 자고 있었다. 마크는 큰 소리로 음악을 틀어서 집을 보러 온 우리를 물리치고 싶어 하는 듯했다. 귀가 먹먹해지는 음악 소리 속에 자신을 보호해 놓고 있는 듯했다. 계단을 올라가는 우리에게 그가 큰 소리로 한 말은,

　"멋지지 않아요?"

였다. 그는 프렌치 도어가 달린 붉은색 페인트가 칠해진 방 안에 있었다. 실용적으로 보이는 널찍한 책상이 중간에 있고, 벽면엔

이런저런 하키팀의 배너와 저지가 고급스러운 액자에 담겨 자유롭게 걸려 있었다. 방 크기가 컸다. 침실 층엔 다섯 개의 방이 있었다. 방이 네 개라도 충분할 텐데 다섯 개라니, 나는 기뻤다. 음악 소리를 줄여 달라고 부탁할까 하다가 마크와 캘리의 사정을 들은 터라 그냥 얼얼해진 귀로 집 구경을 하기로 했다. 청각이 방해받으니 시각이 월등한 능력을 발휘하겠지, 유하게 마음먹었다. 더군다나 그들의 성(姓)은 우리가 이 집을 사기 위해 팔아 버린 집의 전 주인의 성과 같았고, 공교롭게도 그 전 주인 또한 이혼 소송으로 인해 그들이 살던 집을 우리에게 팔아야 했었다. 끼워 맞추면 어떤 것이라도 이야기가 안 될 테냐만 무심코 지나치기 힘든 우연이었다. 그래서 인연이라 생각했다. 커다란 음악 소리는 한시적일 뿐이었다. 집에 남을 리가 없었다.

마크와 그의 열네 살 아들이 집을 파는 것에 완강히 반대했지만, 결국 집은 팔렸다. 우리가 샀다. 먹먹한 귀로 파티오에 나왔을 때 들리던 청정한 새소리와 역동적인 강물 소리는 계약서 서명을 서두르게 했다. 게다가 옆집 정원에 있던 자두나무가 이곳에 살아야 함은 운명이라고 살랑대는 바람을 통해 알려 주었다. 우리에게 이 집이 인연이요 운명인 것처럼 마크와 그의 아들에게도 마찬가지였을 것이다. 집 소유권이 우리에게 넘어왔을 때 마크는 그의 아들과 함께 작은 아파트로 이사했고, 캘리는 그녀의 딸과 함께 어느 집의 셋집으로 거처를 옮겼다. 그들이 각자의 삶을 사는 동안 나는 로야를 낳았고, 로야는 첫걸음마를 뗐고, 우리는 마크와 캘리가 표시해 놓은 그들의 아들딸 키 수치를 하얀색 페인트로 칠해 없앴고, 새로 칠해진 그곳에 로야의 키를 쟀고, 뒤뜰 개나리 수풀에 수북이 쌓인 마크의 골프공을 죄다 주워서 버렸고, 앞뜰에 있던 자작나무와 단풍나무를 베어 냈고, 베어 낸 그곳에 석양을 바라볼 수 있는 포치를 만들었다. 캘리와의 관계를 개선하려고 마크가 몇 달 동안 손수 했다는 리노베이션의 흔적을 없앴다. 집 안팎의 페인트 색깔을 모조리 바꿨고, 주방에 있던 모든 것을 뜯어내고 새로운 주방을 들여놓았다. 그 바람에 집은 예전의 모습을 완전히 잃었다. 혹은 그 덕에 집은 완전히 새로운 모습을 갖게 되었다. 그들은 그들대로 우리는 우리대로 각자의 생을 살았다.

사실 모두가 각자의 생을 산 것은 아니었다. 그들이 이 집을 떠난 지 여섯 달쯤 지난 날이었다. 우편함에서 캘리 앞으로 온 엽서 한 장을 발견했다. 그들은 주소를 옮겼지만, 미처 주소를 바꾸지 못한 우편물들이 종종 이곳으로 보내지기도 했다. 우리 집으로 온 것이라도 타인의 우편물이기에 받는 즉시 반송 우편함에 넣는데 이 우편물은 엽서였다. 무지개 사진이 앞면, 침착하게 쓴 손글씨가 뒷면, 고스란히 보였다.

캘리, 당신의 상실을 어떻게 위로할 수 있을지 아무 말도 떠오르지 않아요. 고인의 명복을 빕니다. 힘내길 바라요. 당신의 친구 에밀리로부터.

무슨 영문인지 모르다가 곧 엽서가 보내진 이유를 알게 되었다. 마크가 그의 아들과 아파트로 거처를 옮긴 얼마 후 뇌종양이 발견되었고, 사 개월이 채 못 돼서 유명을 달리했다는 소식을 매매를 도와준 부동산업자에게 듣게 된 것이다. 아무렇지 않을 수 없었다. 우리가 그를 이 집에서 쫓아낸 것은 아니지만, 그의 죽음에 우리가 연루된 것만 같아서 정말 아무렇지 않을 수 없었다.

그 이후로 한 번씩 마크의 아들이 뒤뜰로 이어진 그린벨트에서 어슬렁거리거나, 어느 날 집 외벽에 여덟 개의 굵은 나사못으로 붙어 있던 주소가 감쪽같이 없어졌어도, 아무것도 할 수 없었다. 비록 주소를 누가 가져갔는지 언제 가져갔는지 왜 가져갔는지 정확히 알았어도, 아무것도 할 수 없었다. 그날 밤 문단속을 하던 나의 뒷골을 당긴 건 내 안에 있던 어린아이가 아니라 마크임을 알았기에, 아무것도 할 수 없었다. 마크가 내 뒷골을 당긴 방은 마크의 아들이 쓰던 방이었기에, 아무것도 할 수 없었다. 그 방은 이제 로야의 놀이방이 되었기에, 아무것도 할 수 없었다.

아무것도 할 수 없어서 아무렇지 않을 수 없었다. 계속해서 아무렇지 않을 수 없을 줄 알았지만, 세월은 날 무디게 했다. 무뎌져서, 영영, 아무렇지, 않을 줄, 알았다.

쿵쿵.
날 깨운다.
쿵쿵.

내려치며,

쿵쿵.

널 보호한다.

쿵쿵.

부수며,

쿵쿵.

널 지킨다.

쿵쿵.

네가 그리 중하면,

쿵쿵

나도 중한데,

쿵쿵.

깨어 있지 않아,

쿵쿵.

난 몰랐다.

11. 애착 attachment

사월 하순에 접어들자 박하게 오던 봄이 드디어 빗장을 풀었다. 단단히 잡고 있던 고삐를 늦추면 낮 기온이 이십 도를 훌쩍 넘었다. 숲은 제각기 다른 초록과 연두로 새 식구의 존재를 알리고, 뒤뜰 개나리와 옆집 자두나무는 성급하게 꽃 옷을 훌훌 벗어젖히더니 어느새 파릇파릇한 나뭇잎 옷으로 바꿔 입고선 다 자란 척을 했다. 자두꽃이 한창일 무렵, 옆집이 자두나무 가지치기를 했다. 송알송알 꽃망울이 맺힌 나뭇가지를 싹둑 잘라 내는 이웃이 야속했지만, 정원 일에 무지한 내가 뭐라고 할 일은 아니었다. 꽃이 잔뜩 달린 가지가 애처로워 몇 개 주워 와 꽃병에 꽂아 주었다. 생명을 다시 살린 순 없더라도 연장할 수 있지 않을까, 매일 꽃가지를 들여다보았다. 잘렸지만 그것도 명의 주기가 있는지, 때가 되니 꽃잎을 떨구고 새잎으로 갈아입었다. 바닥에 떨어진 꽃잎이 경이로웠다. 남편은 무선 청소기를 들고 다니며 떨어진 꽃잎들을 빨아들였다.

"온통 꽃잎이네."

청소기 소리 때문에 남편이 투덜거리는지 놀라워하는지 알 수 없었다.

"봄이니까 당연하지."

봄이니까 당연한 것 중에는 매일 손가락 한 마디만큼 자라는 고사리도 있고 온 데를 노랗게 덮어씌우는 송홧가루도 있다. 고사리가 웃자라기 시작한다 싶으면 송홧가루 철은 끝나고, 곧이어 씨털이 눈처럼 풀풀 날리는 때가 온다. 대기에 꽃가루가 날아다니는 시기엔 아무리 햇살이 좋아도 빨래를 내다 걸 수 없는 게 참 아쉽다. 세탁된 빨래는 건조기에 넣어 돌리면 가장 편하지만, 정수리를 뜨겁게 하는 햇살을 만날라치면 없던 빨랫감을 기어이 만들어서라도 햇볕 아래 바싹하게 말리고 싶은 마음이 든다. 사람도 공간도 말끔한 모습을 좋아하는 남편은 깔끔하게 단장된 파티오에서 천연덕스럽게 펄럭이는 빨래를 볼 때마다 기겁하지만, 햇살 냄새를 가득 품은 침대 시트를 사양할 순 없기에 그도 눈을 질끈 감을 수밖에 없다. 귀한 햇살을 잠자리에까지 가져올 수 있는 건 분명 호사스러운 일이기 때문이다.

이날도 낮 최고 기온이 이십일 도에 육박했다. 지난가을부터 햇살이 턱없이 부족한 상태로 살아온 우리는 이런 날을 그냥 보낼 리 만무하다. 남편과 나는 하교한 아이를 데리고 집에서 멀리 떨어진 동네의 놀이터를 찾았다. 실제 거리는 그리 멀지 않지만, 그 동네엔 허름한 집들이 많고, 그 허름한 집엔 대놓고 마약을 하는 이들이 살기도 하고, 놀이터 주변으로 주삿바늘이 버려져 있거나, 아예 사는 집이 없는 이들이 잔디와 공원 벤치에서 아무렇게나 낮잠을 자기도 해서 심적으로 거리를 두는 곳이다. 그런 곳 인근에 가장 재미난 놀이기구들이 가득한 놀이터가 있다. 든든한 남편의 동행과 당당하게 빛나는 해를 믿고 그곳의 놀이터로 향했다. 찬란한 햇빛 아래에서는 꺼림칙한 모습도 어떻게든 빛나기 마련이다.

과연 놀이터는 북적거렸다. 갓 걸음마를 뗀 아기부터 십 대로 훌쩍 접어든 아이들까지 연령대도 다양했다. 놀이터엔 쓰레기통을 뒤지는 노숙자도 있고, 잡동사니를 잔뜩 실은 차를 주차장에 세워 놓고 그 옆에서 느긋하게 대마초를 피우는 이도 있었다. 공원 퍼컬러 밑에는 검은 티셔츠를 유니폼처럼 입고서 몸에 있는 구멍마다 아니면 일부러 구멍을 내서라도 번쩍거리는 것들을 걸고 끼워 넣은 일단의 무리가 모여 있었다. 햇살은 모든 이에게 공평하게 쏟아졌고, 그것을 즐기거나 피하거나의 선택은 우리에게 달려 있었다.

"엄마! 집라인 하러 갈래!"

아이의 하얀색 반소매 골프 셔츠가 유난히 눈에 띈다. 이 놀이터에서 사립학교 교복을 입은 아이는 로야가 유일하다. 교복이 아니더라도 흰색 옷을 입은 아이는 없다. 반나절도 무사하지 못할 흰색은 부모에게 버거운 색이다. 신발도 마찬가지다. 로야만이 검정 가죽 구두를 신고 있지, 다들 얄팍한 샌들이나 튼튼한 운동화를 신고 있다. 버거운 색의 옷을 입고 얌전한 메리 제인 구두를 신은 로야는 어느새 나비처럼 훨훨 날아 집라인 끝에 대롱대롱 매달려 있다. 빨간 킬트 치마가 나풀댄다. 파란 하늘이 해맑은 웃음으로 얼굴 가득 들어 있다. 아이의 모든 것이 나에게 전염된다.

"나, 껌 삼켰어요."

자기 차례를 기다리던 꼬마였다. 긴 소매가 손목뼈 위로 깡충 올라가 있고 바짓단도 발목 위로 깡충 올라가 있다. 콧구멍 옆엔 말라 버린 콧물이 찰싹 붙어 있고 입 주위로 무언가의 얼룩이 고스란히 남아 있다. 짧게 자른 금색 머리카락이 반짝반짝 빛나고, 파란 하늘이 비친 초록 호수 같은 눈동자도 반짝반짝 빛나고 있었다. 서너 살로 보였다. 스스럼없이 말을 건네는 걸 보니 붙임성이 좋은 아인가 보다. 이런 사교성은 부모와의 교류가 지나치게 왕성한 데서 비롯되든가 혹은 현저하게 소원한 데서 비롯되든가 둘 중 하나다. 아이의 부모는 보이지 않았다.

"나도 어렸을 적에 곧잘 껌을 삼켰어."

말을 해 놓고 나서 곧 후회했다. 꼬마가 껌 삼킨 얘기를 나한테 한 이유는 걱정돼서가 아니라 자랑하고 싶어서일 터였다. 멋쩍어져서 화제를 돌렸다.

"일어서서 타고 싶니, 앉아서 타고 싶니?"

"일어서서 타는 건 생각보다 쉬워요. 보여 줄게요."

꼬마는 로야가 끌어서 가지고 온 집라인을 야무지게 잡더니 차돌처럼 통겨져 날아갔다. 집라인의 작은 안장에 두 발이 간당간당 올라가 있다 싶었는데 끝에 이르자 크게 반동했고 아이의 몸이 붕 떠올랐다가 땅에 쿵 떨어졌다. 아이를 지켜보던 내 심장도 쿵 떨어졌다. 높이는 높지 않았고 땅엔 우드 칩이 수북했지만, 일어나지도 않고 울지도 않는 아이가 걱정돼 지체 없이 달려갔다. 구두 굽이 우드 칩 속으로 자꾸 박혀서 빨리 걸을 수가 없었다. 반쯤 갔을까? 갑자기 아이가 일어나더니 반대편에 있는 정글짐 쪽으로 달려간다. 괜찮아? 나의 물음에 고개를 반쯤 돌려 나를 힐끗 보고는 정글짐으로 곧장 향한다. 그곳에 꼬마의 형으로 보이는 아이와 그들의 아빠로 보이는 사내가 있다. 꼬마는 자기가 떨어졌었는지 넘어졌었는지 모른다는 듯 내색도 하지 않고 정글짐을 다람쥐처럼 올라갔다. 꼭대기로 올라가선 나를 물끄러미 바라봤다.

"엄마, 더워. 집에 갈래."

큰마음 먹고 놀이터에 온 터라 교복 셔츠가 까매지도록 놀아도 괜찮을 마당에 온 지 반 시간도 안 돼서 아이는 집을 찾는다. 아이와 나 사이에 있는 자그마한 모래사장에선 아이보다 서너 살 어려 보이는 아이들이 흙장난에 심취해 있다. 로야는 세 살이 될 때까지 모래를 무서워했다. 모래알이 발에 닿는 것을 끔찍하게 싫어해서 해변이나 호숫가에선 안거나 업어서 물 안에 놔 줘야 했다. 모래는 무서워하면서도 물은 무서워하지 않는 아이를 보며 나와 남편은 안심했다. 유별나다고 여기지 않았고 오히려 고결하다고 생각했다. 세 돌이 지나자 아이는 모래를 만지거나 밟을 수 있게 되었고, 나와 남편은 피크닉 체어에 앉아 아이가 쌓는 모래성을 흐뭇하게 바라봤다. 성 안으로 수로를 만들 때면 우리가 더욱 신이 나서 물을 길어 날랐다. 모래가 궁둥이에 닿지 않도록 엉거주춤하게 앉아 아이와 함께 열심히 땅을 팠다. 모래성이 완성되면 뿌듯하게 수박을 먹었다. 모래알이 씹히면 꼭꼭 씹어 삼켰다.

"집에 가는 길에 스테이크 고기 사서 갈까?"

아이가 놀이터에서 노는 내내 전화로 업무를 보던 남편이 귀에 꽂은 헤드셋을 빼며 우리에게로 온다. 귓속에 담긴 말은 웬만해선 나에게 전해지지 않는다. 나를 위한 남편의 배려다. 그 마음이 고마워서 헤드셋을 빼낸 그 귓속에 웃음과 농담을 채워 넣는다. 그를 위한 나의 배려다. 아이가 보지 않는 틈을 타서 서로의 엉덩이를 꼬집는다. 서로를 위한 배려다.

집으로 돌아오자 남편은 옷도 갈아입지 않은 채 저녁 식사 준비를 했다. 준비의 제일 첫 단계는 나에게 와인을 따라 주는 거였다. 그러고선 파티오의 오븐 온도를 높이고, 빨간 피멘토를 썰고 베이비 포르토벨로 버섯을 다듬고, 신중하게 선택해서 사 온 립아이 스테이크에 소금과 후추를 뿌린 뒤 꾹꾹 눌러 준다. 연기가 날 정도로 뜨겁게 달궈진 무쇠 팬에 주저 없는 손놀림으로 준비해 놓은 스테이크를 올린다. 참았던 모든 연기와 냄새를 한꺼번에 풍기며 스테이크가 맹렬하게 구워지는 동안 바비큐 그릴 위에 피멘토와 버섯을 올린다. 한 번 뒤집은 스테이크를 무쇠 팬째 열 오른 오븐 안에 넣고 구워진 채소 위에 발사믹 식초와 올리브유를 보기 좋게 뿌린다. 이 모든 과정에 내가 참여하는 부분은 없다. 그의 하얀 드레스 셔츠도 이 과정에선 그저 구경꾼이다. 그의 손짓과 발짓은 날렵하고 목으로 넘어가는 와인은 부드럽다. 아이에겐 시원한 애플 사이다를 따라 주었다.

이날의 저녁은 드물게 햇살 좋은 날 삼 킬로미터의 실내 수영 훈련은 어리석은 일이라고 생각했기에 가능했다. 나와 남편은 와인 한 병을 사이좋게 나눠 마셨고, 아이는 두 잔의 애플 사이다를 기분 좋게 마셨다. 고기의 풍미는 더없이 좋았고 피멘토와 버섯은 다디달았고 강과 숲은 성성함을 뿜어 댔다. 일주일의 중간이었다. 남아 있는 날들이 얼마나 되는지 모르지만, 얼마가 됐든 흔쾌히 살아 낼 수 있고, 이들과 함께라면 꼭 살아 보고 싶고, 내일이 끝이라면 사십구 일째에 태어나, 이들을 꼭 찾아서, 다시 이들과 살고 싶은, 그런 날이었다. 유별나다고 여기지 않았고 오히려 고결하다고 생각했다. 자꾸자꾸 죽어도 자꾸자꾸 태어나 자꾸자꾸 이들과 사는 건 조금도 이상하지 않다고 생각했다. 밤까지도 대기는 훈훈해서 남편과 나는 침실의 창문을 빼꼼히 열어 놓고 잠자리에 들었다. 창문 사이로 강물 소리가 콸콸 신나게 들어왔다. 귀를 청명하게 하고 마음을 평온하게 했다. 어느새 잠이 들었는데 한밤중 남편의 컥컥대는 소리에 놀라 잠이 깼다.

"아버지를 봤어."

남편이 기다려 왔던 순간이었다. 바바준이 돌아가신 지 사 주가 지난 터였다. 바바준을 염하던 날, 바바준은 샤디의 꿈에 나타나 자신의 몸이 깨끗하지 못하니 서둘러 몸을 씻어야 한다고 샤디와 마마준을 채근했다고 한다. 남편에겐 죽음의 징후도, 사후의 모습도, 아무것도 보이지 않았었다. 억지로 꿀 수 있는 꿈이 아닌 까닭에 남편은 실망했다. 기다리면 언젠가 볼 수 있으리라던 희망이 드디어 이루어진 순간이었다. 바라던 바가 실현되었는데 남편은 부들부들 떨고 있었다. 온몸이 축축하게 젖어 있었다. 도대체 무엇을 본 것일까.

"아버진 안락의자에 앉아 계셨는데 사실 거긴 무덤 속이야. 당신이 왜 여기에 있는지 모르겠다고, 혼자 있는 게 너무 힘들다고, 슬픈 얼굴로 말씀하셨어. 그러면서 아버지의 몸이 배부터 점차 썩어 가는데 난 그걸 보고 있었어. 아버지에게 내가 여기서 영원히 함께 있겠다고, 걱정하지 말라고 얘기하다가 꿈에서 깼어."

아빠의 죽음을 알려 온 메신저의 꿈을 꾸고 석 달쯤 지났을 때 아빠를 꿈에서 봤다. 아빠는 곤충과 식물을 연구하는 생태학자가 되어 있었다. 아빠의 눈썹은 짙고 코는 오뚝하고 턱은 단정하고 몸은 호리호리하고 키는 컸다. 청년 시절의 아빠와 비슷한 모습이었지만, 꼭 닮은 것 같지는 않았다. 아빠는 통나무로 지은 자신의 집 계단을 내려오고 있었고, 나는 그곳에서 아빠 눈에 보이지 않는 관찰자로 아빠를 보고 있었다. 아빠는 평안하고 행복해 보였다. 내 눈으로 한 번도 본 적 없는 얼굴이었는데, 보자마자 저 얼굴이 바로 아빠의 원래 얼굴이라는 확신이 들었다. 가슴이 저리는 동시에 뛰었다. 난 아빠를 위해 진심으로 기뻐했다. 내가 꼼꼼히 아빠를 보는 동안 아빠는 날 전혀 보지 못했다. 아빠가 날 알아보지 못하는 건 당연한 일이었다. 이 순간의 아빠는 나와도 동생과도 엄마와도 상관없는 사람이었다.

'아름다운 사람이다.'

아빠의 마지막 모습이다. 이후로 지금까지 아빠 꿈을 꿔 본 적이 없어서 나에겐 긴 여운을 남긴 아빠의 모습이다. 또 다른 아빠 꿈을 꾸고 싶지 않을 정도로 나에겐 완벽한 아빠의 모습이다. 변치 않는, 그래야만 하는 게 있다면, 나에겐 평안하고 행복한 생태학자로서의 아빠다. 아니, 아빠가 아니라 그러길 바라는 마음이다. 아빠가 가진 마음이고, 마음이 가진 아빠다. 생전의 아빠는, 본마음의 기형이었을 것이다.

"아버지가 그곳에 있는 게 힘들고 외롭대. 배부터 썩어 가는 걸 보는 난 참담했어."

바바준에겐 아직 못다 한 것이 있는 모양이다. 여전히 의존할 수 있는 세포가 있는 모양이다. 몸에서 떠나지 못한 마음이 있는 모양이다.

"아버진 생에 애착이 많은 분이었어. 샤디가 임신이라도 하게 된다면 어떻게 해서든 이곳에 와서 오랫동안 머무를 거라고 그랬었어. 먹고 싶은 것도 많고, 보고 싶은 것도 많고, 제시해야 할 의견도 많았어. 떠나기 싫으신가 봐."

난 계속해서 축축한 남편을 안고 있었다. 먹먹한 그의 마음이 내 가슴에 그대로 전해졌다.

"무언가를 전달하려는 메시지로 이해하지 않았으면 해. 그저 현상으로 이해했으면 해. 당신이 본 것이 사실이라 해도 그건 단지 보이는 것이지 보고 싶은 것이라고 해석하지 않았으면 해. 보이는 것과 보고 싶은 것은 달라. 메시지가 아니야. 현상일 뿐이야."

그가 꿈에서 자기를 전혀 알아보지 못하는 아버지를 봤더라면 위로일지 헛소리일지 근거 없는 말을 하지 않아도 됐을 거다. 그의 아버지는 그를 똑똑히 알아봤고, 언제나 그랬듯 하소연했다. 살아생전 아버지는 아들을 위한 칭찬이나 응원이나 위로의 말을 끝없는 불평과 통렬한 비난과 길고 긴 넋두리 안에 꼭꼭 숨겨 두었다. 하도 잘 숨겨 놔서 아들은 종종 찾기를 포기하기도 했지만, 영영 잃어버린 거라곤 생각하지 않았다. 잘 찾으면 반드시 있으리라 생각했다. 숨긴 아버지를 원망하면 아버지와 싸우는 꿈을 꾸고, 못 찾는 자신을 원망해도 똑같이 아버지와 싸우는 꿈을 꿨다. 아버지와 다투지 않는 꿈을 꾼 건 이번이 처음이었는데 아버지의 하소연에 아들이 해 줄 수 있는 건 아무것도 없어서 아들은 아버지와 싸운 꿈을 꾼 것처럼 우울해했다.

어스름한 달빛이 비치는 방 안엔 우리 둘만 있었지만, 헤아리기 힘들 정도로 많은 것들이, 많은 이들이, 우리 둘을 둘러싸고 있었다. 힘찬 강물 소리가 그 사이로 스며들었다. 멋모르고 들어온 소리는 빽빽한 것들에 발이 묶여서 흐르지 못하고 중간중간 웅덩이를 만들었다. 숨을 참다가 물 밖으로 나온 사람처럼 우리 둘은 간헐적으로 숨을 쉬었고, 새벽은 그에 맞춰 더디게 왔다.

12. 착각 delusion

"엄마, 우리 고사리 보러 갈까?"

구름 한 점 바람 한 점 없는 맑은 날이었다. 내리쬐는 햇살이 지면에 닿을 때까지 아무런 방해도 받지 않는 듯, 온 데서 마음대로 아지랑이가 피어났다. 눈에 보이는 모든 것의 채도와 명도가 높아 눈알이 말개진 느낌이었다. 그날 오전, 마사지 치료를 다녀온 터라 몸이 노곤했다. 마음도 그에 따라 녹진해져선 햇살 아래서 꼼짝도 안 하고 아지랑이처럼 피어오를 때를 기다리고 있었는데 아이가 고사리를 보러 가자고 달콤하게 청한다. 어쩌다가 지난해엔 고사리 수확 철을 놓치고 말았다. 그 바람에 말린 고사리가 동이 났다. 아이와 남편은 고사리를 넣어 끓인 국을 무척 좋아한다. 고사리가 웃자라기 전에 올해 먹을 양을 따 놔야 한다.

뒤뜰과 강 사이엔 일 에이커 정도의 그린벨트가 있다. 경사가 없는 완만한 평지라 주택지로 쓰일 만도 한데 연어 서식처인 강을 따라 정해진 그린벨트는 연방 정부에서 관리할 만큼 엄격한 규정을 따른다. 함부로 나무를 잘라서도 안 되지만 반대로 함부로 나무를 심어서도 안 된다. 주택은 반드시 강과 일정 거리를 둬야 하며 사유지 내라도 임의 용도 변경을 하거나 임시 건물을 허가 없이 지어서는 안 된다. 모든 것은 원래 형태로 놔둬야 하며 그것을 건드릴 시엔 시 정부와 주 정부, 연방 정부까지 나서서 사적 재산에 대해 조처할 수 있다. 엄격한 규정은 자연이 행하고 싶은 것을 행할 수 있게 한다. 일부러 보존의 손길을 들이지도 않기에 땅과 강과 숲은 유기된다. 개발 측면에서 보면 유기지만, 실은 우리가 자연에 빌붙어 사는 처지라 몸을 낮게 숙이고 살아가야 하는 형태다. 그린벨트에 난 고사리를 따는 것만으로도 우린 이미 대범한 범죄를 저지르는 것이다.

고사리는 양지바른 곳에도 음습한 곳에도 지천으로 자라고 있었다. 얼마나 실한지 굵기가 어른 손가락만 하다. 눈이 밝은 아이는 멀리서도 바이올린 머리 모양을 한 고사리를 한눈에 알아차려서 야들야들한 줄기 바로 밑을 똑똑 야무지게 딴다.

"너무 어린 것은 따지 말아야지. 더 크게 놔둬야지. 딱 먹을 양만 따야지."

무남독녀라 눈치 볼 일 없게 키우는데도 아이는 철든 소리를 하는 아이로 자라고 있다. 나 자신이 닦달하는 성격이 못 되는지라 어떤 영역에선 방임에 양육을 전임하는데 아이는 그곳에서 느끼는 자유로움을 아이다움으로 간직하고, 얼기설기 쳐 놓은 어설픈 훈육 아래선 유한 천성으로 사리를 분별한다. 어찌 완벽하지 않은 아이가 있겠는가. 완벽하지 못한 부모더라도 그들의 아이는 완벽하다. 그러고 보면 모든 부모는 한때 완벽한 아이였다. 그 완벽한 아이에게 완벽하지 못한 부모가 있었다.

"엄마, 고사리 머리에 개미들이 모여 있어. 뭘 먹고 있나 봐."

개나리 덤불 쪽의 고사리들이 특히 실했다. 토실토실하고 솜털이 가득한 고사리 머리에 개미들이 까맣게 모여 있었다. 생고사리에는 독성과 발암물질이 있다고 어디서 읽은 기억이 있는데 개미한테는 통하지 않는 모양이다. 어린 순에서 나오는 단물만 먹으니 독성과는 상관이 없는가, 아예 개미한테는 치명적인 영향을 끼치지 않든가, 내가 걱정하지 않아도 지구상에서 가장 오래된 생명체 중 하나인 고사리와 개미가 알아서 할 일일 테다. 공생 중인 고사리와 개미를 방해하지 않으며 나와 아이는 그나마 방치된 것으로 보이는 고사리들을 조심스레 땄다. 굵은 건 마치 아스파라거스 같다. 솜털과 진물이 손에 가득 묻는다. 큰 주먹으로 네 줌쯤 되는 양을 따선 소금물에 데쳐―혹시나 개미 사체가 물에 둥둥 떠다닐까 봐 걱정했다―채반에 널어 햇볕이 잘 드는 곳에 말렸다. 작은 채반으로 네 개 분량이 나왔다. 일 년 치로선 충분한 양이다. 우리가 먹는 대신 엄마에게 보낸다 해도, 충분한 양이다.

로야가 십육 개월에 접어들었을 무렵, 엄마가 이곳에 왔었다. 엄마를 어느 정도 안다고 생각했지만, 많은 면에서 모르고 있다는 것을 알게 되었을 때가 로야를 낳고 나서였다. 내가 알고 있던 부분은 엄마의 체력으로 갓 난 손녀를 봐 주는 것이나 아기를 출산한 딸을 돌보는 것은 분명 무리라는 것이었고, 내가 모르고 있던 부분은 엄마는 육체적으로뿐만 아니라 정신적으로도 손녀의 탄생이나 딸의 출산에 관해 신경을 쓰지 않는다는 점이었다. 영영 몰랐으면 좋았을 테지만 출산 후 내 몸에서 생성되는 특수한 호르몬은 이 부분을 영민하게 알아차렸고, 선한 마음으로 모른 척하기엔 나의 체력이나 정신력이 갓 태어난 생명에 전력을 쏟아붓고 있어서 엄마에 이르면 한계점을 드러냈다. 엄마는 딸이 엄마가 된 것을 대수롭지 않게 생각했고 행여라도 딸이 도움을 청할까 봐 지레 손사래를 쳤다. 나보다 훨씬 앞서 동생이 아빠가 되었을 때 엄마는 동생네를 찾았었다. 엄마를 통해 전해 들은 것은 당신의 첫 손녀와 며느리를 위해 무언가를 해 줬다는 얘기가 아니라 온통 동생이 끓여 놓은 미역국 얘기였다.

　"세상에, 미역국을 얼마나 맛있게 끓였는지 말도 몬 한데이. 맛있어서 맛있어서, 입맛 없던 내가 밥을 몇 공기나 먹었는지 모린다."

　얘기를 들으며 나한테 이런 시어머니가 없어서 다행이라고 생각한 동시에 이런 사람이 나의 친정엄마라는 사실을 깨닫고는 향후 있을지도 모를 출산이나 산후조리에 엄마 손길은 기대하지 말

자고 미리 포기했었다.

포기했다고 해서 엄마의 존재가 없어지진 않는다. 엄마는 로야의 탄생에도, 나의 출산에도, 사위의 선잠에도, 산후조리를 자청한 사돈 내외의 반년간 체류에도, 뜸한 안부로 자신을 꼭꼭 숨겼다. 엄마가 관심을 보이든 안 보이든 로야는 무럭무럭 자랐고, 나또한 어영부영 몸 상태를 회복했다. 회복하는 과정에서 엄마에 대한 아량도 키웠다. 이곳에 올 것을 권유했다. 도움 주는 것과는 아무 상관 없이 머물게 될 거라고, 휴양차 온다고 생각하라고, 진심을 담아 권했다.

"아이고야, 비행기 타는 거, 난 딱 싫다. 거기까지 얼마나 머노. 다리도 뚱뚱 붓고, 내사 마 싫다. 카고, 아가 아직 어려서 말도 못하고. 그라이 재미도 없고. 좀 커서 말하기 시작하면 그때 생각해 보께."

자기 속을 여과 없이 보여 주는 사람은 오히려 좋은 사람이다. 속임수나 꿍꿍이가 없다. 비록 걸러지지 않은 말이 듣는 이에게 상처가 된다 해도, 솔직함에 점수를 줄 수 있다. 엄마에게 점수를 주자 아이는 순식간에 커 버렸다. 걸음마는 늦게 뗐지만, 말은 빨랐다. 로야가 어느 정도 능숙하게 한국어 문장을 사용하기 시작한 십육 개월째, 엄마는 더는 미룰 수 없게 되었다. 마침 아빠의 기일도 다가오고 있었다. 첫 제사를 치르고 나서 몇 주간 앓아누웠던 엄마였다. 마음이 아팠는지 몸이 아팠는지 알 수 없었지만, 두 번째 제사는 내가 치르는 것이 맞아 보였다. 엄마는 때맞춰 가벼운 허리 수술도 했기에 요양차 여기 오는 것에 더욱 명분이 있어 보였다. 이런저런 구색이 갖춰지자, 마침내 엄마가 왔다.

아이가 태어나 십육 개월이 지났다고 해서 아이 스스로 뭘 할 수 있는 것은 아니다. 스스로 가장 잘할 수 있는 일은 웃거나 울거나 하는 정도인데 그것은 내가 해 줘야 할 오만가지 일에서 오는 피곤함을 덜어 주기도 하고 더해 주기도 했다. 그래서 여전히 정신이 없었다. 오만가지 일엔 엄마도 있었다. 사정 모르는 친구 하나―보니였다―는 엄마가 와서 잠깐이라도 아기 봐 줄 사람이 생겨 좋겠다며, 엄마 음식을 먹을 수 있지 않겠냐며, 멋모르는 소리를 해 대서 심기가 불편해지기도 했다. 미리 포기한 부분이지만, 일반적인 관점에서 보면 나에겐 친정엄마가 있었고, 그 친정엄마는 젊었고, 난 친정엄마의 유일한 딸이었다. 일반적인 관점이 우리 모녀에 이르면 보기 좋게 빗나가는 것을 멀쩡히 두 눈 뜨고 목격하기란 생각보다 힘든 일이었다.

아빠 제사상을 차릴 때 엄마는 정말 손가락 하나 까딱 안 했다. 뭐라도 건드리면 부정 탈 것처럼 엄마는 주방 가까이에도 안 왔다. 아이를 달래 가며 젖을 먹여 가며 집안일을 해 가며 인터넷 검색을 해 가며 제사상을 차렸다. 평생 처음 해 보는 거였다. 머리카락도 안 보여 주는 엄마의 존재가 이상하기도 했지만, 미망인 역할을 그렇게 하는 거겠거니 어림짐작을 해 놔서 처음부터 끝까지 내 손으로 치러 낼 수 있는 것이 오히려 감사했다. 완벽하게 착한 아이가 된 느낌이었다.

아빠 제사를 치른 게 삼월 말이었고, 엄마의 출국일은 유월 초에 잡혀 있었다. 엄마가 있는 내내 이곳은 봄이었다. 겨울은 그 끝자락을 끈질기게 걸치곤 쉽사리 떠나지 않았고, 그 텃새에 뾰로통해진 봄은 시도 때도 없이 변덕을 부리며 그것대로 암팡진 모습을 보였다. 하루가 멀다고 오는 비에 엄마는 관절통을 호소했고, 궂은 날씨가 내 탓인 양 미안해진 나는 통증 완화 연고와 세끼 영양가 있는 식사로 엄마를 달랬다

엄마가 수영을 좋아하는 것은 그나마 천만다행이었다. 오전에 엄마를 수영장에 데려다주면 온종일 수영하고 사우나 하다가 오후 늦게 엄마 혼자서 버스를 타고 왔다. 엄마가 모험심과 붙임성이 많은 것도 천만다행이었다. 엄마는 영어를 잘 못해도 급한 일이 생기면 아무에게나 전화를 빌려 집으로 전화하기도 했다. 급한 일이란 곧 집에 도착할 거라는 메시지였고, 전화를 받은 나는 서둘러 식사 준비를 했다. 엄마는 시립 도서관에서 한국어 책을 발견하고는 떨어지지 않게 빌려 읽었다. 도서관에 구비된 책이 얼마 되지 않아 곧 읽을거리가 없어지자 어디서 발견한 신문 가판대에서 한국 신문들을 가져와 읽었다. 신문에서 산악 동호회 광고를 보고는 주말마다 산행에 나서기도 했다. 붙임성 많은 엄마는 누군가에게서 아이젠 달린 신발을 얻어 와서는 먼 곳에 있는 눈산을 오르기도 했다. 엄마는 집에 있을 겨를을 만들지 않았다. 이곳 사람들을 모르고 이곳 말을 몰라도 이곳 사람인 양 거침이 없었다. 눈산 얘기를 할 땐 토착민의 얘기를 듣는 것처럼 익숙하고 흥미로

웠다.

어쩌면 엄마에겐 한국보다 이곳이 더 맞을지도 모른다는 생각이 들기도 했다. 그렇게 될 경우를 위해서 엄마의 말년과 시부모의 말년과 우리의 노년과 아이의 성년 사이에 놓일 수 있는 적당함에 대해 구체적으로 상상해 보기도 했다. 그러나 구체적인 상상은 엄마의 신경질에 의해 깨지기 일쑤였다. 엄마는 반찬 투정이 심했다. 이제 막 고형식을 시작한 로야도 하지 않는 반찬 투정을 엄마가 했다. 안 그래도 없는 시간을 쪼개서 장보기를 하루걸러 했다. 엄마 입맛에 아양을 부릴 수 있는 음식을 만들어 댔다. 엄마는 귀하고 보기 좋은 과일은 오롯이 당신 몫이라며 로야에겐 입에도 못 대게 했다. 당신이 이런 걸 먹어 볼 날은 얼마 남지 않았지만, 로야는 앞날이 창창하니 지금 먹지 않아도 된다는 논리였다. 나는 엄마의 편안한 체류를 책임지고 있었기에 엄마가 있는 동안 과일이 떨어지지 않게 사들이며 엄마의 비논리적 논리를 존중해 주었다.

나 또한 엄마 집에서 두 달간 기거한 적이 있었다. 아빠 장례식 참석차 한국에 갔을 때였고, 임신 삼 개월 차였다. 입덧은 없었지만 유독 먹고 싶은 것이 있었으니 엄마가 만든 집밥이었다. 그러나 엄마는 남편을 잃었다는 슬픔에 ─ 그동안의 경험으로 비추어 보면 무척 의아한 슬픔이었지만 ─ 물에 손 담그는 것도 내켜 하지 않았다. 어떤 면에선 내 안에 든 생명과 날 낳아 준 엄마를 위해 내가 요리하는 게 당연했다. 보은의 기회라고 생각하며 주방에 들어섰는데, 엄마의 주방은 이런 데서 어떻게 밥을 해 먹었나 싶을 만큼 엉망진창이었다. 주방 캐비닛마다 정체 모를 것들이 쏟아져 나왔다. 냉동실과 냉장실도 매한가지였다. 모든 것이 푸석푸석 말라 있었다. 죄다 무분별하게 생명의 끈을 놓아 버린 것 같았다.

암 환자였던 아빠를 병시중한 것은 엄마였다. 처음 암세포가 발견되자마자 치른 수술 후 이 년 동안 아빠는 완치된 사람처럼 살았다. 대부분 시간을 당신의 자두밭에서 보냈다. 엄마의 시중이 필요치 않았다. 혹은, 집을 떠나 살면서 엄마의 시중을 거부했다. 그러다 암세포는 온몸으로 전이되었고, 아빠는 병원이 아니라 집에서 한 달 반 동안 병마와 싸웠다. 사실 싸움이 안 되는 상황이었다. 암세포는 이미 아빠의 심신을 지배하고 있었고, 아빠는 모르핀의 도움을 받아 겨우겨우 하루하루를 이어 가는 정도였다.

아빠는 처음부터 암을 믿지 않았다. 믿지 않으면 존재하지 않을 것처럼 철저하게 믿지 않았다. 그런데 아빠가 암을 대했던 방법을 돌이켜 보면, 아빠는 그것이 당신 몸에 뿌리내렸다는 것을 일찌감치 알아채고는 오래전부터 기다렸다는 듯이 선산 자락에 자두나무를 심고선 자신이 누울 자리를 차근차근 갈고 닦은 것만 같다. 마치 그것의 출현을 고대했던 사람처럼 아빠는 충실히 그것의 진행을 도왔다. 암세포가 아빠의 생명을 먹이 삼아 세력을 키워 나갈 때 아빠는 모르핀을 사탕처럼 먹으며 당신이 느끼는 고통을 최소화하여 암세포의 성장과 확장에 불편이 없도록 했다. 암은 처음엔 육신을 마지막엔 정신을 먹었다. 아빠는 의료진의 방해 없이 암이 당신의 심신을 편하게 먹을 수 있도록 병원이 아니라 집에서 기거하는 쪽을 택했다. 그리고 마지막 순간에 이르렀을 때—물론 아빠는 시작을 알았던 것처럼 끝을 알았다—자진해서 병원에 갔고, 그곳에서 아빠는 어떤 의사라도 손쓸 수 없게 된 상태로 마지막 숨을 거두었다. 엄마는 아빠 병시중을 들던 한 달 반 동안 수많은 드라마를 쓰고 재현했다. 멀리서 그걸 전해 듣기만 했지만, 모든 것이 눈앞에 생생하게 보였다. 수시로 전화해서 상세히 전해준 엄마 덕분에 나의 심신 또한 그들의 고통과 나의 죄책감으로 곤죽이 되었다.

더는 아빠가 없는 엄마의 집에 발을 들였을 때, 걷잡을 수 없는 혼란이 밀려들어 왔다. 그들의 드라마가 연출되었던 실제 장소는 난장판이었다. 혼돈과 무질서가 박제되어 있었다. 이 안에서 생명을 지키기 위해 밥을 해 먹었다는 사실이 나를 무겁게 짓눌렀다. 짧은 시간 안에 정신적인 혼란을 수습하는 것은 어려우니, 물리적인 혼란이라도 수습해야 했다. 수시로 뭉치는 배를 움켜쥐고 엄마의 주방을 청소하기 시작했다. 곳곳에서 쏟아져 나오는 정체 모를 것들 속에서 내 속은 심하게 울렁거렸다. 처음 만나는 입덧이라고 간주하며 두 달간의 체류 내내 청소와 정리에 정성을 쏟았다. 청소 용역의 도움을 빌리자고 해도 엄마는 돈을 따지며 극구 사양했다. 돈은 어차피 내가 낼 테지만, 엄마의 고집을 꺾을 순 없었다. 힘들게 쪼그려서 일하는 나를 보고도 엄마는 임신부의 안위를 걱정하기는커녕 베란다 쪽도 청소해야 할 게 많다며 입으로 거들었다. 한국 아파트 오십 평은 작지 않은 크기다. 작지 않은 공간을 온 갖 잡동사니로 채우며 발 디딜 곳 없고 어수선하기 짝이 없는 곳 으로 만들어 놓고선 엄마는 걸핏하면 리노베이션 얘기를 했다.

"미자 언니 있제. 그 언니 집에 갔었는데 유리알맹이같이 살림 해 놓고 살더라. 그 집 딸이 엄마 집을 싹 뜯어고쳐 줬으이 살림할 맛이 왜 안 나겠노. 난 고쳐 준다는 자식도 없고, 고치는 건 고사하 고 치워 준다는 자식도 없고. 아빠도 그렇고, 너거도 그렇고, 난 할 만큼 했다. 앞으론 내 맘대로 살란다."

엄마의 목소리는 묵묵히 청소하고 있는 나의 등을 사정없이 내 리쳤다. 엄마는 옳은 듯 그른 말을 했다. 시시비비를 따지고 싶지 않아 허기를 핑계로 움직이던 손을 멈췄다. 뭘 만들 마음도 기력 도 없었다. 외식하자고 청했더니 못 이기는 척 따라나선 엄마는 자신이 좋아한다는 매운탕 집으로 날 데려갔다. 매운탕을 먹으려 면 적어도 이인분을 시켜야 해서 평소엔 먹고 싶어도 못 먹었다 고, 식당 주인에게 아주 맵게 요리해 달라고, 알아서 자리를 찾아 알아서 주문한다. 원래 매운 것을 잘 못 먹고 임신 기간이라 매운 음식은 멀리해야 하는 난 곁들여 나온 콩나물무침과 콩자반을 반 찬 삼아 밥 한 공기를 비우고 보리차로 입을 헹궜다. 게걸스럽게 가시를 발라내며 이인분의 매운탕을 해치우는 엄마를 보며, 난 슬 펐다. 엄마가 받지 못한 사랑이 있다면, 비록 그 사랑을 누구에게 받아야 하는지 명확하지 않다고 해도, 허기진 사랑으로 인해 식욕 을 내세우는 그녀는, 그래도 인간적이었다. 나는 지아비가 멀쩡히 살아 있어서 죽었다 깨어나도 엄마 마음을 이해 못 할 거라고 독설인지 탄식인지 모를 말을 하는 그녀는, 그래도 솔직했다. 음식이 어떤지 내 기분이 어떤지 아무 말도 못 하는 나는, 위선이요 가식이었다.

엄마가 이곳에서 지낸 지 두 달째 접어들던 날, 식탁에 채소가 부족하다고 한바탕 설교를 늘어놓곤 제풀에 부루퉁해서 파티오에 나가 있던 엄마가 비닐봉지를 달라고 안을 향해 소리 질렀다. 샐러드는 채소 축에도 속하지 않아서 뜰에 나가 민들레 잎이라도 뜯어 쌈을 싸 먹어야 밥을 먹은 것 같다고 생각하는 엄마기에 나는 미리 자그마한 칼도 하나 준비해서 파티오로 나갔다. 뒤뜰엔 민들레가 한창이었다. 약도 안 쳤는데 무슨 놈의 민들레가 이렇게 크냐고 투덜대면서도 한 아름씩 민들레 잎을 뜯던 엄마였다. 그런데 엄마는 민들레는 거들떠보지도 않고 뒤뜰을 가로질러 곧장 그린벨트로 향했다. 겨울잠에서 깬 곰이라도 나올까 봐 걱정돼서 아이를 안고 엄마 뒤를 따랐다. 우리 삼대가 곰을 만난다면 뾰족한 수는 없겠지만, 한 사람이 아니라 세 사람이니 곰이 어련히 피하겠지, 말도 안 되는 위안을 해 가며 엄마가 있는 쪽으로 갔다.

"이 봐라. 여기. 고사리 천지네. 아이고, 아이고. 이 굵은 놈 좀 봐라."

엄마는 순식간에 봉지 하나를 가득 채웠고 강가로 내려가선 금세 양손 가득 고사리를 따 품에 품었다. 엄마는 실로 흥겨워했다. 여기에 이리 좋은 걸 놔두고 여태 모르고 있었다며 즐겁게 자신을 타박했다. 그날부터 엄마는 고사리를 따러 온 도시를 헤집고 다녔다. 수영장에서 집으로 올 때 일부러 버스를 타지 않고 나도 알지 못하는 샛길로 뒷길로 숲길로 걸어서 배낭 가득 고사리를 넣어 왔다. 엄마가 어디까지 가서 고사리를 따 오는지 나는 알 길이 없었는데 이는 무척 걱정스러운 일이었다. 엄마가 변을 당할지도 모른다는 생각도 들고 불법일 게 분명한 고사리 채취를 하다 누구한테 들키기라도 하면 어쩌나 싶어 엄마를 기다리는 동안 안절부절못했다. 걱정이 들면서도 엄마가 저렇게 즐거워하니 고사리야 고사리야, 눈에 띄기 쉬운 곳에 많이 많이 있어라, 몰래몰래 바라기도 했다. 고사리를 따면서 엄마는 눈에 띄게 불평이 줄었고 급기야 고사리가 지천으로 피는 이곳은 낙원이라는 소리까지 했다. 지구에서 수억 년 살아온 고사리가 이렇게 고맙기는 처음이었다.

엄마가 따서 말린 고사리의 양은 어마어마했다. 아빠 제사상이나 차례상에 몇 년간 쓰고도 남을 양이었다. 이 많은 고사리를 대담하게 한국에 가져간 엄마는 도착한 주가 끝나기도 전에 이듬해 아빠 제사상에 쓸 양만 남기고선 모조리 당신의 지인들에게 나누어 주었다. 엄마는 캐나다는 지루하기가 말도 못 해서 감옥이랑 매한가지였는데 고사리 덕에 그나마 지낼 수 있었다고, 고사리로 득을 크게 봤다고 나에게 인사치레를 했다. 인사를 받은 나는 이듬해 새순을 올려 보낸 고사리에게 인사를 전했다. 엄마가 죄다 뜯어 가서 떨어진 포자도 없을 줄 알았는데 이리저리 불쑥불쑥 솟아난 고사리가 고마워서, 인사를 전할 수 있어서, 나도 고사리처럼 머리를 조아렸다. 그런데 이것이 고사리인 줄 몰랐던 때를 떠올려 보면 내가 발 딛고 서 있던 곳에는 풀 한 포기 보이지 않을 정도로 고사리가 무성하게 자랐었다. 엄마가 훑고 지나간 후, 고사리는 가물에 콩 나듯 띄엄띄엄 솟아났다. 수억 년의 생존을 기억하지 못했다면 무자비한 채취에 자취를 감춰 버렸을지도 모를 일이었다. 듬성듬성 난 고사리를 보자 화가 났다. 엄마는 고사리마저 함부로 대했다. 이제 겨우 태어난 어린것을 인정사정없이 없앴다. 엄마는 모양새만 토착민이었다. 여기 사는 사람이라면 그렇게 씨를 말릴 기세로 뜯진 못했을 것이다. 엄마는 역시, 다행히, 그곳에 있어야 했다.

다행스럽게 무던한 햇살 덕에 고사리는 며칠 내 말랐다. 마르는 동안 고사리 특유의 비릿한 내음이 날생선을 떠올리게 했다. 물에서 나와 뭍으로 거처를 옮긴 게 틀림없는 양치류였다. 수억 년 전의 비릿함을 여전히 지닌, 적응하느라 겉모양만 변했을 뿐 천성은 변하지 않은, 자연이었다. 말린 고사리는 지퍼백에 넣어 건어물과 함께 보관했다. 서로 알아볼지, 반가워할지, 데면데면할지, 궁금하다. 그렇게 전화를 끊어 놓고서 내 생각을 하는지 안 하는지, 궁금하다.

전화를 걸어 엄마 목소리를 들어야 한다는 마음은 도저히 들지 않았다. 변함없는 앓는 소리 궁한 소리는 듣기 힘들었고, 없던 죄책감이라도 어떻게든 만들어서 나를 조종하는 것도 싫었고, 승패를 가릴 상황이 아닌데도 매번 싸움을 거는 것도 마땅찮았고, 어떻게라도 날 이겨야겠다는 억지도 반갑지 않았고, 당신이 처참하게 당했다는 뜻으로 끅끅 울어 버리는 막무가내도 당해 낼 재간이 없었다. 무엇보다 엄마 목소리가 갖는 실체가 두려웠다. 분명히 싫은데 그걸 무시해 버리지 못하고 여전히 두려워한다는 것은 엄마와 나 사이에 유예가 있다는 뜻이다. 당장 끊지 못해 미뤄야 한다는 뜻이다. 미룬 끝에 무엇이 있을지, 차라리 유예가 나을지, 나는 알고 있지만 알고 싶지 않다.

나의 마사지 치료사 낸시는 내게 철인 삼종 경기 얘기를 하던 중 모든 것은 마음에 달려 있다고, 마음이 바로 가장 신경 써야 할 근육이라고 말했다. 그녀가 올해 첫 호수 수영을 다녀온 바로 다음 날 나를 치료하면서 해 준 얘기였다. 그녀는 나의 등을 강단 있게 풀어 주고 있었다.

"마음도 근육이니까 잘 쓰지 않으면 발달하지 못해요."

그녀는 내년 팔월에 있을 철인 경기에 관해 이야기했지만, 나는 엄마를 생각하고 있었다. 그렇게 전화를 끊은 후 내 마음은 줄곧 엄마를 찾으면서도 밀어내고 있었다. 끊임없이 움직이고 있었지만, 결국 한 방향이었다. 그 방향은 후퇴였다. 후퇴해야 마음이 편했다. 그래 봐야 후퇴였는데도 마음은 많이 지쳐 있었다. 전진하는 힘보다 훨씬 더 많은 힘을 쓰고 있었다. 그냥 놔 버릴까, 수시로 유혹이 일었다. 그 유혹을 떨쳐 내느라 마음은 더욱 애를 쓰고, 그러다 지치고, 또 애를 쓰고, 다시금 기진맥진해졌다.

'나만 이러고 있을까?'

관계란 일방적인 게 아닌데 행여나 나만 갖은 힘을 다해 애쓰고 있다면, 이건 무엇일까. 도리의 영역에 넣자고 이러는 걸까, 고착의 영역에 넣자고 이러는 걸까, 무엇을 증명하려 이러는 걸까. 후퇴하면서 마음의 근육이 발달할 수 있을까. 그럴 수 있다면 이건 퇴보적 진화일까.

"제 아내가 오늘 출장을 떠났는데 온갖 것들을 요리해서 한 끼 식사 분량으로 얼려 놓고 갔어요. 그녀는 요리를 진심으로 좋아하는 전문 요리사예요. 요리에 사랑을 가득 넣어요."

낸시가 등을 아무리 강하게 눌러 줘도 내 몸이 반응하지 않는 걸 알아차렸다. 머릿속에 엄마가 가득했다. 엄마를 빼내려고 그녀의 아내 안부를 물었더니 낸시는 신이 났다. 어깨 쪽을 시원하게 눌러 주며 기다렸다는 듯 아내가 만드는 수프 이야기를 한다.

"오, 정말이지 그녀는 세계 최고의 수프를 만들어요. 채소 수프인데요, 맛이 환상이에요. 지름길을 쓰지 않는 요리사죠. 기본에 충실한 데다가 요리에 사랑을 듬뿍 넣으니 맛이 없을 수 없어요."

기본에 충실한 데다가 사랑까지 듬뿍 넣는다. 실패할 수 없는 방법이다. 엄마에게 전화를 걸어야지.

전화를 걸기로 마음먹긴 했는데 행동으로 옮기기가 멋쩍었다. 머리로는 이미 엄마에게 딴청을 피우며 유들유들하게 안부를 묻고 우스갯소리도 해 봤는데 정작 실천으로 옮기자니 망설여지기만 했다. 두려운 감정이 아니었다. 두려운 감정은 잘 밀봉해 놓았다. 밀봉의 재료는 밑도 끝도 없는 용서였다. '왜' 혹은 '감히' 따위의 자체 감별기도 돌리지 않은 순도 높은 용서였다. 내가 괜히 흔들어서 침전물을 다시 떠오르게 하지만 않는다면 실패 없을 일이었다. 기본에 충실하기만 해도 성공이었다. 사랑은 이미 거기에 있었다.

망설이다가 하루를 보냈더니 이틀도 어렵지 않게 지나갔다. 사흘째 접어들던 날, 샤워하고 나오는데 욕실 창문에서 희한하게 생긴 꽃 한 송이를 발견했다. 나뭇잎만 무성해서 꽃대가 올라왔는지도 몰랐던 화분이었다. 꽃송이는 꽃대를 중심으로 작은 오각형 모양의 연분홍 꽃이 무수히 달린 모양이었다. 색깔도 오각형도 너무나 완벽해서 어떻게 보면 정교하게 만든 밀랍 꽃 같았다. 머리에 수건을 두르고 까치발을 하여 꽃향기를 맡아 봤더니 초콜릿 향이 난다. 무슨 이런 비현실적인 꽃이 있나 싶어 보면서도 믿기지 않았다.

이 식물은 엄마가 어느 날 숲에서 돌아왔을 때 손안에 들고 온 것이었다. 어디서 찾아낸 작은 토분에 심고선 나에게 건네며 물을 너무 자주 주지 말고 키워 보라고 했었다. 내 손에 건네진 식물은 두꺼운 잎을 달랑 두 장 달고 있는 자그마한 것이었다. 엄마는 꽃 키우는 것을 좋아했다. 나와 동생이 쓰던 아기 욕조에 흙을 가득 채워 자그마한 동백나무를 심었는데 그 동백이 커서 매해 내 머리만 한 꽃을 뭉실뭉실 달았다가 뭉텅뭉텅 송이째 꽃을 떨구면 나는 괜히 눈물이 났다. 내가 로야만 했을 때의 기억이다. 엄마가 꽃을 잘 거두고 잘 키웠지만, 그런 게 유전될 정도로 강인한 재주인 줄은 몰랐다. 나도 엄마를 닮아서인지 꽃을 잘 거두진 않아도 어떻게든 나에게로 온 꽃은 제법 잘 키운다. 엄마에게 받은 잎 두 장 달린 식물은 일곱 해가 지나도 키만 몇 배로 자랐을 뿐 여전히 두꺼운 잎만 무성히 달고 있었다. 잎 보라고 키우는 식물인가 보다 생각하고는 덩굴로 쉽게 올라가라고 천장에 줄을 달아 주었는데 이 식물은 고집도 안 부리고 순순히 줄을 타고 올라갔다. 그렇게 일곱 해 동안 침착하게 자라더니 세상에, 갑자기 비현실적인 꽃을 피웠다.

'어린잎 두 장만 보고서도 엄마는 이미 안 거야?'

비현실적인 꽃을 볼 수 있게 된 것은 순전히 엄마 덕분이었다. 난 잊지 않고 물을 주고 분갈이해 주고 덩굴이 올라갈 수 있도록 줄을 달아 줬을 뿐, 단지 자랄 수 있는 조건만 내어 줬을 뿐, 엄마에게 받은 것이라 엄마 대하듯 그저 조심했을 뿐, 처음부터 마스터플랜을 가지고 있던 이는 엄마였다. 숲에서 잎 두 장 달린 식물을 캐 오며 엄마는 이미 그것의 가능성을 알고 있었다. 내가 무심할 수 있도록 이 식물이 자라면 어떻게 될 것인지에 대해선 일절 함구했다. 엄마가 이 식물의 가능성을 미리 알려 줬더라면 난 조바심을 내거나 호들갑을 떨었을 거다. 실현 가능성을 드디어 현실화했다고 나 자신에게 공치사했을 것이다. 하룻밤 사이 갑자기 현현한 듯한 이 꽃의 정체가 알고 싶어졌다. 검색을 시작했고 이름을 알게 되었다. 세상에, 그것의 이름은 호야(Hoya)였다.

엄마가 무언으로 전해 준 메시지를 알아차리기까지 이렇게 많은 세월이 흘렀다. 절실하게 원했던 메시지였다. 기대했다가 거듭 실망케 하고 기다렸다가 거듭 좌절케 했던 메시지였다. 들리지 않고 보이지 않아 포기해야만 하는 줄 알았던 메시지였다. 이제야 깨달은 이것은 계시(啓示)와 다름없다. 눈에 보이니 현시(現示)와 다름없다. 보고 있어도 몰랐던 나의 어리석음이 부끄러워졌다. 나의 단견과 선입견을 덤덤히 지켜보고 있던 호야에게 내 잘못을 뉘우치고 싶었다. 내 잘못이 아니라고 확신했던 잘못을 뉘우치고 싶었다. 엄마에게 잘못을 뉘우치고 싶었다.

엄마, 드디어 꽃이 폈어. 호야 꽃이 폈어. 엄마가 여기 왔을 때 숲에서 가지고 왔던 거야. 지난 칠 년 동안 잎만 달고 있다가 이제야 꽃이 폈어. 엄마, 고마워. 여기에 두고 간 엄마 마음, 정말 고마워. 내가 모른 척했거나 몰랐거나 모르고 싶었던 것, 정말 미안해. 미안해, 엄마. 정말 미안해, 엄마.

사랑해, 엄마.

자상한 아침 햇살을 가득 받은 호야의 사진을 함께 보냈다. 몇 시간 후면 엄마는 일어날 것이다. 아침에 일어나 제일 먼저 받는 메시지가 딸의 메시지라면, 호야의 사진이라면, 엄마는 기뻐할 수 있지 않을까. 기뻐해야 하지 않을까. 기뻐하는 게 맞지 않을까. 몇 시간을 며칠처럼 기다렸다.

뭐고 이게? 기억 안 나는데. 호야라고? 처음 보는데.

엄마의 메시지에 뭐라 답할 수 없었다. 기억을 못 한다는데 무엇을 어떻게 더 이어 갈 수 있단 말인가. 처음 본 것에 대한 인상을 물을 것인가. 공교롭게도 꽃 이름이 호야인 것에 관해 의논할 것인가. 미안하고 사랑한다는 내 마음은 안 보거나 못 보고, 처음 본다는 꽃 얘기만 하는 엄마와 무엇을 어떻게 왜 풀어야만 하는가. 호야가 호야인 것이, 죽지 않고 살았다는 것이, 아무 의미가 없다. 속앓이할 필요도 없는 갈등 속에 묶인 내가 안타깝다. 갇혀서 자라지 못하는 내가 안쓰럽다. 완벽한 아이더라도 그걸 알아주지 못하는 것이 아쉽다. 완벽하지 않음에 상처 받는 내가 미련하다. 후퇴가 아니라 아예 철수가 이뤄져야 한다는 것이, 후련할 줄 알았는데, 참으로 속 쓰리다.

가족이 위로가 안 되고 응원이 안 되고 안식과 평화가 안 될 때 가정은 비무장의 중립지대가 아니라 위협과 공격과 상처만이 가득한 전장(戰場)이 된다. 자랄 땐 그게 흉이라고 여겨서 감췄다. 술기운과 상관없이 난동을 부리는 아빠도, 악다구니를 쓰며 얻어맞는 엄마도, 그들을 말리다 주먹으로 벽을 치는 동생도, 그만하라고 소리를 지르다 아빠에게 맞고 나가떨어지는 나도, 집 밖의 나와는 아무런 상관이 없어야 했다.

사실 나는 전장에서 태어났는지 몰랐다. 태어나 보니 전쟁터였고 내 의지와는 상관없이 싸워야 했다. 싸우고 싶지 않은데도 싸움을 해 나가야 한다는 사실이, 자의가 아니더라도 혐의를 갖고 있다는 사실이, 혐오스럽고 부끄러워 숨겼다. 그러는 동안 마음도 아프고 몸도 아팠지만, 그 또한 모른 척할 수밖에 없었다. 내 안에 똬리를 튼 날카로운 아픔은 지그시 이를 악물어 눌렀다. 누르면 튀어나오지 않으리라, 숨기면 들키지 않으리라, 어린 마음은 형식도 없는 기도를 했다. 숨기고 누르는 동안 가족 사이엔 예정됐던 균열이 일어났고, 접목할 수 없어졌고, 나는 자연스럽게 와해를 꿈꾸게 되었다.

아빠와 엄마는 이 모든 것의 원인 제공자였지만 피해자처럼 굴었다. 그들은 서로에게 상처 주는 것이 싫증 나거나 먹히지 않으면 나와 동생에게 서로에 대한 불평과 비방을 늘어놓음으로써 우리가 마치 그들을 아프게 한 가해자인 듯 굴었다. 그러면 우리는 그들에게 잘못했다는 소리를 했다. 그들은 우리의 머리를 조아리게 하고 무릎을 꿇게 하고 항복을 표하듯 두 팔을 들게 하며 힘을 과시했다.

그들은 항상 우리에게 편들기를 원했다. 중립은 없어야 했다. 육체적인 면에서 볼 때 엄마는 늘 약자였다. 그러니 시각적인 면이나 청각적인 면에서도 엄마는 피해자였다. 시각과 청각이 엄마 편을 들면 당연히 감정도 엄마 편을 들었다. 그러나 나와 동생은 엄마와 아빠 사이에 왜 싸움이 일어나야 하는지 알지 못했다. 가시적인 것의 심층을 알지 못했다. 싸움의 전조는 늘 팽배해 있었고, 발단을 거치지 않고 곧바로 본론으로 들어가 파국으로 치닫는 전개는 전형적이었다. 이해 가능한 원인 없이 파국만을 보여 주는 그들을 통해 처음부터 많은 부분이 어긋나 있음을, 어긋난 그들이 만들어 놓은 울타리가 제구실할 리 없음을, 나와 동생은 일찌감치 알았다.

동생과 내가 자신만의 가정을 이뤘을 때 빠져나온 울타리의 실체를 볼 수 있었다. 빠져나온 울타리는 허술하고 엉성했다. 당연히 경계가 명확하지 않았고, 안에 든 것은 다 빠져나가고 없었다. 저런 곳에서 우리가 자랐다는 사실이 각자의 아이를 낳아 키우면서부터는 고통이 되었다. 각자의 배우자와 자식에게는 우리의 고통을 어느 정도 감출 수 있었으나 우리 자신은 그때의 기억에서 놓여날 수 없었다. 타인에게 감출 수 있는 것은 정작 본인에겐 지워지지 않는 것이다. 동생과 나는 서로를 다독이기엔 받은 상처가 컸고, 친밀한 관계를 다지기에는 가슴 안에 든 기억이 날카로웠다. 우리의 관계는 약속이나 한 것처럼, 서로에게 감출 수가 없어서, 무엇보다 고통을 피하고자, 소원해졌다.

허술한 울타리를 만든 이들은 나와 동생이 만든 울타리도 허술하게 보였는지 걸핏하면 침범했다. 특히 엄마의 무단출입은 수시로 이뤄졌다. 침범의 근거는 단순했다. 나와 동생이 우리만의 울타리를 만들 수 있었던 건 순전히 부모 덕을 본 수혜자이기 때문이라는 것이다. 동생의 울타리는 그들로부터 경제적 도움을 받아 만든 것이어서 엄마의 무단출입을 마냥 침범이라 부르지 못했지만, 내 경우는 달랐다. 모든 것이 자력이었다. 심지어 엄마가 툭하면 내뱉는 공부시키느라 돈 많이 들었다는 소리도 사실이 아니었다. 나는 공부에 이르면 이상하게도—마치 유일한 생존 수단인 것처럼—탁월한 능력을 보였다. 엄마가 날 위해 쓴 돈이 분명히 있겠지만, 적어도 공부는 아니었다. 공부는 내 몫이었고 나는 그 몫을 충실히 이행했다. 아빠가 집안 살림을 부수고, 유일했던 내 방을 산산조각 내고, 엄마와 나와 동생을 번갈아 가며 때릴 때도, 나는 묵묵히 내 몫을 이행했다. 동생은 못하는 공부를 나만 잘한다고, 이기적이라고 엄마가 혀를 찰 때도, 나는 내 몫을 꿋꿋이 지켰다.

공부 잘하는 것을 잘못으로 취급하는 엄마가 나에게 어떤 도움을 줬는지, 그것이 과연 도움이었는지, 엄마는 알고 나는 모른다. 그러나 엄마는 모르고 나는 안다. 당신 울타리 안에서 나는 생존했었고, 나 자신의 울타리를 가진 지금 나는 생활하고 있음을, 생명을 볼모로 잡는 이는 수호자가 아님을, 아양 떨 이유가 없음을, 끊어지지 않는 끈을 내가 놓아 버릴 수도 있음을, 이것이 나에게 위로가 될 수 있음을, 슬프게도 엄마는 모르고 나는 안다.

계시나 현시는 보고 싶고 듣고 싶은 것을 보고 듣는 것일 뿐, 고사리는 고사리, 개미는 개미, 호야는 호야, 엄마는 엄마, 나는 나다. 그 이상의 그 이하의 의미는 없다. 전달하려는 메시지가 아니다.

13. 우연 coincidence

이른 아침부터 옆집에서 전기톱으로 윙윙 무언가를 자르는 소리가 나서 궁금한 마음에 파티오로 나가 그쪽을 내려다봤다. 자두나무가 잘리고 있었다. 옆집 이웃은 가지치기 정도가 아니라 아예 밑동까지 잘라 내고 있었다.

이 자두나무는 지금의 이웃이 아니라 전에 살던 이웃이 심은 나무다. 타이완 출신이었던 그 이웃은 분재와 수석(壽石) 가꾸는 것을 취미로 삼으며 뒤뜰 정원을 각양각색의 튤립으로 가득 채우던 이였다. 미소가 온화하고 말수가 적고 행실이 점잖았던 이웃은 여름이면 과즙이 뚝뚝 흐르는 달콤한 자두를 넉넉하게 나눠 줬었다. 아빠의 자두를 먹어 본 적 없는 나는 이웃에게 받은 자두를 아빠로부터 받은 자두인 양 소중하게 아껴 먹었다. 어느 해 봄, 이웃은 은퇴와 함께 자신의 고국으로 영구 귀국하기로 결정하면서 집을 팔았다.

집을 산 새 이웃은 이사 오자마자 뒤뜰을 가득 채우고 있던 튤립을 모조리 뿌리째 뽑아내더니 집을 대대적으로 개보수했다. 자두나무를 자를까 말까 고민 중이라고 지나가는 말로 전하기에 슬그머니 아빠 얘기를 꺼냈었다. 물론 나의 속뜻은 고민하지 않는 게 좋을 거라는 은근한 협박이었다. 내 얘기를 전해 들은 이웃은 애정과 연민이 가득한 눈이 되었지만, 한편으로는 이러지도 저러지도 못할 처지에 빠졌다는 난감한 표정을 감추지 않았다. 곤경에 빠진 상황이 아니라는 뜻으로 봄이 되면 두 달 남짓 황홀한 꽃이 피는 나무라고 매혹적으로 들리는 메시지를 전했지만, 이웃은 여전히 곰과 너구리를 걱정하며 자두나무의 거취를 고민했다. 그러나 그 고민은 한 해 두 해가 지나도 행동으로 나타난 적이 없어서 내심 영원한 보류를 바라고 있었다. 전면 파기라면 더욱더 좋을 터였다.

내가 조마조마해하며 바랐던 것이, 갑자기 나타난 전기톱에 의해, 산산이 부서지는 것을 목격하며, 왜 우리에게 한마디 상의도 없었을까, 억지가 부득부득 목구멍까지 올라왔다. 자두꽃이 한창일 때 너무하다 싶을 정도로 가지를 쳐 냈던 것은 아마도 나무를 베어 내기 위한 사전 작업이었나 보다. 그들 땅에 있는 것을 그들 마음대로 한다는데 나에겐 그들의 결정을 만류할 근거가 전혀 없었다. 그게 억울해서, 눈물이 차올랐다. 그렁그렁해진 눈으로 밑동까지 잘린 자두나무를 보고 있는 내 모습을 이웃이 본 모양이다.

"좋은 아침이에요. 몸은 좀 나아졌나요? 수영장을 만들기로 했어요. 여기까지 자리를 넓혀야 해서요."

'몇 걸음만 내려가면 강이 있어도 기어이 수영장을 만들어야 할 이유가 있었겠지. 수영장 끝은 꼭 자두나무가 있는 자리여야 했겠지. 강물 소리가 시끄럽다며 큰 소리로 록 음악을 틀어 놓는 이웃이니까, 여기가 아닌 곳에서 살았다 해도 반드시 자두나무를 베어 냈을 테고, 기필코 수영장을 만들었겠지. 그곳에서도 옆집에 사는 이웃에게 좋은 아침이라고 인사하며 자두나무의 밑동을 베어 냈겠지. 별수 없었겠지. 그래야 했겠지.'

이웃에게 답인사하려는데 별안간 기침이 폭포수처럼 쏟아져 나왔다. 삼월 중순쯤부터 지독한 감기로 고생하다가 사월 중순 무렵부터는 잦아들지 않는 기침으로 애를 먹는 중이었다. 마른기침이 아니라 안에 있는 것이 모조리 나올 것 같은 깊은 기침이었다. 맛이 역겨운 기침 시럽 한 병을 다 비우고 나서도 나아질 기미가 보이지 않아서 코데인이 함유된 처방 시럽을 복용하고 있지만, 기침은 쉽사리 멈추지 않았다. 발작에 가까운 기침에 나도 이웃도 당황해서 아무 말도 못 하고 안으로 들어와 온몸이 아플 정도로 기침을 쏟아 냈다. 한순간 목구멍이 막힌다 싶더니 눈코입도 순식간에 막혔다. 숨이 멎을 것 같았다. 기침 소리를 들은 남편과 로야가 달려와서 내 등을 두드려 주었다. 십 분 남짓 지나자 기침은 서서히 멎었다.

발작 기침이 있고 난 다음 날이었다. 왼쪽 갈비뼈 아래쪽에서 날카로운 통증이 잡혔다. 마치 부러진 갈비뼈가 장기를 찌르는 듯한 아픔이었다. 시간이 지나면 나아지겠거니 진통제 한 알을 삼키고 기다렸지만, 증세는 점점 심해질 뿐이었다. 가정의를 만나지 못하는 토요일이었다. 최후 수단을 꺼내야 했다. 응급실을 찾았다.

기침할 때마다 느끼는 극심한 고통으로 인해 진료 절차를 밟는 것도 힘겨웠다. 남편과 아이는 나와 함께 있기를 원했지만, 주말의 응급실은 식구대로 와서 기다리기가 여의치 않은 곳이다. 그들을 겨우 보내고 초조한 마음으로 의사를 기다렸다. 안타깝게도 느긋할 수가 없었다. 쏟아지는 기침은 멈추지 않았고, 기침이 나올 때마다 갈비뼈가 나를 무참히 찔러 댔다. 장기를 보호해 줘야 할 뼈가 장기를 찔러 대는 상황에 기가 막히고 숨이 막혔다. 응급실에 있는 많은 이들이 조용하고 침착하게 기다리고 있는 반면, 나는 발작에 가까운 기침으로 인해 처참하게 일그러진 얼굴로 수시로 고꾸라지는 몸을 미친 듯이 들썩거리며 난리법석을 떠는 바람에 아무도 나의 근방에 접근하지 못했다. 통제할 수 없는 수선이었다. 그러다 한순간, 심장이 심하게 요동치며 가슴을 죄어 왔다. 호흡이 곤란해지고 식은땀이 줄줄 흘렀다. 그냥 넘기면 안 되는 순간임을 직감했다. 방문 환자 기록 업무를 맡고 있는 간호사에게 내 상황을 알리자 두 명의 간호사가 와선 체온과 혈압, 심장 박동, 맥박 수를 확인했다.

"여기 도착했을 때보다 수치가 올라갔어요. 서둘러 엑스선 촬영 준비를 할 테니까 안으로 이동합시다."

응급실에 도착한 지 한 시간도 지나지 않았는데 이렇게 신속한 과정이 이루어지다니, 놀라우면서도 걱정이 됐다. 신속한 과정은 상황의 응급함을 뜻했다. 나는 재빨리 영상의학과로 보내졌고, 흉골과 늑골을 엑스선으로 찍었다. 그 짤막한 촬영에도 기침과 통증이 멈추지 않아서 나도 촬영 기사도 고통스러워했다. 촬영 후엔 곧바로 진료실로 옮겨졌고 어느 간호사로부터 진통제 세 알을 받아 삼켰다. 마침 목이 타들어 가는 듯하여 물 두 잔을 연거푸 마셨다. 플라스틱 잔을 내려놓는데 눈물이 주르르 흘렀다. 맥박을 확인하러 온 간호사와 눈이 마주치자 내 입에서 머리를 거치지 않은 말이 나왔다.

"아기를 낳았을 때도 안 울었는데 이 고통은 끔찍하네요."

간호사는 갓 대학을 졸업한 것처럼 보이는 젊은 남성이었다. 출산의 고통을 이론으로만 접했을 이에게 공감 가지 않는 얘기를 전했어야 할 만큼 나의 고통은 실로 참혹했다.

"그렇다면 통증 레벨이 8 이상이겠군요. 강한 진통제를 먹었으니까 효과가 나타날 때까지 일단 기다려 보세요. 곧 의사가 올 겁니다."

그는 친절한 목소리를 남기며 조심스레 커튼을 닫아 주었다. 커튼 바깥에선 분주한 발소리가 들린다. 커튼은 자그마한 움직임에도 펄럭거릴 정도로 연약한 장벽이었지만, 그것은 안과 밖을 엄연히 구분하며 내가 홀로 남은 이쪽은 저쪽과는 완전히 다른 세상임을 단호하게 알려 주고 있었다.

남편에게서 연신 문자 메시지가 왔다. 진행 상황을 물으며 나를 걱정하고 있었다. 남편의 메시지에서 로야의 목소리도 들렸다. 이미 엑스선 촬영을 마쳤고 진통제도 먹었고 이제 의사만 기다리면 되는 일반적인 상황인데 눈물이 하염없이 나왔다. 눈물의 원인은 방심한 틈을 타 어느새 내 마음속에 자리 잡은 죽음에 관한 생각이었다. 이건 틀림없이 방정맞은 생각이었지만, 매몰차게 몰아낼 수 있을 만큼 내 심신은 강하지 못했다. 처음엔 그저 경망스럽다 여겼는데 고통이 심해질수록 어쩌면 이건 진중하게 고려해 봐야 할 일일지도 모른다는 생각이 들었다. 감미로운 유혹이라 떨쳐 내지 못하는 것이 아니라 너무나 쓰디써서 반항을 무력하게 하는, 애초부터 항거불능의 절대적 존재와 같은 것이었다. 절대적 존재 앞에서 할 수 있는 일은 순응뿐이었다. 깊은 기침이든 잔기침이든 내 안의 것이 쏟아져 나올 때 나는 자동으로 머리를 숙였고, 숙인 내 머리 앞엔 죽음이 있었다. 불길하고 상서롭지 못한 것이 내 안으로 비집고 들어왔는데 마치 내가 정중하게 초대를 한 것처럼 머리 숙여 절을 하는 격이었다.

진료실 안으로 들어오기 전, 응급실 로비 한쪽에 마련된 티브이에서 한 남자가 보트에 오르는 모습을 슬쩍 봤었다. 어떻게 해서든 기침을 참아 보려고 늑골 쪽을 부여잡고 가는 숨을 들이쉬던 참에 내 눈에 들어온 장면이었다. 남편이 떠올랐다. 그는 보트를 사려고 몇 달 동안 알아보는 중이었다. 우리 세 식구가 즐기기에 적합한 크기, 작동이 수월한 종류, 고장률이 적은 모델, 심지어 보트를 덮어씌우는 커버 색깔까지 세세하게 알아보고 있었다. 보트를 공부하면서 그의 머릿속은 파란 바다와 푸른 강을 시원스레 달리는 하얀 배와, 가족의 눈부신 미소와, 자신의 온몸에 파고드는 환희의 바람으로 가득 찼다. 당장이라도 살 수 있을 만큼 꼼꼼히 조사했지만, 보트 구매의 실현 가능성에 비해 사용 가능성이 현저히 낮아서 즉시 저지를 수 없다는 사실에 아쉬워해야 했다. 그러나 조사를 그만두진 않았다. 그의 머릿속을 가득 채운 바람이 그를 가만히 놔두지 않았다. 남편은 그 바람 속에 우리도 함께 있기를 바랐고, 우리 또한 기꺼이 그 바람 안에 있기를 바랐다. 그의 머릿속 세상이 밝고 즐거워서 그 안에 풍덩 빠지면 절로 신날 것 같았다. 물에 띄우는 배가 아니라 하늘에 띄우는 연이라도, 우리는 기꺼이 그것에 올라탈 것이다. 둥실둥실 떠오를 것이다.

괜찮아? 엑스선 사진 결과가 어떻대?

남편의 긴장한 목소리가 들리는 메시지다.

결과는 아직 몰라. 의사를 기다리고 있어.

메시지를 작성하는 내 손이 떨린다.

갈까? 우린 언제라도 당신 보러 갈 준비가 돼 있어.

아니, 괜찮아. 결과가 나오면 바로 알려 줄게. 병원에서 나갈 때 내가 전화해도 늦지 않을 거야. 내가 기다릴게.

우리 걱정은 하지 마. 당신이 걱정돼.

걱정하지 마. 괜찮을 거야. 참, 돌려 놓은 빨래, 건조기에 넣어야 하는데.

이미 했어. 책도 도서관에 반납했고.

고마워. 사랑해.

사랑해.

'사랑해'를 쓰는데 찔끔찔끔 나오던 눈물이 왈칵 쏟아졌다. '사랑해'가 나의 유언이라면 이보다 더 적절한 유언이 없을 거란 생각에 주체할 수 없을 정도로 눈물이 났다. 사랑하는 이들을 두고 내가 떠날 수 있을까, 어찌 그들을 떠날 수 있을까. 그들에게 나눠 줄 사랑이 한없이 많았지만, 그들로부터 받을 수 있는 사랑도 한없이 많았다. 받을 수 있는 사랑을 생각하자 욕심이 불끈 났다. 주먹을 불끈 쥐었다. 죽음에 관한 요망한 생각을 몰아내야 했다. 난 받을 자격이 있고, 어떻게 해서든 받을 것이다.

"어떠세요?"

주먹을 불끈 쥐고 눈을 감고 있는데 누군가의 목소리가 들렸다. 수술 집도 가운을 입은 의사였다. 놀라고 당황해서 기침이 터져 나왔다. 의사는 내 기침이 잦아들 때까지 참을성 있게 기다린 뒤 침착하게 얘기를 시작했다.

"엑스선 사진을 보니 7번 갈비뼈에 이상이 있는 걸로 여겨집니다. 선명하게 보이진 않지만, 금이 갔을 수도 있을 겁니다. 기침할 때 생겨나는 압력은 예상을 뛰어넘을 정도로 강력하거든요. 특히 환자분처럼 마른 체형이라면 기침으로 인한 늑골 골절이 가능하지요. 세 가지 종류의 진통제를 간격을 두고 복용하는 것으로 일단 치료를 시작합시다. 엑스선 사진과 제 소견서를 닥터 로스에게 보낼 겁니다. 늦어도 화요일 전에 갈 테니 그때쯤 닥터 로스를 만나세요. 경과는 그녀와 함께 지켜보시고요. 추후 지시는 닥터 로스가 해 줄 겁니다. 그리고 모르핀을 복용할 땐 코데인이 함유된 기침 시럽은 당분간 복용하지 마시기 바랍니다."

간간이 미소를 지어 가며 얘기하는 의사의 목소리가 하도 편안해서 잠에 빠질 수도 있을 것 같았다. 게다가 의사는 나의 가정의 닥터 로스를 알고 있었다. 내가 신뢰하는 의사를 알고 있는 사람이라면, 이렇게 몇 번씩이나 닥터 로스를 언급할 정도라면, 그도 신뢰할 만한 사람이다. 주관적인 기준으로 단순하게 사람을 믿어 버리는 나의 습관은 이번 응급실행을 성공적인 것으로 간주하게 했다. 이미 다 나은 사람처럼 자신감 있게 남편에게 전화를 건 뒤 집으로 가는 길엔 딤섬까지 몇 가지 주문해서 들고 갔다. 비록 금이 간 갈비뼈가 내부를 잔혹하게 찔러 댔지만, 나는 신뢰하는 이들로부터 보살핌을 받고 있어서 전혀 겁나지 않았다. 한껏 웅크린 채로 머리 숙여 절을 해 댔던 죽음으로부터 해방되었다. 그건 절대적 존재가 아니었다. 여러 진통제 덕에 허공에 붕 뜬 상태로 보니 그건 코웃음 칠 만한 시시한 상대였다. 잔망스럽게 굴었던 내가 부끄러워져 그것이 얄보이기까지 했다.

다음 날 월요일, 케일을 넣어 만든 파스타를 먹다가 다시금 발작 기침을 쏟아 냈다. 회복되지 않은 왼쪽 늑골과 그때까지 멀쩡했던 오른쪽 늑골에 아자작 금이 가는 것을 질식할 것 같은 상황에서도 알아차릴 수 있었다. 시답지 않게 봤던 것에 보기 좋게 당했다. 응급실 방문 후 체크업차 잡아 둔 닥터 로스와의 상담은 긴급 상황으로 바뀌었고 나에겐 강력한 스테로이드 처방이 내려졌다. 닥터 로스는 나를 괴롭히는 모든 것의 원인을 끝장내 버리겠다는 의도를 단호하게 밝혔다. 그로부터 일주일간 나는 여덟 알의 스테로이드 정을 매일 먹어야 했다.

교통사고 후 나는 너무나 많은 약을 먹어 오고 있었다. 종류는 매번 달랐고 강도는 매번 높아졌다. 이것의 끝이 건강인지 허약인지 헷갈릴 만큼 많은 양이었다. 복용한 것 중엔 배출되지 않고 몸에 쌓인 것도 있을 것이다. 고통과 치료제는 내 몸 안에서 공생해야 할 것이다. 그것들의 자리가 너무 크지 않기를 바랄 뿐이다. 작더라도 남은 자리가 있어서, 그 안에서는 잔잔한 호수의 물결을 가를 수 있고, 정수리까지 얼리는 차가운 강물에 발을 담글 수 있고, 낙엽 사이로 힘차게 달릴 수 있으며, 눈 덮인 산을 활강할 수 있기를. 만약에 그런 것이 어렵다면 있는 힘을 다해 아이와 남편을 안아 줄 수 있기를, 적어도 그럴 수만이라도 있기를. 얕잡아 봤던 그것의 발에 입을 맞추고, 그게 부족하다면 벌레처럼 기어 그 발을 핥아서라도, 꼭 그럴 수 있기를. 받는 것은 까맣게 잊고 주는 것만 기억하겠다. 줄 수만이라도 있다면 나는 한없이 기쁘겠다. 머리가 땅에 붙을 때까지 절을 하겠다. 땅에 붙은 머리에서 뿌리라도 난다면 날 듯이 기쁘겠다.

스테로이드 정을 복용하자 기침은 확연히 줄어들었다. 기침이 줄었다고 호흡마저 줄일 순 없었다. 숨을 들이쉬고 내쉴 때마다 갈비뼈는 오르락내리락해야 했는데 그럴 때마다 극심한 고통을 느꼈다. 금이 간 갈비뼈는 날카로운 칼처럼 양 옆구리를 찌르며 날 위협했다. 처음엔 고통이 무서워 숨을 참았다. 그러나 참았던 숨을 한꺼번에 내쉬다가 처참한 고통을 경험하고 나선 참는 것은 현명한 방법이 아니라는 것을 깨달았다. 위협 속에서도 숨 쉬는 방법을 알아내야 했다. 그러기 위해선 내 숨을 의식해야 했고, 매 숨을 압축시켜야 했다. 그렇게 압축된 숨은 점차 성질이 변하기 시작했다. 마치 기체였던 것이 액체로 응축되듯 눈에 보이지 않던 숨이 내 안에 고여 갔다.

생후 삼 개월이었다. 벽에서 천장으로 이어지며 어긋나는 벽지 문양에 또다시 무서움을 느꼈다. 어긋나며 틀어진 그곳은 나를 불안하게 했다. 무서움은 정수리에서 시작되어 음부에 모였다. 아무 소리도 내지 않고 고스란히 겁을 먹다가 천장에서 다다닥거리는 쥐의 발소리를 듣자 내 안에 고여 있던 겁은 눈물과 오줌으로 흘러나왔다. 내가 울자 엄마는 별일 아니라는 듯 기저귀를 갈아 준 뒤에 나를 안아 주는 대신 원숭이 인형을 안겨 줬다. 원숭이 인형은 검은색에 가까운 고동색에, 눈이 기괴하게 생겼으며, 한쪽 손엔 바나나를 들고 다른 한 손은 엄지를 쑥 내밀고 있는, 팔다리가 비정상적으로 길고 털은 신경질적으로 뻣뻣해서 내가 질겁하던 인형이었다. 아이를 겁주기 위한 인형이지 달래기 위한 인형이 아니었다. 나는 겁먹은 눈을 더욱더 동그랗게 하며 큰 소리로 울었지만, 엄마는 원숭이 인형을 내 머리 위에서 흔들어 대며 나를 어르는 시늉만 했다. 엄마의 시선은 나에게 있지 않았다. 벽을 보고 있거나 천장을 보고 있었다. 그날 아침에도 아빠는 문지방에서 온갖 고함을 지르고 나서야 일터로 나갔다. 아빠는 아침상을 엎는 것도 모자라서 방을 나갈 때 한쪽에 있던 아기 분도 걷어찼는데, 그 바람에 방 안엔 음식 냄새와 분 냄새가 뒤죽박죽 섞여 있었다. 내가 아무리 울어도 달래는 사람이 없었다. 달래는 사람이 없으니 울지 않는 법을 배워야 했지만, 그게 마음대로 되지 않았다.

나는 각 월령과 연령에 따른 기억을 또렷하게 가지고 있다. 그때의 환경을, 주위의 사람들을, 소리와 냄새를, 생생히 기억한다. 아이 몸 속에 있던 나의 영혼을 기억한다. 엄마와 아빠를 바라보던 나의 눈빛을, 엄마와 아빠가 나를 바라보던 눈빛을, 유년 시절의 몇 장 안 되는 흑백 사진이 담고 있는 모든 것을, 그 사진을 찍기 위해 준비했던 과정과 찍고 난 후의 모든 것을, 사진에 담기지 않은 것을, 엄마와 아빠가 숨기고 내가 숨긴 그 모든 것을, 기억한다.

내 기억을 담고 있는 우측 해마는 나의 앞가슴뼈와 연결된 듯, 고여 있던 기억이 떠오르면 앞가슴뼈는 미세하게 떨린다. 앞가슴뼈를 떨리게 하는 기억 속에서 엄마와 아빠는 엉터리 장단을 켠다. 나는 그들의 장단에 맞춰 엉터리 춤을 춘다. 그들의 장단이 틀리더라도 나의 춤사위는 틀린 장단을 따라야 하고, 행여라도 내 춤사위가 틀리면 그들은 격노한다. 그들은 내 앞가슴뼈를 덜덜 떨게 하며 나를 조종한다.

숨을 쉬어야 한다. 압축되어 고인 숨은 끈끈한 가래로 내 목구멍과 숨구멍을 막고 있지만, 뱉어 내야 한다. 더는 꿀꺽꿀꺽 넘기고 싶지 않다. 갈비뼈가 또다시 부러지더라도 뱉어 내야 한다. 숨쉬어야 한다.

어버이날 축하드려요.

저녁 식사를 하다가 엄마에게 메시지를 보냈다. 그러자 한참 후에 답신이 왔다.

고맙다, 주야.

엄마는 끝내 받았다. 어떤 성질의 것인지 엄마는 알았을 수도 있고 몰랐을 수도 있다. 알았건 몰랐건 더는 중요하지 않다. 중요한 건 내가 보냈다는 사실, 뱉어 냈다는 사실이었다. 엄마가 주운 것은 도리일지 모르나 내가 보낸 것은 미련이었다. 한번 뱉어 냈다고 단번에 말끔해질 것을 기대하지 않는다. 자꾸만 뱉어 내도 자꾸만 생겨 자꾸만 달라붙는 것이 가래요, 미련이다. 그러나, 뱉어 냈다는 사실만으로도 나는 한결 후련해졌다.

그날 밤, 아이의 잠자리를 봐준 뒤 남편과 함께 다른 동네의 집들을 알아봤다. 오월은 부동산 시장이 활발해지는 시기다. 지난 이 년간은 판매자가 시장을 주도해서 집값이 천정부지로 치솟고 거래 조건은 구매자의 처지에선 불공평하기 짝이 없었는데 올해부터는 정부의 해외 자금 유입 규제와 임대 규율 강화, 은행 이자 인상 등으로 널 뛰던 시장 분위기가 한풀 꺾인 상태였다. 그렇다고 해서 오 년 전이나 십 년 전의 상황으로 돌아갈 리 만무하지만, 무조건적인 현금 구매는 더는 일어나지 않을 것이다. 거래의 정상화를 전제로 우리 구미에 맞는 집을 찾아봤다. 이런저런 것들을 제외하자 집은 두 곳으로 좁혀졌다.

한 곳은 웨스트 밴쿠버에 있는 집이었다. 바다가 보이는 사백 평 대지에 건평이 이백오십 평인 단독 주택이었다. 대지는 완만한 경사를 이루고 있고, 반원형의 드라이브 웨이와 현관에서 보이는 아름다운 아치형 계단, 대리석으로 마감한 실내 수영장이 눈에 띄었다. 무엇보다 학군이 좋고 바다로의 접근이 용이했다. 다른 곳은 피트 메도스에 있는 집이었다. 피트 리버가 알루엣 리버로 가지를 뻗는 삼각주에 위치한 이 집은 대지 면적 육천삼백 평에 건

평이 이백 평이었다. 실외 수영장에서 보이는 피트 리버의 풍경이 고즈넉하고 다섯 대의 차량과 보트를 보관할 수 있는 주차장이 있으며 집 바로 옆엔 승마장이 있고 집으로 이어진 도로를 따라 내려가면 배를 정박할 수 있는 선착장까지 있었다. 웨스트 밴쿠버는 현재 집의 서쪽에 있고 피트 메도스는 동쪽에 있다. 웨스트 밴쿠버로 이사한다면 현재의 동선을 유지할 수 없어 아이 학교를 포함한 거의 모든 것을 바꿔야 하지만, 다리 하나만 건너면 닿는 피트 메도스는 어느 정도의 동선 유지가 가능하기에 큰 변화 없이 정착할 수 있을 것 같았다. 그러나 그곳엔 괜찮다고 할 만한 학교가 없고 대신에 넓디넓은 농장이 가득했다.

전통적으로 학군이 좋고 부촌으로 불리는 웨스트 밴쿠버의 그 동네나 남에게 간섭 받기를 싫어하는 알짜배기 부자들이 모여 산다는 피트 메도스의 그 동네나 우리가 두 집을 고른 이유는, 남편도 나도 입 밖으로 말을 꺼내지 않았지만 증명해 보이고 싶은 마음 때문이었다. 증명해 보이고 싶은 대상은 세상에 있기도 하고 없기도 한데 우리 머릿속에는 분명히 있었다. 사실 현재 사는 집도 우리에게 과분했다. 강을 볼 수 있을 뿐만 아니라 강을 즐길 수 있는 위치의 희소성은 집값을 안정적으로 지켜 주고, 백이십 평이 넘는 건평은 세 식구가 살기에 모자람이 없는 크기였다. 자두나무를 싹둑 베어 내고 강물 소리가 시끄럽다며 큰 소리로 록 음악을 트는 이웃이 있다 해도 그들은 다정하고 친절하고 예의 발랐다. 오른쪽 옆집 사람은 의사였고 왼쪽 옆집은 회계사였다. 그들 중 누구도 아래층을 세 놓지 않아 북적거리거나 어수선할 일이 없었다. 강을 따라 울창하게 난 숲은 날마다 싱그러움을 선사하고, 강물 소리를 들으며 걷는 숲길엔 계절마다 변화무쌍한 놀라움이 있었다. 오월이면 야생화들이 피기 시작해 숲은 향기로웠고 유월이면 산딸기가 달콤함으로 숲을 채웠다. 강엔 무지개송어와 송사리가 유유히 헤엄치고 소금쟁이는 물살을 간질이며 스케이트를 탔다. 부러지고 꺾인 가지에서도 푸른 잎이 나올 정도로 숲의 기운은 생명으로 가득했다. 이곳을 떠나면 돌아올 가능성이 영영 없다는 것을 남편도 나도 알고 있었다. 그러면서도 우리는 찾아낸 두 집을 눈여겨봐 두었다. 어쩌면, 증명할 수 있나 없나의 여부보다는 이곳을 떠날 수 있나 없나의 여부가 궁금한 건지도 몰랐다.

"당신이 말한 사십구 일째 날이었을 거야. 어젯밤, 아버지 꿈을 꿨어."

다음 날 아침, 로야를 학교에 데려다주고 돌아온 남편이 주방으로 들어오며 말한다.

"꿈에서 내가 이란에 갔는데 거기에 아버지가 계셨어. 아버지에게 입맞춤을 무수히 퍼부으면서 아버지가 여기 계셔서 정말 좋다고 몇 번이나 말했어. 그렇게 좋아하다가 잠에서 깼어."

지난번 꿈보다 완화된 꿈이었다. 바바준의 죽음은 변함없지만, 그것을 대하는 바바준의 태도와 남편의 태도는 삼 주 전보다 푸근해져 있었다. 꿈에서 보이는 모습이 사실의 현현은 아닐 테지만, 그것을 대하는 감정은 현실의 것을 대할 때보다 훨씬 더 사실적일 때가 있다. 이성이 잠자는 동안 판단이 보류되고 여과 장치를 거치지 않은 날것을 꿈에서 본다. 퍼덕거리고 꿈틀대는 야만의 것에 감성의 순도는 높아진다. 착각인 줄 모르고 오해인 줄 모르는 방종 안에서 날것의 영양을 섭취하고 헛것의 체증을 해소한다. 흡수인 동시에 배출이다. 꿈꾸고 남은 것이 있다면 그건 분비로 얻어진 결과물일 것이다. 찌꺼기일지라도 분해 효소를 가진 산출물이다. 그것에 의해 자라게 될지 혹은 썩게 될지, 마음만이 알 일이다.

"아빠 돌아가시고 나서 내가 받은 유산이 있다면 아빠에 대한 기억 중에서 나쁜 건 다 슒아지고 좋은 것만 남았다는 거야. 귀한 유산이야. 더 바랄 게 없어."

"나도 그래. 좋은 것만 남았어. 더 바랄 게 없어."

더 바랄 수도 있겠지만 더 바랄 게 없다는 남편은, 착한 사람이다. 아버지 얼굴 봐서 그저 좋다는 남편은, 착한 사람이다. 무수히 입맞춤할 수 있는 남편은, 착한 사람이다. 아버지 없는 세상에서 남편은, 착한 사람이다. 순결하고 무구한, 완벽한 아이다.

그날, 우리 식구는 이른 저녁을 먹은 뒤 강을 따라 산책했다. 강 상류에 있는 저수지에서 밤사이 수문을 개방한 모양이었다. 거대한 유목들이 산책로를 막고 있었다. 잘린 것도 있고 부러진 것도 뿌리째 뽑힌 것도 있다. 유목은 한데 어우러져 있기도 하고 제각각 널브러져 있기도 한 모습으로 밤사이의 수위와 강폭을 보여 줬다. 위협적인 방류가 아니라 세심한 계산에서 비롯된 수위 조절임을 유목과 강둑의 경계를 보며 알 수 있었다. 수위가 높아진 만큼 강물 소리도 컸지만, 압도하는 것이 아니라 힘찬 에너지를 북돋아 주는 소리였다. 진분홍의 새먼베리(salmon berry: 북미에 자생하는 산딸기의 일종. 열매가 연어 알을 닮아 붙여진 이름) 꽃이 우리의 눈과 코를 황홀케 했고, 물기를 가득 머금은 싱싱한 양치류의 새잎이 우리의 다리를 적셨다. 부쩍 자란 솔이끼가 숲 바닥을 푹신하게 덮고, 야들야들한 나뭇잎 사이로 쏟아지는 햇살이 이끼 카펫 위에 편안히 눕는다. 천지가 소리요, 고요요, 움직임이요, 정지요, 내음이요, 생명이다.

강의 하류 쪽엔 이곳에 사는 이웃만이 아는 아담한 모래밭이 있다. 로야는 설탕처럼 부드러운 모래를 손가락 사이로 흘리며 모래성을 쌓기 시작했다. 물이 여전히 차가운데도 강에 들어갔다 나오기를 반복하며 성을 쌓고 수로를 만든다. 물푸레 나뭇가지는 유하면서도 강하여 모래 놀이를 위한 도구로 안성맞춤이다. 나와 남편은 강가에 떠내려온 유목 위에 걸터앉았다. 유목의 무거운 쪽이 모래턱에 파묻히는 바람에 자연스레 벤치가 되었다. 각도만 잘 조절하면 다이빙대로 써도 좋을 테지만, 아직은 오월이다.

"저기 말이야, 난 피트 메도스에 있는 집이 마음에 들어. 오 에이커라니 얼마나 좋아. 농구장이든 테니스 코트든 우리가 원하는 건 다 들여놓을 수 있을 거 아냐. 로야가 크면 한 필지 떼어 내 집을 지어 줄 수도 있을 거야. 생각해 봐. 세상이 어떻게 될지 모를 일이야. 만약에 어떤 사태가 일어난다면 그 대지 안에선 자급자족이 가능할 거야. 농작물을 심고 가축을 기르고. 도심에서 멀리 떨어지지 않은 곳인데 마치 우리만의 세상에 사는 기분이 들 것 같

아. 난 마음에 들어."

기다란 나뭇가지를 손에 들고 소금쟁이와 장난치던 남편이 문득 집 얘기를 꺼냈다. 나는 학군과 문화 시설의 편의성을 고려해 웨스트 밴쿠버로 마음이 기울고 있었는데 남편은 정반대로 피트 메도스를 생각하고 있었나 보다. 집 검색만 했지 세부 사항에 대해선 별다른 얘기를 하지 않았었다. 이사를 위해선 수많은 것을 계산해야 한다. 계산하지 못하는 것까지 계산할 수 있어야 이사는 가능해진다. 변수를 예측한다 해도 장애물은 있기 마련이고, 장애물을 운명으로 생각하여 무모한 돌진이나 허무한 포기도 할 수 있게 하는 것이 이사다. 삶의 터전을 옮긴다는 것은 간단한 일이 아니다. 임시 거처라도 사람이 발을 뻗고 누운 자리엔 어설프게나마 뿌리가 내리고, 가는 뿌리라도 쑥 뽑아 내기는 망설여진다.

"강과 가까이 있고 배를 정박할 수도 있고 말을 키울 수도 있고 아름다운 자전거 루트도 집 바로 옆에 있으니, 나도 좋아. 일 년에 서너 번은 농장 이웃들의 퇴비 냄새로 고생하겠지만, 그것도 곧 적응될 거야. 학교가 걱정이긴 한데 통학 거리가 조금 멀어질 뿐이야. 전학을 안 해도 되니까 잘됐어. 수영 훈련도 바이올린 레슨도 마찬가지겠지. 어디를 가든 십오 분만 빨리 나서면 돼."

남편과 의견을 나눌 때 나는 그의 의견을 거의 무조건 존중하는 편이다. 남편은 간혹 성마름을 보이기도 하지만, 내면에 밀도 높은 진중함과 진실함의 뼈대가 있음을 알기에 그의 의견을 존중하는 건 그가 가진 뼈대에 살을 보태는 것과 비슷하다. 남편은 내가 붙인 부드러운 살에 안도하고, 나는 남편이 가진 강한 뼈대에 안심한다. 서로를 지탱하는 뼈와 살이 되는 동시에 서로를 위한 원인과 근거가 된다.

"이사하는 거 싫어. 난 여기가 좋아."

작은 양동이로 강물을 담아 파 놓은 웅덩이를 채우던 로야가 양동이를 내려놓으며 말한다. 로야에게 이사는 금기어였다. 자기가 태어난 이 집을 무엇보다도 사랑하고, 집을 따라 흐르는 강과 강을 품은 숲을 세상에서 가장 아름다운 곳이라 여기는 아이였다. 이 집은 아이의 근원이었다. 대개의 아이가 그렇듯 단순히 변화를 좋아하지 않아서 이사를 입에 담기 어려운 경우가 아니었다. 로야에게 이 집은 완벽과 토대를 정의하는 개념이자 매 순간 그것을 경험케 하는 살아 있는 유기체였다. 시간이 갈수록 튼튼해지는 생명체를 버젓이 내버려두고 다른 것을 탐한다는 것은 아이가 가진 이치엔 맞지 않는 일이었다. 이것은 분명히 아이가 맞고 남편과 내가 틀린 경우이기도 해서 가급적 건드리지 않으려 했다. 그러나 가급적이라는 조건을 넌지시 달아야 한다는 것에 남편도 나도 은밀하게 동의하고 있어서 이사는 아이에게만 금기어였지 남편과 나에겐 아니었다. 아이의 관점에서 본다면 배신이겠지만, 나와 남편에겐 아직 남아 있을지 모르는 사다리의 마지막 계단을 올라가는 당연한 순서였다.

"로야, 피트 메도스에 있는 집으로 이사하면 수영장도 있고 다이빙대도 있어. 멋진 농구장도 만들어 줄 수 있고, 널 위해 망아지를 사 줄 수도 있어. 거긴 두 줄기의 큰 강이 집 옆을 흐르니까 여기보다 훨씬 더 좋지 않아?"

이사를 위해선 처리해야 할 일들이 첩첩산중인데 남편은 그 첩첩산중을 이미 넘은 듯, 집 열쇠만 꽂아 돌리면 되는 순간인 듯, 문을 열고 안으로 들어가 보자고 아이를 설득한다.

"수영장도 다이빙대도 농구장도 망아지도 필요 없어. 여기가 더 좋아. 그리고 이 강이랑 그 강이랑은 달라."

강물을 옮겨 오다 소금쟁이가 따라왔는지 아이는 두 손을 모아 조심스레 소금쟁이를 떠서 강에 도로 놓아준다. 숙이고 있는 아이의 동그란 등이 평온하다. 첩첩산중이 시작되는 오솔길에 접어들 생각도 않는 아이다. 하긴, 아이가 있는 곳이 이미 낙원인데 뭣 하러 모호한 길을 가려 하겠는가. 영특한 아이는 강의 원천 또한 다르다는 것을 벌써 알고 있으니 설득이 먹혀들 리 없다. 원천이 다른 줄기라도 어딘가에서 하나로 합쳐져 바다에 닿겠지만, 아이는 그 시점의 일반성과 보편성을 거부한다. 거부해도 되는 일이다. 일부러 앞당길 필요도 없고 억지로 평이해지지 않아도 되는 일이다. 고유함을 지키는 일이다. 아이가 해야 할 일이다.

"참, 내가 깜빡 잊고 있었는데 오랫동안 눈여겨봐 둔 칸쿤의 한 리조트가 좋은 가격으로 나왔어. 이슬라 무헤레스 쪽에 있는 리조트야. 기억나? 삼 년 전에 칸쿤 갔을 때 스노클링 했던 바다? 그쪽이야. 바다도 아름답고 리조트 시설도 무척 좋아. 달력을 훑어보니까 로야 생일이 있는 시월 중에 한 삼 주 정도 갔다 와도 될 것 같아."

　태어나 보니 전쟁터였던 나와 남편의 근원지와 달리 로야는 자신이 낙원을 근원지로 가졌다고 호언장담한다. 근원지란 지키고 보호해야 하는 대상이지 함부로 바꿔선 안 되는 거라고 확신한다. 아이에게 근원지를 제공한 건 나와 남편이지만, 이것이 충분한지 어떤지는 자신 없다. 아이가 흡족해하니 우리도 자족하면 좋으련만, 상대성의 세계에서 절대성을 갖기란 어려운 일이다. 이만하면 됐다는 기준에 확고한 믿음이 없다. 혹시 그 기준이 안일과 나태의 끝에 매달린 거라면, 수많은 가능성을 포기한 거라면, 나와 남편은 우리 자신에게 얼마만큼 관대할 수 있을까. 자족할 수 있는 자신감은 후회할 수 있는 자신감에 못 미치고 그 둘 사이의 거리를 좁히려는 노력을 양육으로 이해하니, 자식은 애초부터 달성할 수 없는 과제나 목표인 것만 같다. 자식이 주는 기쁨이 부모의 노고를 위로하는 것이라면 기쁨이 노고보다 커서 이 또한 빚인 것만 같다. 이렇게 하든 저렇게 하든 마냥 부족해 보이는 부모는 자식이 호언장담하는 낙원이라는 근원지를 못 미더워해서 엉뚱한 곳으로의 휴가를 일상에 덧바른다. 장기간 지내기에 불편함 없어 보이는 안락한 곳을 휴가지로 삼으니 이는 일탈도 아니다. 예민한 부분을 잠시 무디게 하는 부분마취일 뿐이다.

　"좋아, 좋아! 칸쿤 좋아!!"

　"나도 찬성."

　교통사고가 아니었다면 우린 이미 지난 십이월에 칸쿤으로 휴가를 다녀왔을 터였다. 휴가를 계획하고 있는 시월에도 몸은 여전히 회복 중이겠지만, 지금보다는 여행하기에 훨씬 더 나은 상태일 테고 회복하느라 기운을 뺀 심신을 충전하기에도 적절한 시기처럼 보였다. 건강 상태가 고꾸라져도 일상까지 고꾸라지게 할 수는 없다.

"올해 로야 생일은 추수감사절 연휴 동안에 있거든. 연휴가 끝나는 바로 다음 날 예브게니 키신 연주회가 있고. 연주회에 참석하고 나서 곧장 떠나는 거로 해. 그러니까 시월 전부가 휴가인 셈이야. 학교는 미리 과제물을 앞당겨 받으면 될 텐데, 당신 일정 괜찮겠어?"

"아직 오 개월이나 남았잖아. 조정할 수 있어. 가서 일해도 되고."

이로써, 만장일치로, 첩첩산중 오솔길을 택하는 대신 사방팔방이 훤히 보이는 평지에 남기로 했다. 무기한 연기가 될 수도 있고 잠정적 보류가 될 수도 있는 선택이다. 연기와 보류에서 피로감을 느낄지 안도감을 느낄지, 평지에 남은 우리는 알게 될 것이다. 일단은 따사로운 햇살과 시원한 바람과 청량한 강물에 모든 것을 일임하기로 했다.

그 주의 일요일은 어머니날이었다. 아침부터 후끈하게 열기가 달아오르는 이상 기온이었다. 기상청에서 봤을 땐 이상할지 몰라도 나에겐 그저 멋진 날씨였다. 양쪽 늑골 통증으로 며칠간 잠을 제대로 못 잤는데 뜨거운 햇볕 덕에 피곤함이 바싹하게 타서 없어지는 느낌이었다. 남편과 아이는 싱싱한 과일과 폭신한 팬케이크와 신선한 커피로 아침상을 차렸다. 식탁 위엔 향기로운 꽃과 정성스럽게 쓴 편지가 올려져 있었다.

　엄마가 너무 아름다워서 내 심장은 빛이 나요
　엄마가 너무 아름다워서 별들은 반짝거려요
　나는 엄마의 심장으로 만들어졌어요
　엄마는 나의 심장이에요

　나의 앞가슴뼈는 희열과 고통을 가장 먼저 느끼는 신체 부분인가 보다. 심장이 죄어 오는데 마음은 편안해지는 이상 기분이었다.

　오후엔 아이의 바이올린 레슨과 밴쿠버 심포니 음악회가 있었다. 바이올린 선생님은 밴쿠버 심포니 오케스트라에서 제1 바이올린 주자로 있다. 음악에 대한 허기가 상당하지만, 과욕하지 않고 겸손과 배움으로 차분히 허기를 채워 나가는 이다.

　"틀린 채로 연습하며 무대 위에서 잘할 수 있을 거라고 생각하지 않았으면 해. 틀린 것을 알면 바로 그 자리에서 고쳤으면 해. 연습을 잘못하면 실전에서도 잘못할 뿐이야. 로야, 난 네가 스스로 생각할 수 있고 스스로 느낄 수 있고 스스로 결정할 수 있는 독립적인 음악가가 되었으면 해."

　틀에 가두면서도 가두지 않는 법을 알고, 아이뿐만 아니라 나에게도 배움을 주는 선생님이다. 아이가 그녀의 행로를 따라간다면 응원해 줄 마음이 들게 하는 이다.

많은 것을 받아 든든한 마음으로 오르페움 극장으로 향했다. 이날은 지휘자 토비가 열여덟 해 동안 맡아 온 〈음악적으로 말하기〉 시리즈의 마지막 연주가 있는 날이었다. 십팔 년이라는 긴 시간 동안 밴쿠버 심포니를 이끌었던 토비는 이 음악회를 끝으로 런던으로 거주지를 아예 옮긴다. 음악회의 마지막 곡은 차이콥스키의 1812년 서곡이었다. 이 곡은 웅장한 대미를 위해 곧잘 연주되는 곡이다. 열여덟 해를 마무리하며 그가 이 곡을 고른 이유는 사람들의 마음에 남겨질 여운 때문이었을 것이다. 첼로와 비올라가 도입부를 아름답게 열고 호른의 낭만적인 선율이 이어지더라도 마음에 남는 것은 귀와 가슴을 먹먹하게 하는 열여섯 개의 대포알 소리이듯, 마에스트로 토비가 남기고 싶었던 것은 먹먹한 감정이었을 것이다. 함께한 추억은 무수하고 세세하지만, 그 모두를 뭉뚱그릴 수 있는 감정으로 먹먹함을 택했을 것이다.

차이콥스키는 이 곡을 의뢰 받았을 때 그리 내켜 하지 않았고 쓰고 나서도 애정이나 온기 없이 소음만을 일으키기 위해 썼다며 냉랭한 태도를 보였다고 한다. 차이콥스키 자의가 아닌 타의에 의해 쓰인 이 곡은 환희의 축포로 들리든 절망의 폭격으로 들리든 가슴 먹먹해지는 대포알 소리를 남긴다. 아름답게 시작된 도입부와 향수를 일으키는 전개부는 까맣게 잊히고 끝내 남겨지는 것은—차이콥스키가 말한 대로 어쩌면 소음일지도 모르는—쿵쿵 대포알 소리다.

대포알 소리가 쏟아져 내릴 때 내 가슴은 아프도록 쿵쾅댔다. 어김없이, 나의 부모였다. 그들은 대포 소리에 맞춰 내 가슴을 내려친다. 나의 부모는 늘 내 앞가슴뼈 아래, 명치에 있다. 그곳에 머무르며 틈날 때마다 나의 명치를 친다. 대포 소리가 들리자 그들은 기다렸다는 듯, 눈치 볼 필요 없다는 듯, 이것밖엔 모른다는 듯, 그곳을 내려친다. 둔중한 철로 만들어진, 나의 아픔을 느끼지 못하는, 대포알이다.

엄마에게 주려고 산 방금 구운 빵을 아빠 자전거 손잡이에 걸고 함께 갈랐던 겨울바람이나 나의 첫 생리를 축하하기 위해 엄마가 사 왔던 한겨울의 파인애플이 쿵쿵 소리에 묻힌다. 정형외과 로비에서 서성대던 아빠의 걸음과 내 도시락을 준비하기 위해 종종대던 엄마의 걸음이 쿵쿵 소리에 묻힌다. 환희의 축포인가, 절망의 폭격인가. 십팔 년을 함께 살았던 나의 마에스트로 부모도 무수하고 세세한 추억을 뭉뚱그릴 수 있는 감정으로 먹먹함을 택한다. 나의 출생 또한 자의가 아닌 타의에 의해 쓰였던가. 나를 대하는 그들의 태도는 애정이나 온기 없이 냉랭하다. 무심한 대포알은 내 명치를 명중하고, 소심한 나는 숨이 멎는다. 과연, 엄마 말대로, 숨을 멎게 하는 곡이다.

그날 밤은 침실 창문을 활짝 열어 놔도 좋을 만큼 훈훈했다. 계곡에서 불어오는 바람이 이마를 부드럽게 하고 뒤뜰의 라일락이 농염한 향기로 밤공기를 매혹했다. 피곤해서 곧장 잠들 것만 같은데 잠은 쉽사리 오지 않았다.

"자?"

"아니."

"잠 와?"

"응."

"어떻게 하면 당신처럼 쉽게 잠들 수 있는 거야?"

"알고 싶어?"

"응."

"잠들기 전에 매번 하는 상상이 있어."

"뭘까?"

"말이 안 되는 상상이지만, 난 매일 밤 이 상상을 해. 상상 끝엔 반드시 평화로운 잠을 자."

"얘기해 줘."

"상상 속에 내가 만들어 놓은 세상이 있어. 이 세상은 종말 후 세상이야. 내가 가진 어떤 능력으로 우리 세 식구를 안전하게 지켜 냈는데 이건 내가 만든 암흑물질 덕분이었어. 암흑물질은 시공간을 초월해서 이동할 수 있게 해. 우리의 은신처도 이 암흑물질 안에 있어. 여긴 누구도 모르는 곳이야. 어떤 인류도 존재하지 않고 우리 세 식구만 있는 곳이지. 집의 크기는 무척 크고 부족한 것이 전혀 없어. 왜냐하면, 암흑물질 사이로 시공간을 이동할 수 있기 때문에 우리가 필요한 모든 것을 구할 수 있거든. 아침을 아름다운 해변에서 맞고 싶으면 거기로 이동하면 되고, 점심을 19세기의 빈에서 먹고 싶다면 거기로 가면 되고, 저녁을 바흐와 함께하고 싶다면 그를 찾으면 돼. 우린 매 순간 시간과 장소를 바꿔서 여행할 수 있고 최상의 것을 누릴 수 있어. 다만 전제조건이 있다면 로야가 더는 자라선 안 된다는 거야. 로야가 성인이 된다면 혹은 동반자를 만난다면, 설정된 역학관계가 모두 틀어지게 되거든. 그럴 수도 있어야겠지만, 여긴 내가 만든 세상이라 난 그러고 싶은 마음이 없어. 시간과 공간을 영원히 쓰는 셈이니까 우리에게 주어진 것은 무한이야. 당신은 어느새 숙련된 첼리스트가 되어 있고 로야도 비르투오소 바이올리니스트가 되어 있어. 훌륭한 연주 실력을 갖추고 있지만, 대중 앞에 공개되어선 안 돼. 우리의 존재는 있으면서도 없는 거니까. 쌓은 실력은 우리 자신의 만족을 위한 것이지 타인을 위한 것은 아니야. 그야말로 자족의 삶이지."

"멋진데."

"무척 행복해지는 상상이야."

"난 그런 세계를 만든다면 너무 구체적으로 설계하느라 잠을 설칠 것 같아."

"그럴 염려가 없는 게 어느 정도 상상이 진행되면 블랙홀로 빠뜨려. 아주 깊게. 아무것도 보이지 않게. 완벽한 무(無)로."

"시공간을 달리해도 우리의 은신처가 있다면 언제나 변함없는 거겠네."

"응. 변함은 없지만, 불멸은 아니야. 여기에도 끝은 있어."

"또 다른 우주의 시작이겠지."

"맞아."

278

"그 시작에도 우리는 만날 수 있을까?"

"내가 알기로 완전한 끝은 없어."

"끝은 과정일 뿐."

"응."

"당신 세상에서 당신은 세상이 바뀌지 않게 하기 위해 세상을 만들어."

"아무것도 내 세상을 바꿀 수 없도록."

"그 안에 나와 로야가 있고."

"아니, 당신과 로야 자체가 내 세상이야."

나는 손을 뻗어 그의 손을 당겨 내 앞가슴뼈 위에 얹어 놓고는 고백했다.

"당신과 나의 우주가 어긋나지 않아 다행이야."

"동감이야. 얼마나 많은 우연이 겹쳐야 어긋나지 않을 수 있는지, 헤아리기도 불가능하니까."

그와 함께하기 전의 세월이, 그와 함께한 세월이, 단순한 우연이 아님을 안다. 우연이라고 치부해 버리면 안 된다는 걸 안다. 흔한 존재가 고유한 존재로 남기 위해, 평범한 존재가 비범한 존재로 남기 위해, 미세한 존재가 거대한 존재로 남기 위해, 우연은 필연이 되고 그 안에서 우리는 행복하게 남는다. 남기 위해 죽고 죽은 뒤에 남는다. 로야가 남고 로야의 로야*가 남는다. 아무것도 남지 않을 때까지 남는다.

---

* '꿈'이나 '이상'을 뜻하는 페르시아어.

잠이 들려고 하다가 자두나무 가지 생각이 났다. 꽃은 이미 지고 잎만 대롱대롱 달고 있던 가지였다. 월요일 이른 아침에 오는 쓰레기 분리수거 차량을 놓치지 않으려고 잠자리에 들기 전 물에 꽂아 뒀던 가지를 빼내 버리려는데 가지 밑부분에서 희멀겋게 나온 뿌리를 봤다. 얼마나 많은 우연이 겹쳐야 어긋나지 않을 수 있는지, 자두나무도 안다. 필연이 되기 위해선 땅에 심어야겠지. 그건 내일 아침에 일어나서 생각하기로 하고, 일단 오늘 밤은 우주를 가로질러 볼 참이다. 어딘가에서 헤매도 그래 봐야 우주다. 내 세상이다.

갇히며

주야

하늘 이쁜 날

새벽 운동 가는 길에

하얗게 떨어진 감꽃 보다

숙이

한참을 흥분했겠지

뱀산 감꽃 다 주워

여태 졸면서 꿰었어

잠시 앉아 꿰다 보니

금방 유년의 뜨락

늘 사랑하는 너에게

감꽃 목걸이 선물

작가의 말

　누구도 보지 못한 그림이었다. 나 또한 눈 한쪽이니 귀 한쪽이니 부분을 그리는 데만 몰두하고 있어서 어떤 그림인지 알지 못했다. 모르면서도 내 마음은 이것밖에 할 게 없다는 듯 자꾸만 붓을 잡았고, 나는 붓 가는 대로 그렸다. 처음엔 점을, 그다음엔 선을, 그리고 나선 면을 그렸다. 그리다 보니 앞면만 있는 게 아니라 옆면도 있고 뒷면도 있고 윗면도 있음을 알게 되었다. 결국 입체가 되었다.

　입체에 어느 순간 명암이 생겼다. 입체를 도드라지게 하는 빛과 그림자는 시시각각 변했지만, 명암을 생기게 하는 원천은 늘 같은 곳에 있었다. 원천이 어디에 있는지 알아도, 너무 눈부시거나 너무 어두워서 똑바로 보지 못했다. 그러나 시간은 나에게 눈 감아야 할 때와 눈 떠야 할 때를 알려 주었고, 공간은 나에게 아예 그림 밖으로 나갈 수 있는 길을 보여 주었다. 그랬더니 원천이 보였다. 난 담담하게 그림 앞에 섰고, 이 그림은 내가 의도하지 않아도 보일 수밖에 없었던 것처럼, 세상에 보이게 되었다.

내가 그린 단면을 슬쩍 본 사람은 있어도 단면이 모여 이룬 그림을 본 사람은 없었다. 더군다나 이 그림은 전체를 그린 것이 아니라 여전히 일부만을 그린 것이기에 보는 이의 관점에 따라 전혀 다른 해석을 내놓을 수도 있었다. 아닌 게 아니라 이 그림을 처음으로 본 사람 중 하나가 나에게 이런 질문을 했었다.

"현재, 부모님 두 분 다 돌아가셨습니까?"

신상을 묻는 단순한 질문일 수도 있었고, 의도를 묻는 복잡한 질문일 수도 있었다. 나는 한 손으로는 질문한 이의 손을 잡고 다른 한 손으로는 질문한 이의 어깨를 안으며 최대한 다정하게 답했다.

'겁먹지 마세요. 누군가를 쉽게 죽이는 사람이 아녜요.'

나는 그럴싸한 명암 넣기나 극적인 줄 긋기에 서툰 사람이다. 본 것을 본 대로 그려 낼 뿐, 붓은 과장을 모른다. 붓 잡은 사람이 재채기나 딸꾹질을 하는 바람에 엉뚱한 획이 그어지기도 하는데, 그 또한 붓은 해야 할 일을 했을 뿐이다. 잘못이라고 지적하고 싶다면 붓을 놓지 않은 사람 탓을 해야지 붓 탓을 할 필요는 없다.

세상에 없던 그림을 그려 낸 것도 아니고 많은 이들이 아는 그림을 그려 냈음에도 이토록 멋지게 전시해 주시니 겸연쩍으면서도 감사하다. 이 글이 넌지시라도 눈 감아야 할 때와 눈 떠야 할 때를 알려 주고, 앞으로의 글들을 통해 결국 그림 밖으로 나가는 길까지 보여 줄 수 있게 된다면, 나는 한없이 기쁘겠다.

소설가로 첫 항해를 시작한 나는 설레고 두렵다. 익숙한 항로만을 따라가진 않겠다. 낯선 곳에서 길을 잃는 건 길을 찾는 유일한 방법이다. 영원히 표류해도 괜찮다. 멀리서 보면, 나중에 보면, 난 여기 있었고 그리 살았다.

나의 닻인 남편과 나의 돛인 아이에게 진심 어린 감사를 전한다.

2019년 3월 캐나다 밴쿠버에서

다이앤 리

추천의 말

캐나다 국적 다이앤 리의『로야』는 한국문학의 변경(frontier)이 새로이 도래했음을 고지한다. 속지주의로는 한국문학이 아니지만 속문주의로는 한국문학인 이 까다로운 이중성은 밴쿠버의 중간계급으로 온 한국계 여성과 이란계 남성의 가정을 다룬 작품의 전개에도 깊이 참여한다. 작품 속 현재인 밴쿠버 이야기는 이민 전 그들 각자가 과거에 겪은 고국 이야기와 간단없이 교착하거니와, 새로운 가족을 구성하기 위한 변경의 실험으로 흥미로운 전자보다는 마음의 사막을 횡단하는 여주인공 '나'의 촘촘한 회상으로 드러나는 한국의 폭력적 가부장 가족의 풍경에 직핍한 후자가 고갱이다. 장편으로서는 드물게 좁다란 이 작품은 구경, 우리의 유구한 가족주의가 어떤 변경에 도착했음을 예리하게 일깨우던 것인데, 사적인 것이 공적인 것으로 전환되는 서사의 반전이 종요롭다. **최원식(문학평론가)**

예민하고 우아한 내러티브, 상처와 치유의 여성 서사가 클래식한 느낌을 준다. 스토리텔링은 풍부하고 내면의 탐문은 묵직하다.

은희경(소설가)

소설을 읽는 동안 『로야』가 발휘하는 흡인력이 뛰어난 문장에서 비롯된 줄 여기기 쉽다. 소설을 덮고 나서도 쉽게 가시지 않는 독특하고 강렬한 여운의 실체는 달리 있다는 사실을 나 역시 뒤늦게 깨달았다. 다이앤 리의 놀라운 능력은 너무나 익숙한 것을 아주 낯설게 만들어버리고, 생소한 삶을 조금도 불편하지 않게 받아들이게 만드는 능력이다. 우리에게 익숙한 한국에서의 이야기와 우리에게 생소한 제3국에서 만난 이민자들의 서사를 바라보는 작가의 전복적 상상력을 통해 우리는 삶의 다른 국면을 마주하게 되었다.

방현석(소설가·중앙대 교수)

한 문장도 건너뛰기 힘든 소설의 밀도가 인상적이었다. 단단하게 웅크린 작은 이야기들 안에 정교하게 쌓아놓은 마음의 가닥들은 예상치 못한 긴장력으로 소설의 서사를 추동한다. 소설 『로야』는 장편이 반드시 큰 이야기를 필요로 하지 않는다는 매력적인 예다.

정홍수(문학평론가)

좀 다르게 생각해보기로 한다. 모두가 달려가는 방향이나 속력과 상관없이, 이야기만이 이야기할 수 있는 무엇이 있지 않을까? 『로야』는 이질적이다. 지금까지 한국 소설이 맹렬하게 달려 다다른 지점과 별개의 자리에 있다. 소재나 배경만이 아니다. 물리적으로 가장 먼 곳에 있지만 아무 데로도 떠나지 않았다. 나는 왜 쓰는가? 나의 상처는 무엇인가? 그토록 상처 입은, 나는 누구인가? 오래된 질문이자 모든 작가의 출발점이다. 다만 지금은 잊었거나, 잊었다고 착각하고 있을 뿐인지도 모른다. 김별아(소설가)

『로야』는 자신의 삶을 온전히 회복하려는 한 여성의 이야기이다. 집요하고 아름다운 문장을 따라가면 결국은 상처가 있는 어두운 웅덩이와 마주하게 된다. 그러나 무엇보다『로야』가 매력적인 이유는 화자가 미치도록 자기 자신을 사랑한다는 데 있다. 여성 스스로 자기 자신을 긍정하고 사랑하게 되는 것, 그것은 모든 여성이 원하는 것이 아닐까.『로야』는 여성은 원래 태생부터 완전한 인간형이었음을, 하나의 우주였음을 인식하게 만드는 놀라운 작품이다. 강영숙(소설가)

『로야』는 은폐된 것들이 점거한 마음에서 비롯된 자기기만의 고백록이자 '척'들의 합에 다름 아닌 한 인생의 막다른 진술서다. 일상은 드러난 것과 숨겨진 것의 일시적 균형 상태에 지나지 않는다. 균형은 사소한 사건에도 쉽게 깨진다. 나에겐 이 소설이 바로 그 '사소한' 발단이었다. 박혜진(문학평론가)

제15회 세계문학상 대상

로야

초판 1쇄 발행 2019년 4월 19일
초판 2쇄 발행 2019년 6월 7일

지은이 다이앤 리
펴낸이 이수철
본부장 신승철
주   간 하지순
디자인 오세라
마케팅 안치환
관   리 전수연

펴낸곳 나무옆의자
출판등록 제396-2013-000037호
주소 (03970) 서울시 마포구 성미산로1길 67 다산빌딩 3층
전화 02) 790-6630 팩스 02) 718-5752

페이스북 www.facebook.com/namubench9
인쇄 제본 현문자현 종이 월드페이퍼

ISBN 979-11-6157-053-2 03810